사자성어 삼국지 천자문

사자성어 삼국지 천자문

초판 1쇄 인쇄___ 2011년 6월 10일
초판 1쇄 발행___ 2011년 6월 15일

원작___ 주흥사
글___ 실전한자연구회
그림___ 진동일
펴낸이 ___ 이종천
펴낸곳 ___ 오늘
등록일 ___ 1980년 5월 8일 제 10-104호

주소 ___ 서울특별시 마포구 마포동 35-1 현대빌딩 1203호
대표전화 ___ 719-2811   팩시밀리 ___ 712-7392
E-mail ___ oneull@ hanmail.net
인터넷 홈페이지___ www.oneull.co.kr

ⓒ 진동일 · 2011
ISBN 978-89-355-0459-6 13820

사자성어 삼국지 천자문

원작 주흥사 · 글 실전한자연구회 · 그림 진동일

오늘

일석삼조 한자공부 효과

한자공부는 영어단어를 외우는 것과는 다르다.

영어단어는 외우기만 해도 사용이 가능하지만, 한자는 음만 알고 뜻을 모르면 사용이 불가능하다.

한때는 한자가 필요없다고 해서 소홀히 한 적이 있었지만, 수천 년을 뿌리 깊게 내려온 우리나라의 한자문화를 외면할 수 없는 것이 현실이다. 또 중국과 미국의 부침(浮沈)이 한자공부는 물론 중국어 공부에까지 열중하도록 하고 있다.

그러다 보니 한자공부의 기본이 되어 온 천자문 또한 새롭게 부각되는 등 여러 곳에서 책이 출판되고 있다. 각각 나름대로 특징을 가지고 있겠지만, 한자공부에 매달리는 이들의 다양한 욕구를 충족시켜 주지는 못하는 것 같다.

이 책 '사자성어 삼국지 천자문'에는 보다 쉽게 익히도록 글자로부터 파생되는 사자성어 980여 개와 이에 해당하는 낱말 2000여 개가 수록되어 있다. 또 획수, 부수는 물론 천자문 내용의 흐름을 원래의 천자문의 해석에다 삼국지 이야기까지 녹아들게 했다. 그래서 삼국지를 읽는다는 생각으로 읽다 보면 저절로 한자도 익히고, 삼국지 이야기도 알게 되어 일석삼조, 아니 그 이상의 효과를 거둘 수 있게 된다.

또 현재 중국에서 사용하고 있는 간체자를 글자 옆에 넣어 중국어 공부에도 도움이 되게 했으며, 부록에 급수별 한자능력검정용 3500자도 수록해 놓았다.

한자 급수 공부에만 매달리다 보면 잠시 글자를 익힐 수 있을지는 모르지만, 금방 잊어버리기 쉬우므로 다양한 특징을 갖고 있는 이 책을 통하여 오랫동안 기억될 수 있는 한자공부를 했으면 하는 바람이 간절하다.

2011년 6월
실전한자연구회

차례

尺璧非寶 寸陰是競

한 자(尺)나 되는 큰 구슬을 보물로 여기지 말고, 짧은 시간이라도
옳고 그름을 가리고 다투어 아껴써야 한다.

황건적(黃巾賊)의 난 : 184년 후한(後漢) 말 장각이 농민을 이끌고 후한 타도를 외치며 일으킨 난으로, 머리에 누런 두건을 쓰고 다녔다고 해서 황건이라 일컫는다.

서기 184년, 천고마비(天)의 계절에 갑자기 말발굽 소리가 누렇게 물든 대지(地)를 진동시킨다.

천지(天地) : 하늘과 땅.
천상천하(天上天下) : 하늘 위와 아래라는 뜻으로 온세상을 이름.

대지(大地) : 대자연의 땅.
지역(地域) : 일정한 땅의 구역.
지구(地球) : 인류가 살고 있는 천체.

황건적 무리들은 현묘(玄)한 가을 하늘에 누런색(黃) 깃발을 휘날리며 반란을 일으켰다.

현미(玄米) : 왕겨만 벗긴 쌀.
현관(玄關) : 건물의 출입문이나 건물에 붙여 따로 달아낸 문간.

황토(黃土) : 누렇고 거무스름한 흙.
황하(黃河) : 중국 북부를 서에서 동으로 흐르는 중국 제2의 강.

천지현황 : 하늘(天)은 검고(玄) 땅(地)은 누르며(黃) 삼라만상의 근본이 되는 하늘은 현묘한 기운이며, 땅은 혼돈의 열기로 누렇게 덮여 있다.

집 우

宇(宇)

宀부/6획

집 주

宙(宙)

宀부/8획

그들은 마치 우주(宇宙)를 다 삼키듯, 밀물이 다가오
듯 관군을 물리치며 낙양(洛陽)으로 쳐들어갔다.

우하(宇下) : 처마 밑. 또는 부하.
우주(宇宙) : 온 세계를 둘러싸고
있는 공간.

벽주(碧宙) : 푸른 하늘.
주수(宙水) : 강에 싸인 퇴적물 따
위에 고인 물.

3급2

宇宙萬物

우주만물

우주 안에 있는 온
갖 사물.

3급2

靜止宇宙

정지우주

우주는 팽창하지 않
고 일정한 상태로
정지해 있다고 보는
가설.

넓을 홍

洪(洪)

水부/9획

거칠 황

荒(荒)

艸부/10획

홍수(洪)가 범람하듯 밀려드는 것이 황야(荒)의 무
법자들과도 같았다.

홍수(洪水) : 큰물.
홍복(洪福) : 큰 행복.
홍량(洪亮) : 소리가 맑고 큼.

황야(荒野) : 거친 들판.
황폐(荒廢) : 집, 토지, 삼림 따위가
거칠어져 못 쓰게 됨.

3급2

洪魚白熟

홍어백숙

홍어를 찌거나 백탕
에 고은 음식.

3급

荒唐無稽

황당무계

황당한 말이라 믿을
수 없음.

우주홍황 : 우주(宇宙)는 넓고(洪) 거칠다(荒). 우주가 마침내 그 윤곽을 드러내
며 천지개벽이 시작됨을 말한다.

8급

日就月將

일취월장
나날이 다달이 자라
거나 발전함.

날 일

日 (日)

日부/4획

8급

月下老人

월하노인
혼인을 중매하는 사
람을 이름.

달 월

月 (月)

月부/4획

2급

月盈則食

월영즉식
달이 차서 보름달이
되고 나면 줄어들어
안 보이게 된다는
뜻. 한 번 흥하면 한
번 망함을 비유.

찰 영

盈 (盈)

皿부/9획

日月盈昃

일월영측
해는 서쪽으로 기울
고 달도 차면 점차
이지러짐.

기울 측

昃 (昃)

日부/8획

이때, 유비 삼형제는 도원에서 같은 달(月), 같은
날(日)에 함께 죽기로 천지신명께 맹세하고

매일(每日) : 하루하루의 모든 날.
일기(日記) : 날마다 겪은 일이나 생
각, 느낌 따위를 적는 개인의 기록.

월출(月出) : 달이 솟아오름.
정월(正月) : 일 년 중의 첫째 달.
월광(月光) : 달에서 비쳐 오는 빛.

달이 차고(盈) 기우는(昃) 이치에 따라, 한나라를
다시 일으켜 세우려고 의용군을 일으켰다.

영만(盈滿) : 가득 참.
영월(盈月) : 둥근 달.
영일(盈溢) : 가득 차서 넘침.

일측(日昃) : 해가 기움.
월측(月昃) : 달이 기움.

일월영측 : 해(日)와 달(月)은 차고(盈) 기울며(昃) "해가 중천에 이르면 기울고,
달도 가득차면 이지러진다."는 주역의 글을 인용한 것이다.

회남자(淮南子) : 중국 한나라 때 회남왕 유안이 지은 책이다.

별 진/때 신  辰(辰) 辰부/7획	별(辰)이 빛나는 밤, 합숙(宿) 훈련을 마친 유비 삼형제는 첫 전투를 맞는다. 	**辰星落落** **신성낙락** 새벽 하늘에 별이 드문드문 있다는 뜻. 벗들이 차차 적어짐을 이름.

별자리 수/잘 숙

宿(宿)

宀부/11획

5급

宿虎衝鼻

숙호충비

잠자는 범의 코를 찌른다는 뜻. 가만히 있는 사람을 건드려 화를 부름.

진수(辰宿) : 성좌의 별들.
진시(辰時) : 십이지의 다섯째 시로 오전 7시부터 9시 사이를 이름.

숙소(宿所) : 머물러 묵는 곳.
합숙(合宿) : 여러 사람이 한곳에서 집단적으로 묵음.

벌일 렬

列(列)

刀부/6획

긴장(張)하면서 전열(列)을 갖추자 유비, 관우, 장비는 신바람나게 황건적을 무찔렀다.

4급2

等差數列

등차수열

어떤 수로 시작하여 차례로 일정한 숫자를 가해 이루어지는 수열.

베풀 장

張(张)

弓부/11획

4급

張飛軍令

장비군령

성미 급한 장비의 군령이란 뜻. 별안간 일을 당함.

행렬(行列) : 여럿이 줄서서 감.
열차(列車) : 여러 개의 찻간을 길게 이어 놓은 차량.

장황(張皇) : 매우 길고 번거로움.
긴장(緊張) : 마음을 졸이고 정신을 바짝 차림.

진수열장 : 별자리(辰宿)의 별들이 열차(列)처럼 하늘에 길게 널려(張) 있다. "하늘의 대궁에 해, 달, 별을 진열해놓으니 음양이 조화를 이루며 춘하추동이 뚜렷해졌다."는 말로, 회남자에서 인용한 것이다.

13

5급	찰 한
凍氷寒雪	

동빙한설
얼음이 얼고 찬 눈이 내린다는 뜻. 심한 추위를 이름.

寒(寒)

宀부/12획

7급	올 래
來者可追	

내자가추
과거의 일은 어쩔 수 없지만 미래의 일은 조심하여 이전과 같은 과실을 범하지 않을 수 있음.

來(来)

人부/8획

유비는 한파(寒)가 올(來) 때면 병사들에게 방한복을 지급했고,

한기(寒氣) : 겨울철의 찬 기운.
한파(寒波) : 기온이 갑자기 내려가 추운 현상.

내왕(來往) : 오고 감.
장래(將來) : 앞으로 닥쳐올 때.
이래(以來) : 그 뒤로. 그러한 뒤로.

3급	더울 서
寒往暑來	

한왕서래
추위가 물러가고 무더위가 옴. 세월이 흘러감을 이름.

暑(暑)

日부/13획

4급2	갈 왕
往來盛衰	

왕래성쇠
때의 운수가 변하고 바뀜.

往(往)

彳부/8획

찜통같은 더위(暑)가 물러가고(往) 가을이 오면 군사활동을 전개했다.

폭서(暴暑) : 갑자기 닥친 무더위.
피서(避暑) : 더위를 피해 시원한 곳으로 옮김.

왕년(往年) : 지난 해.
왕복(往復) : 갔다가 돌아옴.
이왕지사(已往之事) : 이미 지나간 일.

한래서왕 : 추위(寒)가 오면(來) 더위(暑)는 가고(往),

가을 추
 秋(秋)
禾부/9획

거둘 수
 收(收)
攴부/6획

이 밖에도 가을(秋)에는 병사들을 동원해 잘 익은 곡식을 거둬들였는데(收),

추곡(秋穀) : 가을에 거두는 곡식.
추수(秋收) : 가을에 익은 곡식을 거둬들이는 일.

수확(收穫) : 곡식을 거둬들임.
수입(收入) : 돈이나 물건 따위를 벌어들임.

7급

秋風落葉

추풍낙엽
가을 바람에 떨어지는 낙엽이라는 뜻.
세력 따위가 갑자기 기울거나 시듦.

4급2

收拾人心

수습인심
혼란한 인심을 가라앉혀 바로잡음.

겨울 동
冬(冬)
冫부/5획

감출 장
 藏(藏)
艸부/18획

그렇게 거둬들인 곡식을 겨울(冬)을 나기 위한 군량미로 저장(藏)했다.

동면(冬眠) : 겨울잠.
동계(冬季) : 겨울의 계절.
추동(秋冬) : 가을과 겨울.

저장(貯藏) : 물건을 모아서 간수함.
장서(藏書) : 서적을 간직하여 둠. 또는 그 서적.

7급

冬扇夏爐

동선하로
겨울의 부채, 여름의 화로라는 뜻. 쓸모 없이 된 사물을 비유.

3급2

藏頭隱尾

장두은미
머리와 꼬리를 숨긴다는 뜻. 일의 전말을 확실히 밝히지 않음.

추수동장 : 가을(秋)에 수확(收)하고 겨울(冬)에는 곡식을 저장(藏)한다. 자연의 순리에 따라야 한다는 말이다.

15

음력(陰曆) : 달의 운행 주기를 이용해 만든 월력(月曆)으로 양력과 1년에 10일 가량 차이가 난다. 그래서 요 임금이 그 차이나는 날을 모아 윤달을 두어 운행주기를 맞추었다.

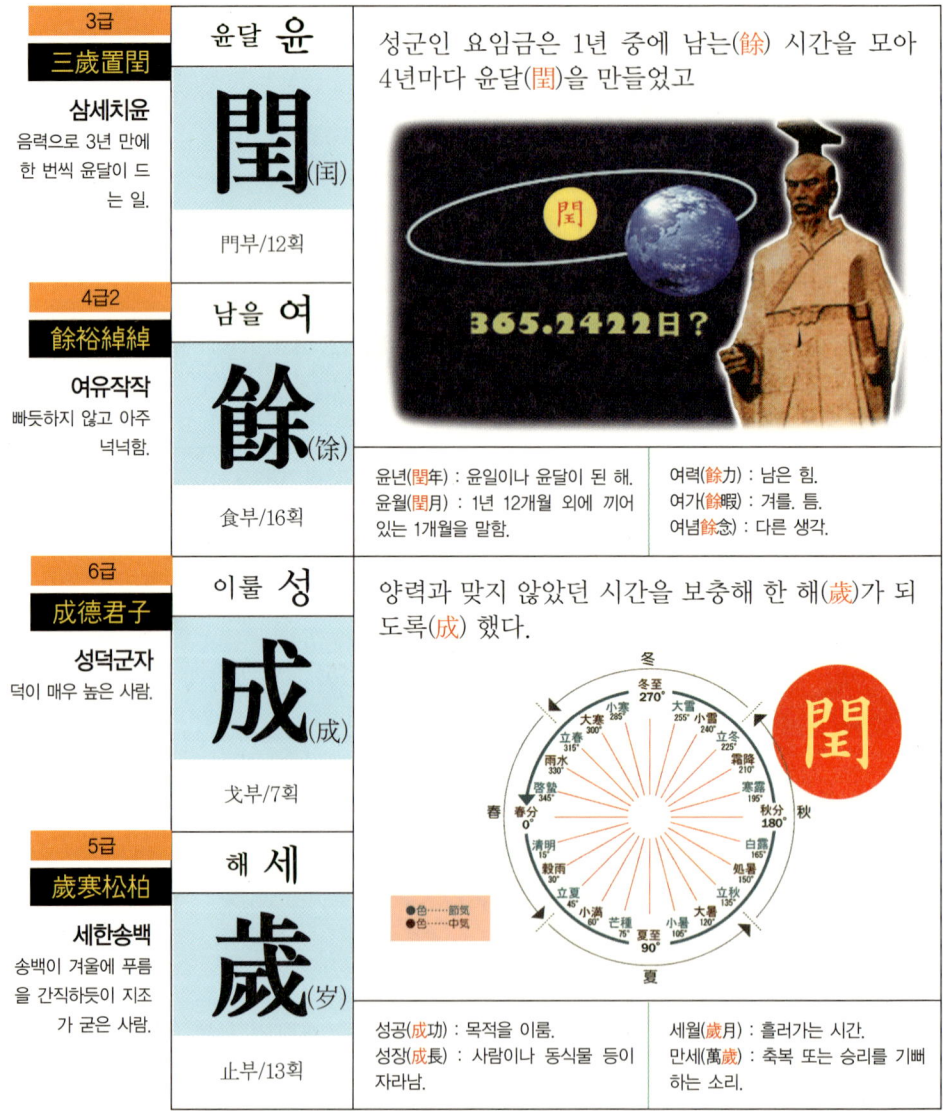

3급 **三歲置閏** **삼세치윤** 음력으로 3년 만에 한 번씩 윤달이 드는 일.	윤달 윤 **閏**(闰) 門부/12획

성군인 요임금은 1년 중에 남는(餘) 시간을 모아 4년마다 윤달(閏)을 만들었고

4급2 **餘裕綽綽** **여유작작** 빠듯하지 않고 아주 넉넉함.	남을 여 **餘**(馀) 食부/16획

윤년(閏年) : 윤일이나 윤달이 된 해.
윤월(閏月) : 1년 12개월 외에 끼어 있는 1개월을 말함.

여력(餘力) : 남은 힘.
여가(餘暇) : 겨를. 틈.
여념(餘念) : 다른 생각.

6급 **成德君子** **성덕군자** 덕이 매우 높은 사람.	이룰 성 **成**(成) 戈부/7획

양력과 맞지 않았던 시간을 보충해 한 해(歲)가 되도록(成) 했다.

5급 **歲寒松柏** **세한송백** 송백이 겨울에 푸름을 간직하듯이 지조가 굳은 사람.	해 세 **歲**(岁) 止부/13획

성공(成功) : 목적을 이룸.
성장(成長) : 사람이나 동식물 등이 자라남.

세월(歲月) : 흘러가는 시간.
만세(萬歲) : 축복 또는 승리를 기뻐하는 소리.

윤여성세 : 1년의 남는(餘) 시간을 모아 4년마다 윤달(閏)을 두어 한 해(歲)를 되게(成) 하고, 윤(閏)자는 왕이 대궐 문 안에 거한다는 뜻. 매월 초하루 왕이 제사를 지내면서 종묘 안 12개 방 중에 그 달에 해당하는 방에 묵다가 윤달이 끼어 방을 정하지 못하면 궐 안에 묵었다는 고사가 있다.

요(堯)임금 : 중국의 삼황오제(三皇五帝) 중 한 사람으로 순임금에게 선위했고 '고복격양(鼓腹擊壤 태평한 세월을 즐김)'이란 고사성어로도 유명하다.

율려(律呂) : 고대에 악률을 교정할 때 쓰던 길이가 서로 다른 12개의 기구이며 6개의 율(律-남성을 상징)과 6개의 여(呂-여성을 상징)로 음양을 조절했다.

법칙 률  律(律) 彳부/9획	또 요임금은 각기 여섯 개의 율(律)과 여(呂)로써 천지간에 있는 	4급2

4급2

律己制行

율기제행
자기 자신의 마음을 단속하고 행동을 삼가는 일.

2급

呂翁枕

여옹침
인생의 덧없음과 영화의 헛됨을 비유하는 말.

성씨/법칙 려
呂(呂)
口부/7획

일률(一律) : 한결같음.
법률(法律) : 국민이 지켜야 할 나라의 규율.

율려(律呂) : 음악이나 음성의 가락.
이려(伊呂) : 은나라의 이윤(伊尹)과 주나라의 여상(呂尚)을 이름.

고를 조
調(调)
言부/15획

음양(陽)을 조절(調)했는데 그것은 백성들의 편의를 위함이었다고 한다.

5급

異世同調

이세동조
때는 다르되 가락은 같다는 뜻.

벹 양
陽(阳)
阜부/12획

조절(調節) : 균형이 맞게 바로잡음.
조리(調理) : 건강이 회복되도록 몸을 보살피고 병을 다스림.

양력(陽曆) : 태양력의 준말.
양기(陽氣) : 햇볕의 따뜻한 기운.
양지(陽地) : 볕이 바로 드는 곳.

6급

陽春佳節

양춘가절
따뜻하고 좋은 봄철을 이름.

윤려조양 : 율(律)과 여(呂)로 천지간의 양기(陽)를 조절(調)했다. 음과 양을 바로잡아 자연과 조화를 이루어 세상을 평화롭게 한다는 뜻이다.

5급	구름 운	하늘로 올라간(騰) 구름(雲)이 찬 기운과 만나 서
雲龍風虎		로 엉기면,

운룡풍호
용은 구름을, 범은 바람을 타고 달린다 는 뜻. 의기투합함을 이름.

雲(云)

雨부/12획

3급	오를 등
騰蛟起鳳	

등교기봉
뛰어오르는 도룡뇽 과 날아오르는 봉황 이란 뜻. 재능이 많 은 사람을 비유.

騰(腾)

馬부/20획

운집(雲集) : 구름처럼 많이 모임.
운기(雲氣) : 기상 변화에 따라 구 름이 움직이는 모양.

등락(騰落) : 오르고 내림.
폭등(暴騰) : 물건 값이 갑자기 크 게 오름.

5급	이를 치	폭풍우(雨)가 되듯이(致), 동탁이 정권을 잡자 나
致君澤民		라가 혼란스럽게 되고 우후죽순처럼 영웅들이 일

치군택민
임금에게는 몸을 바 쳐 충성하고 백성에 게는 혜택을 베풂.

致(致)

至부/10획

5급	비 우
雨後竹筍	

우후죽순
어떤 일이 한때 많 이 생겨남을 비유하 는 말.

雨(雨)

雨부/8획

치성(致誠) : 정성을 다함.
운치(韻致) : 고상하고 우아한 멋.
경치(景致) : 자연의 아름다운 모습.

폭우(暴雨) : 갑자기 쏟아지는 비.
우기(雨期) : 1년 중 비가 많이 내리 는 시기.

운등치우 : 수증기가 하늘로 올라가(騰) 구름(雲)이 되고, 찬 기운과 만나 엉기면서 비(雨)가 된다(致).

이슬 로	

雨부/20획	

동탁의 만행이 만천하에 드러나면서 보다 못한 영웅들이 이슬(露)방울이 맺히듯이(結) 사방에서 모여들고,

3급2

人生朝露

인생조로
인생은 아침 이슬과 같이 짧고 덧없음.

맺을 결	

糸부/12획	

5급

結草報恩

결초보은
죽은 뒤에라도 은혜를 잊지 않고 갚음.

노출(露出) : 겉으로 드러남.
노숙(露宿) : 한데에서 자는 잠.
폭로(暴露) : 부정 따위를 들추어냄.

결실(結實) : 열매를 맺음.
결집(結集) : 한데 모여 뭉침.
결국(結局) : 일의 마무리 단계.

할 위	

爪부/12획	

조조와 원소를 중심으로 한 반동탁 토벌군이 동탁에게 서릿발(霜) 같은 명령을 내리게(爲) 되었다.

4급2

爲國忠節

위국충절
나라를 위한 충성스러운 절개.

서리 상	
霜 (霜)	
雨부/17획	

3급2

霜風高節

상풍고절
어떤 어려움에 처해도 굽히지 않는 높은 절개.

위주(爲主) : 으뜸으로 삼음.
행위(行爲) : 사람이 행하는 짓.
위정자(爲政者) : 정치를 하는 사람.

추상(秋霜) : 가을의 찬 서리.
상강(霜降) : 24절기의 하나. 10월 23일경.

노결위상 : 이슬(露)이 맺혀(結) 찬 기운이 닿으면 얼어서 서리(霜)가 된다(爲). 물의 순환에서 오는 자연의 변화를 느낄 수 있음을 말해준다.

생살여탈이 따르는 거병에 필요한 군자금은 사금(金)이 많이 생산(生)되는

성씨 **김/쇠 금**

金(金)

金부/8획

금석지교
쇠와 돌처럼 변함없
는 굳은 사귐.

8급
生殺與奪

날 **생**

生(生)

生부/5획

생살여탈
살리고 죽이는 일과
주고 빼앗는 일.

금광(金鑛) : 금을 캐내는 광산.
사금(砂金) : 모래 속에 섞인 금.
군자금(軍資金) : 군사에 필요한 돈.

생존(生存) : 생명을 유지하고 있음.
생산(生産) : 인간이 생활하는 데 필
요한 각종 물건을 만들어 냄.

4급2
山明水麗

고울 **려**

麗(丽)

鹿부/19획

산명수려
산과 물이 맑고 깨
끗하다는 뜻. 산수의
경치가 아름다움을
이름.

수려한 여수(麗水) 지방으로부터 도움을 받았으며, 수어지교로 맺어진 수많은 동지들은

8급
水魚之交

물 **수**

水(水)

水부/4획

수어지교
물과 물고기와의 관
계라는 뜻. 아주 친
밀함을 이름.

유려(流麗) : 유창하고 아름다움.
극려(極麗) : 더할 나위 없이 아름다움.
고려(高麗) : 왕건이 세운 나라.

수혈(水穴) : 바위틈의 물구멍.
수분(水分) : 축축한 물의 기운.
수정(水晶) : 투명한 차돌의 하나.

금생여수 : 사금(金)이 많이 생산(生)되는 곳은 여수(麗水)이며

구슬 옥

玉(玉)

玉부/5획

날 출

出(出)

凵부/5획

인재를 많이 배출하고 옥(玉)이 많이 출토(出)되는

옥새(玉璽) : 임금의 도장.
옥체(玉體) : 임금의 몸. 아름다운 몸.
옥색(玉色) : 파르스름한 옥의 빛깔.

출토(出土) : 땅 속의 물건이 나옴.
출동(出動) : 부대 따위가 목적을
실행하기 위해 떠남.

산이름 곤

崑(昆)

山부/11획

산등성이 강

岡(지)

山부/8획

곤륜산(崑) 산골(岡) 출신들이 많았다.

곤륜산(崑崙山) : 중국 강소성에 있
는 전설에 나오는 산으로, 옛부터 옥
이 많이 출토됐다 함.

강부(岡阜) : 언덕.
강만(岡巒) : 언덕과 산.
강릉(岡陵) : 언덕이나 작은 산.

옥출곤강 : 옥(玉)은 곤륜산(崑)의 산등성이(岡)에서 많이 출토(出)된다.
금과 옥이 많이 생산되는 지역을 강조하고 있다.

거궐(巨闕) : 월왕 구천이 오나라를 멸망시키고 보검 6자루(오구, 담로, 간장, 막야, 어장, 거궐)를 얻었는데 그 중의 하나. 월나라 장인 구야자가 만든 명검으로 얼마나 예리했던지 무쇠를 자르면 잘린 면에 좁쌀만한 구멍까지 보였다. 구멍이란 쇳물을 녹여 칼을 만들 때 생기는 기포인데 이 기포마저 일그러지지 않고 그대로 잘렸다고 한다.

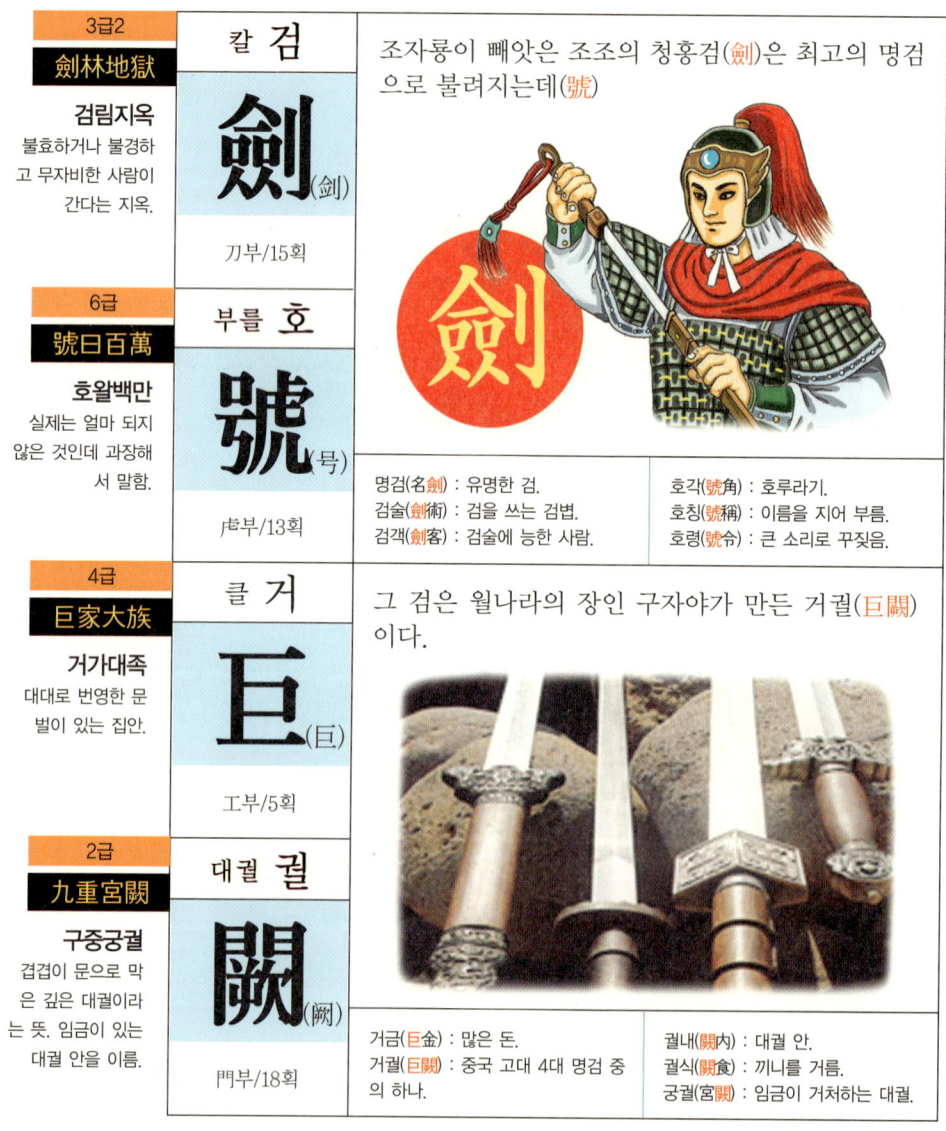

3급2	칼 검
劍林地獄	劍(剑)
검림지옥	
불효하거나 불경하고 무자비한 사람이 간다는 지옥.	刀부/15획

조자룡이 빼앗은 조조의 청홍검(劍)은 최고의 명검으로 불려지는데(號)

6급	부를 호
號曰百萬	號(号)
호왈백만	
실제는 얼마 되지 않은 것인데 과장해서 말함.	虍부/13획

명검(名劍) : 유명한 검.
검술(劍術) : 검을 쓰는 검법.
검객(劍客) : 검술에 능한 사람.

호각(號角) : 호루라기.
호칭(號稱) : 이름을 지어 부름.
호령(號令) : 큰 소리로 꾸짖음.

4급	클 거
巨家大族	巨(巨)
거가대족	
대대로 번영한 문벌이 있는 집안.	工부/5획

그 검은 월나라의 장인 구자야가 만든 거궐(巨闕)이다.

2급	대궐 궐
九重宮闕	闕(阙)
구중궁궐	
겹겹이 문으로 막은 깊은 대궐이라는 뜻. 임금이 있는 대궐 안을 이름.	門부/18획

거금(巨金) : 많은 돈.
거궐(巨闕) : 중국 고대 4대 명검 중의 하나.

궐내(闕內) : 대궐 안.
궐식(闕食) : 끼니를 거름.
궁궐(宮闕) : 임금이 거처하는 대궐.

검호거궐 : 검(劍)은 거궐(巨闕)을 명검이라 부르고(號)

22

야광주(夜光珠) : 춘추시대의 제후가 용의 아들을 구해주고 그 보답으로 번쩍이는 구슬을 받았는데, 이 구슬이 밤에도 대낮처럼 밝게 빛을 내어 야광주라 했다.

구슬 주  珠(珠) 玉부/10획	오나라의 미인 대교와 소교가 최고라고 일컬은 (稱) 구슬(珠)은 

3급2
遺珠之歎
유주지탄
마땅히 등용되어야 할 사람이 빠져서 한탄함.

4급
不相稱形
불상칭형
왼쪽과 오른쪽이 서로 같지 않고 차이가 나는 형상.

일컬을 칭

稱(称)

禾부/14획

주옥(珠玉) : 구슬과 옥.
진주(珍珠) : 전복의 껍질 안에 생기는 딱딱한 덩어리.

칭찬(稱讚) : 높이 평가함.
통칭(通稱) : 통틀어 일컬음.
칭송(稱頌) : 공덕을 칭찬하여 기림.

밤 야

夜(夜)

夕부/8획

야밤에도 광채를 낸다는 조나라의 유명한 야광주(夜光)였다.

6급
夜深無禮
야심무례
어두운 밤에는 예의를 갖추지 못함.

6급
光陰如流
광음여류
세월이 흐르는 물과 같이 빠름.

빛 광

光(光)

儿부/6획

야경(夜景) : 밤의 경치.
야학(夜學) : 밤에 글을 배움.
야맹(夜盲) : 밤눈이 어두운 증세.

광채(光彩) : 찬란한 빛.
광명(光明) : 맑고 환함.
야행(夜行) : 밤에 길을 감.

주칭야광 : 구슬(珠)은 조나라의 야광(夜光)주를 최고로 친다.
중국의 대표적인 보검과 보옥을 말한다.

노자(老子)와 오얏나무 : 노자의 이름은 이이(李耳)다. 오얏나무 아래에서 태어났는데, 태어나자마자 오얏나무를 가리키며 "이 나무를 내 성(姓)으로 삼겠다."고 했다. 그래서인지 옛날부터 사람들이 오얏나무를 신성하게 여겨 왔다.

6급	실과 과	삼국지에서 최고 미인인 초선이가 과일(果) 중에 진귀(珍)하게 여긴 과일은
五穀百果	果 (果)	
오곡백과 온갖 곡식과 과일.	木부/8획	

과실(果實) : 과수에 열리는 열매.
과수원(果樹園) : 과실 나무를 재배하는 농원.

진품(珍品) : 보배로운 물품.
진귀(珍貴) : 보배롭고 귀중함.
진미(珍味) : 음식의 썩 좋은 맛.

4급	보배 진
珍羞盛饌	珍 (珍)
진수성찬 푸짐하게 잘 차린 맛있는 음식.	玉부/9획

오얏(李)과 능금(柰)이라 했고,

6급	성씨/오얏 리
李下不整冠	李 (李)
이하부정관 오얏나무 아래서 갓을 고쳐 쓰면 도둑으로 오해받을 수 있음.	木부/7획

	능금나무 내
果珍李柰	柰 (柰)
과진이내 과실 중에 오얏과 능금이 진미임.	木부/9획

이조(李朝) : 이씨 조선을 줄여 이름.
오얏(李) : 자두(벚나무에 속하는 자두나무와 서양자두의 열매).

내자(柰子) : 능금(사과와 모양이 비슷하지만 훨씬 작음).

과진이내 : 과일(果)로는 오얏(李)과 능금(柰)을 가장 진미(珍)로 여겼으며

24

| 나물 채 | 채소(菜) 중의 채소로 소중(重)하게 여긴 것은 | 3급2 |

菜(菜)

艸부/12획

| 무거울 중 |

重(重)

里부/9획

3급2
疏食菜羹

소사채갱
거친 음식과 나물국
이란 뜻. 청빈하고
소박한 생활을 이름.

7급
重言復言

중언부언
이미 한 말을 자꾸
되풀이해 말함.

채소(菜蔬) : 온갖 푸성귀와 나물.
채식(菜食) : 주로 채소, 과일, 해초 따위의 식물성 음식만 먹음.

소중(所重) : 매우 귀중함.
중력(重力) : 지구가 지상의 물체를 잡아당기는 힘.

| 겨자 개 | 겨자(芥)와 생강(薑)이라 했다. |

芥(芥)

艸부/8획

| 생강/성씨 강 |

薑(姜)

艸부/17획

1급
草芥

초개
풀과 티끌이라는
뜻. 하찮은 사물을
이름.

1급
菜重芥薑

채중개강
나물은 겨자와 생강
이 중요하게 여김.

개진(芥塵) : 티끌.
개자(芥子) : 겨자씨.
초개(草芥) : 지푸라기.

강주(薑酒) : 생강주.
강순(薑筍) : 생강의 싹.
강병(薑餅) : 생강즙을 넣어 만든 떡.

채중개강 : 채소(菜) 중에서는 겨자(芥)와 생강(薑)을 소중(重)하게 여겼다. 겨자는 위장을 따뜻하게 하고, 기운을 나게 하며 생강은 정신을 막힘없이 통하게 하고 더러운 것을 없앤다고 본초강목에 기록되어 있다.

25

海(海)

水부/10획

바닷물이 말라야 바 닥을 볼 수 있다는 뜻. 사람의 마음도 평소에는 알 수 없음을 이름.

鹹(鹹)

鹵부/20획

해함하담
바닷물은 짜고 민물은 맛이 담백함.

심해(海)의 여러 함수어(鹹)들이 생존 경쟁을 위해 서로 잡아먹듯이

해수(海水) : 바닷물.
해양(海洋) : 넓은 바다.
해군(海軍) : 바다를 책임지는 군대.

함미(鹹味) : 짠 맛.
함수(鹹水) : 짠물. 바닷물.
함수어(鹹水魚) : 바닷물고기.

河(河)

水부/8획

하해지택
큰 강이나 넓은 바 다처럼 넓고 큰 은택을 이름.

淡(淡)

水부/11획

교담여수
사귐이 담백하여 물과 같다는 뜻. 군자의 교제를 일컬음.

담백(淡)한 물이 흐르는 장강의 적벽에서는 위, 촉, 오가 대규모 해전을 벌여 강물(河)을 온통 피로 물들게 했다.

산하(山河) : 산과 강.
황하(黃河) : 중국 북부를 서에서 동으로 흐르는 강.

냉담(冷淡) : 무관심함.
담수(淡水) : 맑은 물. 민물.
담백(淡白) : 맛이나 빛이 산뜻함.

해함하담 : 소금기를 머금은 바닷물(海)은 짜고(鹹), 황하(河)의 물은 담 백(淡)하다. 바닷물과 민물의 차이를 설명하고 있다.

비늘 **린**	오나라 함대가 비늘(鱗)이 붙은 물고기가 잠수(潛)하듯 다가가 화공으로 조조의 대군을 물고기 밥으로 만들자,	1급

鱗(鱗)

魚부/23획

잠길 **잠**

濯鱗淸流

탁린청류
비늘을 맑은 물에 씻는다는 뜻. 높은 지위와 명예를 얻음을 비유.

潛(潛)

水부/15획

3급2

微服潛行

미복잠행
남이 알아보지 못하게 미복으로 넌지시 다님.

잠수(潛水) : 물 속으로 들어감.
잠복(潛伏) : 겉으로 드러나지 않게 몰래 숨어 엎드림.

금린(錦鱗) : 아름다운 물고기.
탁린청류(濯鱗淸流) : 한 자 가량 되는 물고기를 아름답게 형용해 이름.

깃 **우**	깃(羽) 달린 새가 날듯이(翔) 달리던 조조였지만 겨우 달아날 수 있었다.	3급2

羽(羽)

羽부/6획

項羽壯士

항우장사
항우처럼 힘센 사람이란 뜻. 힘이 세거나 의지가 굳음을 비유.

날 **상**

1급

翔(翔)

羽부/12획

鱗潛羽翔

인잠우상
비늘 있는 고기는 물 속에 잠기고, 날개 있는 새는 공중에 낢.

견우(肩羽) : 어깨깃.
면우(綿羽) : 날짐승의 썩 짧고 보드라운 털.

고상(高翔) : 높이 날아오름.
비상(飛翔) : 공중을 날아다님.
회상(回翔) : 빙빙 돌며 날아다님.

인잠우상 : 비늘(鱗) 있는 물고기는 잠수(潛)하고, 깃(羽)달린 새들은 비상(翔)한다. 물고기는 물을 떠나 살 수 없고 새들은 날지 않으면 살 수 없듯이, 사람도 자연의 순리에 따라야 한다는 뜻이다.

용사화제 : 복희씨(伏羲氏)는 그물을 발명해 고기잡는 법을 가르쳤는데 사람들의 몸에 용을 그려 신분을 나타냈기 때문에 용사(龍師)라 불린다. 신농씨(神農氏)는 농사짓는 법과 불로 음식물을 익히는 법을 가르쳤고 벼슬 이름을 불로 나타냈기 때문에 화제(火帝), 또는 염제(炎帝)라 불린다. 여기서 씨(氏)란 신(神)을 의미한다.

4급	용 룡	복희씨는 용사(師)라 불리며 사람들의 몸에 용(龍)을 그려 신분을 나타냈다.
龍頭蛇尾		
용두사미 용의 머리와 뱀의 꼬리라는 뜻. 처음은 왕성하나 끝이 부실함.	**龍**(龙) 龍부/16획	

용안(龍顔) : 임금의 얼굴.
용사(龍師) : 복희씨를 가리킴.
용포(龍袍) : 임금이 입던 정복.

사제(師弟) : 스승과 제자.
은사(恩師) : 가르침을 받은 은혜로운 스승.

4급2	스승 사
師出以律	
사출이율 군사를 출정시킬 때는 엄한 군법으로 해야 함.	**師**(师) 巾부/10획

8급	불 화	신농씨는 불로 음식을 익히는 방법과 벼슬 이름을 기록해 불의 제왕인 화제(火帝)라 불렸으며
火光衝天		
화광충천 불이 하늘을 찌르듯이 몹시 맹렬하게 일어남.	**火**(火) 火부/4획	

화력(火力) : 불의 힘.
화급(火急) : 매우 급함.
화제(火帝) : 신농씨를 가리킴.

제국(帝國) : 황제가 다스리는 나라.
제왕(帝王) : 황제와 국왕을 통틀어 이름.

4급	임금 제
三神上帝	
삼신상제 아기 낳는 일을 맡은 삼신(三神)을 높여 이름.	**帝**(帝) 巾부/9획

용사화제 : 중국 고대 제왕인 복희씨(龍師)는 용(龍)으로, 신농씨(火帝)는 불(火)로 벼슬 이름을 기록했고.

조관(鳥官) : 복희씨를 계승한 소호씨(少昊氏)를 말하는데 소호씨 때 봉황이 나왔다고 해서 가장 높은 관직명을 봉황이라고 했는데 이를 일컫는다.

새 조  鳥(鸟) 鳥부/11획	소호씨는 새(鳥)로써 관직(官)명을 삼았기 때문에 조관(鳥官)이라 했고 	4급2 **鳥足之血** 조족지혈 새 발의 피라는 뜻. 매우 적은 분량을 비유적으로 이름.

4급2
高官大爵
고관대작
지위가 높은 큰 벼슬자리나 그 직위에 있는 사람.

벼슬 관  官(官) 宀부/8획	조류(鳥類) : 새무리. 조익(鳥翼) : 새의 날개. 단조(丹鳥) : 봉황의 딴 이름.　관리(官吏) : 국가 공무원. 장관(長官) : 국무를 맡아보는 행정 각부의 책임자.	

사람 인  人(人) 人부/2획	인황(人皇)씨의 9형제 임금들은 천하를 9주로 나누어 잘 다스렸지만 삼국의 황제들은 그렇게까지 하지 못했다. 	8급 **人山人海** 인산인해 사람이 수없이 많이 모인 상태를 이름. 3급2 **不必張皇** 불필장황 말을 길게 늘어놓을 필요가 없음.

임금 황  皇(皇) 白부/9획	인건(人件) : 인사에 관한 일. 인물(人物) : 사람. 뛰어난 사람. 인격(人格) : 사람으로서의 품격.　황실(皇室) : 황제의 집안. 황제(皇帝) : 왕이나 제후를 거느리고 나라를 통치하는 임금.	

조관인황 : 소호씨는 새(鳥)로써 관직(官)명을 삼았으며 인황(人皇)씨의 9형제 임금은 천하를 9주로 나누어 다스렸다. 태고 때 천황씨, 지황씨, 인황씨가 있었는데 여기서는 인황씨를 가리킨다.

창힐(蒼詰) : 눈이 4개 달렸으며 반은 사람이고 반은 신의 형상을 했다 한다. 그가 문자를 만들자 하늘이 곡식을 비처럼 뿌렸고, 귀신이 밤새도록 울었다고 한다. 회남자의 기록을 빌리면 사람들이 이런 것을 이용해 슬기로워지면 그만큼 덕이 없어진다고 했다. 이 말은 문명이 발달하면 할수록 이기심이 생기므로 경계해야 한다는 뜻이다.

6급	비로소 시	고대 중국에서 처음(始)으로 만들어진(制) 한자는 복희씨 때 사관이었던
始勤終怠	始(始)	
시근종태 처음에는 부지런하지만 나중에는 게을러짐을 이름.	女部/8획	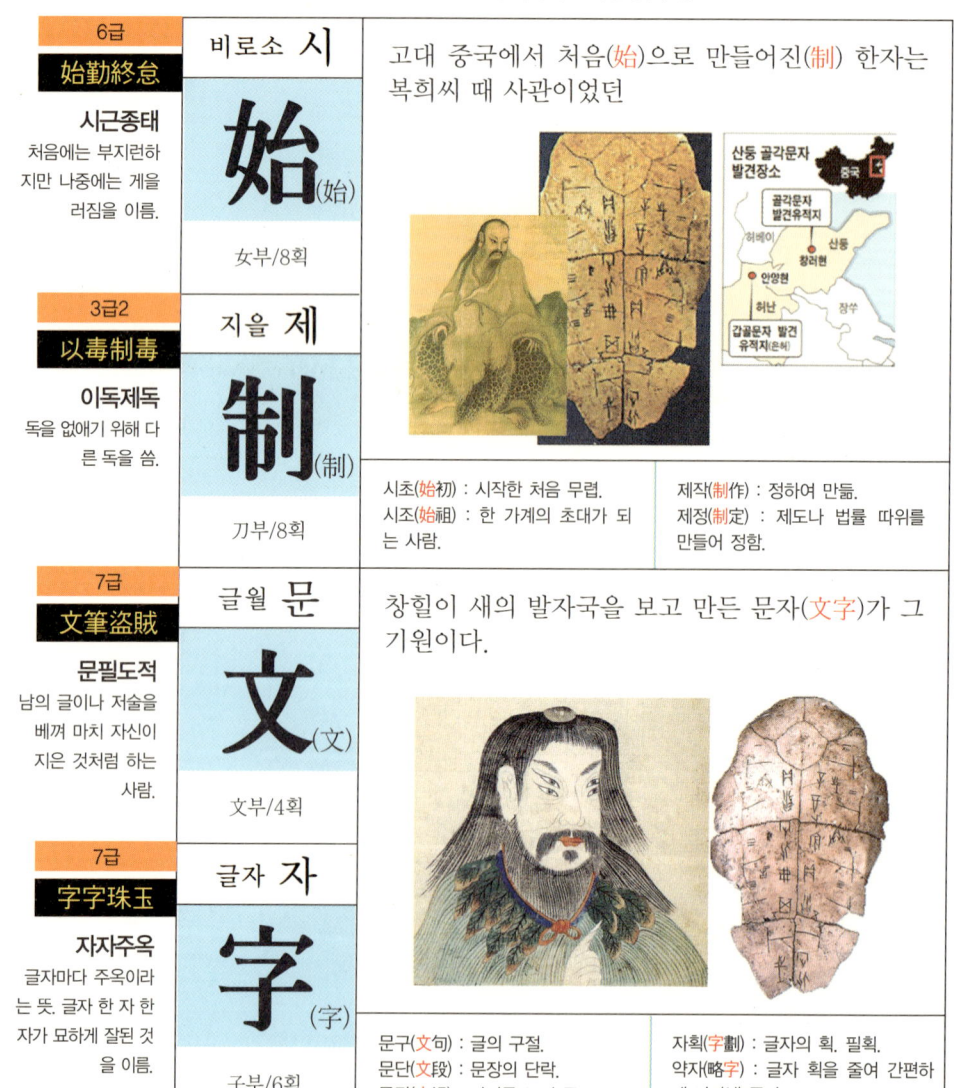
3급2	지을 제	
以毒制毒	制(制)	
이독제독 독을 없애기 위해 다른 독을 씀.	刀部/8획	시초(始初) : 시작한 처음 무렵. 시조(始祖) : 한 가계의 초대가 되는 사람.　　제작(制作) : 정하여 만듦. 제정(制定) : 제도나 법률 따위를 만들어 정함.
7급	글월 문	창힐이 새의 발자국을 보고 만든 문자(文字)가 그 기원이다.
文筆盜賊	文(文)	
문필도적 남의 글이나 저술을 베껴 마치 자신이 지은 것처럼 하는 사람.	文部/4획	
7급	글자 자	
字字珠玉	字(字)	
자자주옥 글자마다 주옥이라는 뜻. 글자 한 자 한 자가 묘하게 잘된 것을 이름.	子部/6획	문구(文句) : 글의 구절. 문단(文段) : 문장의 단락. 문장(文場) : 과거를 보던 곳.　　자획(字劃) : 글자의 획. 필획. 약자(略字) : 글자 획을 줄여 간편하게 나타낸 글자.

시제문자 : 중국에서 처음(始)으로 만들어진(制) 문자(文字)는 복희씨 때였고,

황제(黃帝) : 이름은 헌원이며 우리나라 단군에 해당되는 인물인데 도교의 시조로 추앙받고 있다. 어느 날 사냥을 나갔다가 뽕나무 밑에서 실을 뽑아내는 누조라는 여인을 만나 아내로 삼았는데 이 아내에게 누에를 치고 비단실을 뽑아 옷을 지어 입는 방법을 백성들에게 가르쳐 주도록 했다 한다. 누조는 인간 세상으로 떨어진 선녀였다.

이에 내 乃(乃) 丿부/2획	그 후 황제 때 비로소(乃) 짐승가죽 옷에서 벗어나 옷다운 옷(服)이 만들어졌으며, 	 **乃心王室** **내심왕실** 마음을 왕실에 둠. 나라에 충성함을 이르는 말.

그 후 황제 때 비로소(乃) 짐승가죽 옷에서 벗어나 옷다운 옷(服)이 만들어졌으며,

옷 복
服(服)
月부/8획

내종(乃終) : 얼마의 시간이 지난 뒤.
내지(乃至) : 무엇에서 무엇에 이르기까지의 뜻으로, 중간 생략의 말.

복장(服裝) : 옷, 또는 옷차림.
복역(服役) : 나라에서 의무로 지운 일에 복무함.

6급
上命下服
상명하복
윗사람의 명령에 아랫사람이 따름.

옷 의
衣(衣)
衣부/6획

의상(衣裳)이 점차 발전하여 곤룡포라는 화려한 옷을 만들게 되었고, 동탁과 가짜 황제인 원술까지 그 옷을 입었다.

치마 상
裳(裳)
衣부/14획

의관(衣冠) : 옷과 갓. 정장을 말함.
의식주(衣食住) : 인간 생활의 3가지 요소인 옷, 음식, 집.

청상(靑裳) : 푸른 치마.
의상(衣裳) : 겉에 입는 저고리와 치마, 의복. 옷.

6급
衣架飯囊
의가반낭
옷걸이와 밥 주머니. 쓸모없는 사람을 비유.

3급2
同價紅裳
동가홍상
같은 값이면 다홍치마라는 뜻. 같은 것이면 좀 더 나은 것을 택함.

내복의상 : 황제 때에야 비로소(乃) 옷(服)다운 의상(衣裳)이 만들어졌다.
중국 문화 발전상의 일면이다.

요임금과 순임금 : 황제가 용을 타고 승천한 후 전욱과 제곡이 차례로 제위에 오르고 이어 제곡의 둘째아들 방훈이 제위에 오르는데 그가 바로 5제(五帝)의 4번째 임금인 요(堯)이며, 여기서 요임금은 자기 아들이 아닌 사위인 덕행이 뛰어난 순(舜)에게 제위를 물려줌으로써 덕과 능력이 있는 사람에게 제위를 넘겨주는 선양의 미덕을 남겼다(다음 쪽으로 연결).

4급	밀 **퇴/추**	임금이라는 지위(位)를 대를 이어 자식들에게 물려
與世推移	推(推)	주려 하지 않는 새로운 제도를 추진(推)해 나가며
여세추이		
세상의 변화에 따라 함께 변함.	手부/11획	

5급	자리 **위**	
位卑言高	位(位)	
위비언고		
낮은 지위에 있으면서 윗사람의 정치를 이렇다 저렇다 비평하는 것.	人부/7획	

추측(推測) : 미루어 헤아림.
추진(推進) : 앞으로 밀고 감.
추정(推定) : 추측하여 판정함.

고위(高位) : 높은 지위나 위치.
위치(位置) : 자리나 처소. 장소. 또는 사회적 신분이나 지위.

3급2	사양할 **양**	부강한 나라(國)를 더욱 발전시켜 나갈 능력 있는
辭讓之心	讓(让)	사람에게 양보(讓)한 임금은
사양지심		
겸손하게 마다하며 받지 않거나 남에게 양보하는 마음.	言부/24획	

8급	나라 **국**	
國士無雙	國(国)	
국토무상		
한 나라에 둘도 없는 훌륭한 선비.	口부/11획	

양위(讓位) : 임금이 자리를 물려줌.
양보(讓步) : 길이나 자리 따위를 사양해 남에게 내어줌.

국토(國土) : 나라의 땅.
국가(國家) : 나라의 법적인 호칭.
국민(國民) : 국가를 구성하는 사람.

퇴위양국 : 임금의 지위(位)를 마다하고(推) 나라(國)를 양보(讓)한 임금은

32

요임금이 순에게 자리를 물려준 선양을 두고 공자는 "천하는 일개 개인의 것이 아닌 모두의 것,"이라며 요임금을 칭찬했으며 위대한 성군이라 했다. 또한 효성이 지극했던 순은 서로 다투는 사람들의 허물을 들추지 않았고, 착한 일을 했다고 남의 나쁜 일을 탓하지 않았다 한다.

있을 유  有(有) 月부/6획	위대한 성군인 순임금(有虞)과 
염려할 우 虞(虞) 虍부/13획	국유(國有) : 나라의 소유. 유해(有害) : 해로움이 있음. 유력(有力) : 세력이나 재산이 있음.　우범(虞犯) : 죄를 범할 우려가 있음. 우미인(虞美人) : 옛날 중국 초나라 왕 항우의 애첩.

7급
有備無患
유비무환
미리 사전에 대비가 되어 있으면 우환이 없음.

1급
有虞陶唐
유우도당
유우는 순임금이고, 도당은 요임금임.

질그릇 도  陶(陶) 阜부/11획	요임금(陶唐)이라면서 조조는 황제 헌제를 협박해 퇴위시키려고 했다. 
당나라 당 唐(唐) 口부/10획	도요(陶窯) : 도기를 굽는 가마. 도공(陶工) : 옹기를 만드는 사람. 도예(陶藝) : 도자기에 관한 예술.　당시(唐詩) : 당나라 때의 한시. 당황(唐況) : 놀라서 어리둥절하거나 다급하여 어찌할 바를 모름.

3급2
陶犬瓦鷄
도견와계
질그릇으로 만든 개와 기와로 만든 닭. 즉 쓸모없는 사람을 뜻함.

3급2
荒唐之說
황당지설
참되지 않고 터무니없는 말.

유우도당 : 순임금(有虞)과 요임금(陶唐)이다. 순임금을 유우 요임금을 도당이라 부른다. 그들이 다스렸던 고을 이름이 '유우', '도당'이었기 때문이다. 사람들은 이 두 임금의 사심없는 양위를 칭찬하고 최고의 덕목으로 여기고 있다.

하(夏), 은(殷), 주(周) : 요순시대 다음에 하나라로 이어진다. 폭군 걸(桀)왕이 호화로운 궁궐을 짓고, 요부 말희에 빠져 폭정을 일삼자, 상나라 성탕이 재상 이윤과 함께 걸을 징벌하고 새로운 왕조를 세웠는데, 여기서 은나라는 상나라 후기에 부른 나라 이름이다.

3급 慶弔相問 **경조상문** 경사스러운 일은 서로 축하하고 불행한 일은 서로 위문함.	**조상할 조** 弔 (吊) 弓부/4획

한편 잔인하고 포악한 폭군에게 고통받고 죽은 백성(民)들을 조문(弔)하고

8급 民保於信 **민보어신** 백성은 신의에 의해서만 잘 다스려진다는 말.	**백성 민** 民 (民) 氏부/5획

조문(弔問) : 상주를 위문함.
조상(弔喪) : 남의 죽음에 대하여 애도의 뜻을 표함.

인민(人民) : 국가를 구성하는 사람들.
민간인(民間人) : 관리나 군인이 아닌 일반 사람.

4급2 口誅筆伐 **구주필벌** 입과 붓으로 잘못을 징벌함.	**칠 벌** 伐 (伐) 人부/6획

중죄(罪)를 저지른 은나라의 주왕과 하나라의 걸왕을 백성들을 대신해서 징벌(伐)한 사람은

5급 餘桃之罪 **여도지죄** 같은 행동이라도 호, 불호에 따라 다르게 받아들여짐.	**허물 죄** 罪 (罪) 网부/13획

토벌(討伐) : 무력으로 적을 쳐 없앰.
벌초(伐草) : 무덤의 풀을 베어 깨끗하게 함.

중죄(重罪) : 무거운 죄.
죄인(罪人) : 죄를 지은 사람.
정벌(征伐) : 죄 있는 무리를 군대로 침.

조민벌죄 : 죄(罪) 지은 은나라 주왕과 하나라 걸왕을 징벌(伐)하여 불쌍한 백성(民)들을 위로하고 조문(弔)한 사람은

은나라 말엽, 주왕이 폭정을 일삼자, 발이 강태공과 함께 반란을 일으켜 그의 목을 베고 주나라를 세웠다. 그 후 무왕(발)은 아버지 문왕과 더불어 가장 이상적인 임금으로 평가받았다. 무력으로 왕조를 바꾸는 데 성공한 임금의 시호에 무(武)자가 들어가는 것도 여기서 비롯됐다.

두루 주  周(周) 口부/8획	주(周)나라의 무왕 발(發)과 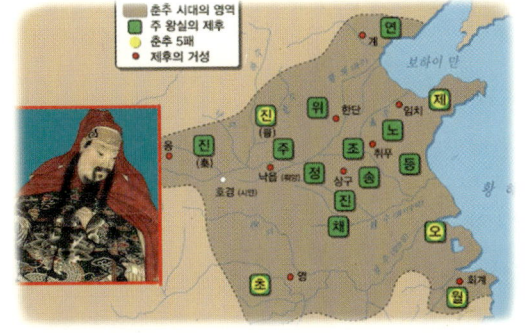

4급

萬人周知

만인주지
뭇사람들이 두루 아는 것.

6급

發憤忘食

발분망식
끼니까지 잊고 노력함. 어떤 일을 성취하기 위해 바쁘게 움직임.

필 발

發(发)

癶부/12획

주변(周邊) : 둘레의 언저리.
주위(周圍) : 어떤 곳의 바깥.
주선(周旋) : 여러모로 두루 힘씀.

발병(發病) : 병이 남.
발전(發展) : 어떤 상태가 좋은 상태로 되어감.

성할/은나라 은  殷(殷) 殳부/10획	은(殷)나라의 탕(湯)왕이었다. 이에 유비도 이런 명분을 내세워 조조를 대항해 싸웠다. 

2급

殷鑑不遠

은감불원
본받을 만한 좋은 전례는 가까운 곳에 있다는 말.

3급2

烏口雜湯

오구잡탕
갖가지 너저분한 짓들을 하는 잡된 무리들.

끓일 탕

湯(汤)

水부/12획

은우(殷憂) : 깊은 시름.
은부(殷富) : 풍성하고 넉넉함.
은전(殷奠) : 넉넉한 제물(祭物).

탕약(湯藥) : 달여서 먹는 한약.
탕기(湯器) : 국이나 찌개 따위를 떠놓은 자그마한 그릇.

주발은탕 : 주(周)나라의 발(發)왕과 은(殷)나라의 탕(湯)왕이다. 요순시대를 거쳐 하, 은, 주나라로 이어지면서 은나라 탕왕이 하나라 걸왕을, 주나라 무왕이 은나라 주왕을 징벌했다. 그 이유는 그들이 포악한 정치로 백성들을 학대했기 때문이다.

앉을 좌
坐 (坐)
土부/7획

坐不安席

좌불안석

앉아도 자리가 평안
하지 않다는 뜻. 마
음이 불안하거나 걱
정스러워서 안절부
절못하는 모양.

아침 조
朝 (朝)
月부/12획

6급
朝三暮四

조삼모사

간사한 꾀로 남을
속여 희롱함을 이름.

이럴 즈음 유비가 아침(朝)마다 조정에 나가 좌정
(坐)하여 신하들을 맞으며

좌석(坐席) : 앉는 자리. 좌시(坐視) : 앉아서 봄. 돕지 않고 내버려둠.	조상(朝霜) : 아침에 내리는 서리. 조정(朝廷) : 나라의 정치를 의논하 고 집행하는 곳.

물을 문
問 (问)
口부/11획

7급
不問可知

불문가지

묻지 않아도 옳고
그름을 넉넉히 알
수 있음.

길 도
道 (道)
辵부/13획

7급
道廳塗說

도청도설

길에서 듣고 길에서
말한다는 뜻. 길거
리에 퍼져 돌아다니
는 뜬소문.

백성들을 다스리는 덕이나 도(道)에 대하여 신하
들이 묻는(問) 물음에 대답해 주었다. 따라서

힐문(詰問) : 따져 물음. 질문(質問) : 모르는 것을 물음. 자문(自問) : 스스로 자신에게 물음.	정도(正道) : 바른 길. 도리(道理) : 사람이 마땅히 행해야 할 바른길.

좌조문도 : 임금이 조정(朝)에 앉아서(坐) 도리(道)를 묻지(問) 않고

드리울 수  **垂** (垂) 土부/8획	팔장을 끼고(拱) 가만히 똑바로만(垂) 앉아 있어도 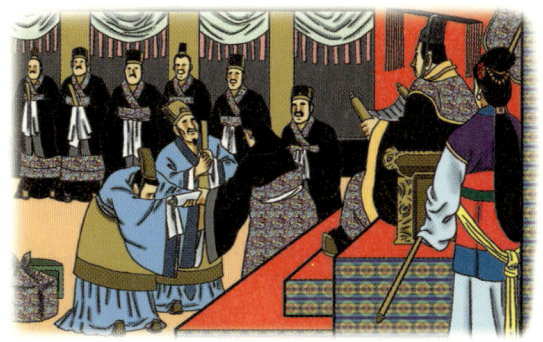	 **率先垂範** **솔선수범** 앞장서서 모범을 보이는 것.
팔짱낄 공  **拱** (拱) 手부/9획	수로(垂老) : 칠십 노인. 수구(垂鉤) : 낚시를 드리움. 수직(垂直) : 똑바로 드리운 모양.　　공목(拱木) : 아름드리 나무. 공읍(拱揖) : 손을 마주 모아 잡고 인사함. 또는 그런 예(禮).	1급 **高拱** **고공** 팔짱을 높이 낀다는 뜻. 아무 일도 하지 않고 가만히 있음.
평평할 평  **平** (平) 干부/5획	나라가 밝고(章) 평온(平)해지는 이유는 유비가 바른 정치를 폈기 때문이었다. 	7급 **平地風波** **평지풍파** 조용한 곳에 풍파를 일으킨다는 뜻. 뜻 밖의 분쟁이 일어남을 비유.
밝을/글 장  **章** (章) 立부/11획	평정(平靜) : 평안하고 고요함. 평안(平安) : 걱정이나 탈이 없음. 평민(平民) : 벼슬이 없는 일반인.　　완장(腕章) : 팔에 두르는 표장. 문장(文章) : 생각, 느낌, 사상 등을 글로 표현한 것.	6급 **章句小儒** **장구소유** 유교의 대의보다는 문장의 어구에만 집착하는 유생.

수공평장 : 옷을 드리우고(垂) 팔짱을 끼고(拱) 있어도 나라가 밝고(章) 평안했다(平). 은나라를 멸망시킨 무왕이 공이 있는 사람에게 보답하고 덕치를 펼치니 편안히 팔짱을 끼고 앉아 있어도 나라가 잘 다스려졌다는 것을 강조하고 있다.

여수(黎首) : 검은 맨머리. 옛날 서민의 머리에는 관을 쓰지 못했으므로 '백성'을 뜻한다.

| 6급 | 사랑 애 | 촉나라를 세운 유비가 애국애민(愛)하며 교육(育)에 힘쓰자, |
| 愛人如己 | | |

애인여기
남을 사랑하기를 자기 몸처럼 사랑함.

愛(爱)
心부/13획

| 7급 | 기를 육 |
| 生生化育 | |

생생화육
천지 자연이 만물을 끊임없이 생육함.

育(育)
肉부/8획

애증(愛憎) : 사랑과 미움.
애국자(愛國者) : 자기 나라를 사랑하는 사람.

육성(育成) : 길러서 자라게 함.
교육(敎育) : 지식과 기술 따위를 가르치며 인격을 길러줌.

| 1급 | 검을 려 | 백성(黎首)들도 유비의 인덕을 칭송했다. 이런 모습을 본 적대국 사람들은 |
| 烝黎出妻 | | |

증려출처
증자가 자기 처가 어머니께 정성이 부족하다 하여 이혼한 일을 이름.

黎(黎)
黍부/15획

| 5급 | 머리 수 |
| 首鼠兩端 | |

수서양단
구멍에서 나갈까 말까 망설이는 쥐라는 뜻. 머뭇거리며 진퇴나 거취를 정하지 못하는 상태.

首(首)
首부/9획

여두(黎豆) : 콩의 한 종류.
여명(黎明) : 희미하게 날이 밝을 무렵. 희망의 빛.

수령(首領) : 우두머리.
수석(首席) : 맨 윗자리.
수긍(首肯) : 옳다고 승락함.

애육여수 : 덕과 사랑(愛)으로 백성(黎首)들을 교육(育)시키면

신하 **신** 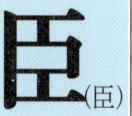 **臣**(臣) 臣부/6획	감동한 나머지 유비의 신하(臣)가 되겠다고 찾아 와 항복(伏)을 했고,

<table>

엎드릴 **복**  **伏**(伏) 人부/6획	

신하(臣下) : 임금을 섬기는 관리.
공신(功臣) : 나라에 공로가 있는 신하.

항복(降伏) : 상대편에게 굴복함.
복병(伏兵) : 적을 기습하기 위해 지나는 길에 숨겨둔 군사.

오랑캐 **융** **戎**(戎) 戈부/6획	심지어 이민족인 오랑캐(戎羌)까지 이런 소문을 듣고 유비에게 복종했다.

오랑캐 **강** **羌**(羌) 羊부/8획	

융이(戎夷) : 서쪽과 동쪽의 오랑캐.
융적(戎狄) : 옛 중국에서 일컫던 서쪽과 북쪽의 오랑캐.

강도(羌挑) : 호두나무 열매.
강활(羌活) : 미나리과에 속하는 두 세 해살이 풀.

5급

臣心如水

신심여수
신하의 마음이 물과 같다는 뜻. 신하의 청념 결백함을 비유하여 이름.

4급

伏龍鳳雛

복룡봉추
복룡(엎드린 용)은 제갈량, 봉추(봉황의 새끼)는 방통. 아직 알려지지 않은 특출한 젊은이.

1급

戎馬之間

융마지간
전쟁을 하고 있는 동안을 일컬음.

臣伏戎羌

신복융강
덕으로 다스리면 오랑캐까지도 항복함.

신복융강 : 변방의 오랑캐(戎羌)까지도 그 덕에 감화되어 항복(伏)하고 신하(臣)가 된다. 백성들을 덕으로 다스리면 그 여파가 이민족한테까지 미쳐 따르게 된다는 점을 강조하고 있다.

1급	**멀 하**
瑕邇壹體	
하이일체	遐(遐)
멀리 있거나 가까운 곳에 있는 사람이나 모두 일체가 됨.	辵부/13획
	가까울 이
行遠必自邇	
행원필자이	邇(迩)
아무리 먼 길도 반드시 가까운 곳에서부터 시작됨.	辵부/18획
2급	**한 일**
壹意	
일의	壹(壹)
한 가지에만 정신을 쏟음.	士부/12획
6급	**몸 체**
民間團體	
민간단체	體(体)
민간인으로 이루어진 단체.	骨부/23획

유비의 인덕은 멀리(遐) 있는 신하든, 가까운(邇) 곳에 있는 신하든 모두가

하년(遐年) : 오래 삶.
하면(遐緬) : 아득하게 멂.
승하(昇遐) : 임금이 세상을 떠남.

이하(邇遐) : 멀고 가까움.
이래(邇來) : 아주 가까운 때.
원이(遠邇) : 먼 곳과 가까운 곳.

일체(壹體)가 되어 그를 따랐다.

일시(壹是) : 모두 한결같이.
일체(壹體) : 일심동체의 준말로 '壹'은 'ㅡ'과 같은 자임.

체력(體力) : 신체의 힘.
체면(體面) : 남을 대하기에 떳떳한 도리나 얼굴.

하이일체 : 멀리(遐) 있는 사람이나 가까운(邇) 곳에 있는 사람이나 일체(壹體)가 되어 여기서 '일체'는 서로 나누어 떼어낼 수 없는 '일심동체'와는 조금 다르다.

한중왕(漢中王) : 유비가 섬서성 남서쪽에 위치한 군사적 요충지 한중에서 왕위에 오르면서 불린 말이다.

거느릴 솔  率(率) 玄部/11획	당시 적대국의 제후들이 자신들의 가솔과 백성들을 인솔(率)해 촉나라에 오면 제왕(王)인 유비는 	3급2 慣性能率 관성능률 물체의 회전 운동에 대한 관성의 크기를 나타냄.

손 빈  賓(宾) 貝部/14획

3급 賓主之間 빈주지간 손과 주인 사이.

인솔(引率) : 사람을 이끌고 거느림.
가솔(家率) : 호주나 세대주에게 딸린 식구. 집안 식구.

귀빈(貴賓) : 신분 높은 손님.
국빈(國賓) : 국가의 귀한 손님으로 예우받는 외국인.

돌아갈 귀  歸(归) 止部/18획

그들을 손님(賓)처럼 귀하게 대하며 귀순(歸)시켜 촉나라의 백성처럼 대했다.

4급 同歸一體 동귀일체 인간의 정신적 결합을 뜻함.

임금 왕 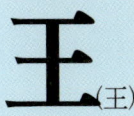 王(王) 玉部/4획

8급 王者無親 왕자무친 임금도 국법 앞에서는 친척을 편들 수 없음.

귀순(歸順) : 적이 굴복하고 순종함.
귀향(歸鄕) : 고향으로 돌아가거나 돌아옴.

왕실(王室) : 왕의 집안.
왕중왕(王中王) : 왕 중의 왕.
왕국(王國) : 임금이 다스리는 나라.

솔빈귀왕 : 온 백성들을 손님(賓)처럼 귀하게 여기니 모두가 따르고(率) 왕(王)에게로 돌아온다(歸). 성군의 덕은 멀리까지 미친다는 뜻이다.

봉황 : 사해(四海)를 높이 날아 곤륜산을 지나 세찬 물살에도 끄떡없는 황하의 물을 마시고, 약수(弱水, 신선이 살고 있다는 강)에서 날개를 씻고, 날이 저물면 풍혈(風穴, 찬바람을 일으키는 곳)에서 잔다는 새이다. 그리고 뭇 새의 왕으로 성인(聖人)이 세상에 나타날 때 출현하는 상서로운 새로 알려져 있다.

4급	울 명	정원의 큰 오동나무(樹) 위에 봉황(鳳)이 날아와
孤掌難鳴	**鳴**(鸣)	
고장난명 외손뼉은 울릴 수 없다는 뜻. 혼자서는 어떤 일을 이룰 수 없음.	鳥부/14획	

3급2	봉새 봉	명고(鳴鼓) : 북을 쳐서 울림. 비명(悲鳴) : 몹시 놀라 다급하게 지르는 외마디 소리.	봉덕(鳳德) : 성인 군자의 덕. 봉황(鳳凰) : 상서로운 새로 여기는 상상의 새. 鳳은 수컷. 凰은 암컷임.
鳳姿玉骨	**鳳**(凤)		
봉자옥골 거룩하고 뛰어난 풍채와 골격을 이름.	鳥부/14획		

6급	있을 재	울면서(鳴) 앉아 있는(在) 것은 큰 인물이 찾아들 것을 암시해 주는 것임을 유비는 알고 있었다.
內在批判	**在**(在)	
내재비판 어떤 학설, 사상 따위를, 그 전제가 되는 것을 일단 인정하면서 하는 비평.	土부/6획	

6급	나무 수	소재(所在) : 있는 곳. 현재(現在) : 이제. 지금. 재고(在庫) : 창고에 쌓아둔 물건.	식수(植樹) : 나무를 심음. 수목(樹木) : 살아 있는 나무. 수림(樹林) : 나무가 우거진 숲.
風樹之歎	**樹**(树)		
풍수지탄 효도를 하려고 할 때는 이미 부모님이 돌아가셔서 그 뜻을 이룰 수 없음.	木부/16획		

명봉재수 : 봉황(鳳)새가 울면서(鳴) 오동나무(樹)에 앉아 있고(在),

백구(白駒) : 멍에를 메어보지 않은 두 살 난 망아지를 일컫는데, 옛사람들은 이를 현인의 상징으로 여겼다.

흰 백	
 白(白)	
白부/5획	

망아지 구	
 駒(駒)	
馬부/15획	

이 무렵 유비를 찾는 인재들이 많았고 그들이 타고 온 흰(白) 망아지(駒)가

명백(明白) : 의심할 것 없이 분명함.
고백(告白) : 숨긴 일이나 생각한 바를 사실대로 솔직하게 말함.

구마(駒馬) : 망아지와 말.
구판(駒板) : 끌개. 베를 맬 때 실을 켕기는 기구.

밥 식	
食(食)	
食부/9획	

마당 장	
場(场)	
土부/12획	

유비의 집 마당(場)에서 한가롭게 풀을 뜯어먹고(食) 있었다.

식사(食事) : 음식을 먹는 일.
식곤(食困) : 음식을 먹은 뒤에 몸이 피곤하며 자꾸 졸음이 오는 증세.

장내(場內) : 어떤 처소의 안.
시장(市場) : 여러 가지 상품을 사고 파는 일정한 장소.

8급
白眉
백미
여럿 중에서 가장 뛰어난 사람이나 물건.

1급
白駒過隙
백구과극
흰 말이 지나가는 것을 문틈으로 보듯 세월이 빠르게 지남.

7급
食小事煩
식소사번
먹는 것은 적고 할 일이 많은 공명이 곧 죽게 된다는 사마의의 말.

7급
逢場風月
봉장풍월
아무 때나 어떤 자리든지 닥치는 대로 한시를 지음.

백구식장 : 흰(白) 망아지(駒)가 마당(場)에서 풀을 뜯고(食) 있다. 봉황새가 오동나무에서 운다는 말은 성군이 나라를 다스린다는 뜻이고, 백구가 마당에서 풀을 뜯어먹고 있다는 것은 사방에서 인재들이 구름처럼 몰려든다는 비유이다.

43

5급	될 화	
變化無雙	化(化)	
변화무쌍	匕부/4획	
세상이 변하여 가는 것이 더할 수 없이 많고 심함.		

유비가 베푼 덕화(化)의 영향력은 사람들이 입고 (被) 있는 옷처럼 따뜻해서

3급2	입을 피
被褐懷玉	被(被)
피갈회옥	衣부/10획
어질고 덕 있는 사람이 세상에 알려지지 않으려 함.	

덕화(德化) : 덕행으로써 교화시킴.
변화(變化) : 사물의 모양, 성질, 상태 등이 달라짐.

피살(被殺) : 죽임을 당함.
피복(被服) : 옷을 문어적으로 이름.
피격(被擊) : 습격 또는 타격을 받음.

7급	풀 초
草根木皮	草(草)
초근목피	艸부/10획
풀뿌리와 나무껍질. 영양가가 적은 나쁜 음식을 가리킴.	

산천초목(草木)의 풀과 나무에게까지 꽃을 피울 정도라는 칭송을 들었다.

8급	나무 목
木偶人衣	木(木)
목우인의	木부/4획
나무 인형에 옷을 두른 것. 아무 능력이나 소용이 없는 사람.	

초목(草木) : 풀과 나무.
초원(草原) : 풀이 난 들.
초가(草家) : 이엉으로 지붕을 인 집.

목마(木馬) : 나무로 만든 말.
목석(木石) : 나무와 돌. 감정이 없는 사람을 비유.

화피초목 : 어진 임금의 덕화(化)는 초목(草木)에게까지 미치고(被)

힘입을 뢰	

賴(赖)

貝부/16획

미칠 급

及(及)

又부/4획

일만 만

萬(万)

艸부/13획

모 방

方(方)

方부/4획

거기다 유비가 신뢰(賴)하는 관우의 인덕과 충성심 또한 크고 넓게 미치게(及) 되었다.

의뢰(依賴) : 남에게 부탁함.
뇌력(賴力) : 남의 힘을 입음.
신뢰(信賴) : 남을 믿고 의지함.

막급(莫及) : 매우 심함.
급포(及捕) : 뒤쫓아서 잡음.
급기(及其) : 드디어 마지막에는.

사람들은 관우의 사당을 짓고 관우의 인덕과 충성심을 만방(萬方)에 알려 왔다.

만방(萬方) : 모든 곳.
만민(萬民) : 수많은 백성.
만금(萬金) : 수많은 금이나 금전.

방백(方伯) : 관찰사.
방금(方今) : 바로 이제, 지금.
방인(方人) : 인물을 비교 논평함.

뇌급만방 : 그 혜택은 만방(萬方)의 모든 백성들에게 널리(賴) 미치게(及) 된다. 어진 덕을 많이 베풀도록 권하는 말이다.

3급2 **蓋世之才** **개세지재** 세상을 뒤덮을 정도 의 뛰어난 재주.	**덮을 개** **蓋**(盖) 艸부/14획

차후(此)에 제갈량처럼 세상을 뒤덮을(蓋) 재주가 있더라도 차일피일 미루지 말고

3급2 **此日彼日** **차일피일** 기일을 자주 미루는 모양.	**이 차** **此**(此) 止부/6획

복개(覆蓋) : 뚜껑 또는 덮개.
개연성(蓋然性) : 단정할 수는 없지만 그러리라 생각되는 성질.

차후(此後) : 지금부터 이후.
여차(如此) : 이와 같음. 이렇게.
피차(彼此) : 이쪽과 저쪽의 양쪽.

6급 **身兼奴僕** **신겸노복** 집안이 가난하여 종 을 두지 못하고 몸 소 종의 일까지 함.	**몸 신** **身**(身) 身부/7획

관우처럼 부모에게 물려받은 몸(身)과 털(髮)까지도 소중하게 생각해야 하며

4급 **髮短心長** **발단심장** 머리털은 빠졌지만 마음은 길다는 뜻. 노인이 지혜가 많음 을 이름.	**터럭 발** **髮**(发) 髟부/15획

신장(身長) : 사람의 키.
수신(修身) : 마음과 행실을 바르게 닦아 수양함.

백발(白髮) : 흰 머리털.
단발(斷髮) : 짧은 머리털.
모발(毛髮) : 사람의 머리털.

개차신발 : 대개(蓋) 이(此) 몸(身)과 모발(髮)은 부모에게 물려받은 것이니 소중히 여겨야 하며,

사대오상 : 네 가지 큰 요소와 다섯 가지 떳떳함. 즉 사대는 지수화풍(地水火風)이며, 오상은 인의예지신(仁義禮智信)이다.

오호장군(五虎將軍) : 촉나라 유비의 막하 장수로 호랑이 같은 상산 조자룡 외 관우, 장비, 황충, 마초의 5맹장을 이른다.

넉 사  四(四) 口부/5획	사람에게는 사대오상(四大五常)이 있음을 알아야 하고, 이를 실천함에 소홀함이 없어야 한다.

사대(四大) : 사람의 몸은 지(地). 수(水). 화(火). 풍(風)의 네 가지로 이루어져 있다는 말.

대소(大小) : 크고 작음.
대왕(大王) : 훌륭한 업적을 남긴 임금을 크게 높여 일컫는 말.

클 대  大(大) 大부/3획	

다섯 오 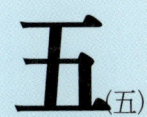 五(五) 二부/4획	특히 오호대장들은 이를 잘 알고 실천하려고 애썼다.

오중(五重) : 다섯 겹.
오곡(五穀) : 쌀, 보리, 조, 콩, 기장의 다섯 가지 곡식.

상용(常用) : 일상적으로 항상 씀.
상식(常識) : 사람들이 보통 알고 있거나 알아야 하는 지식.

떳떳할 상  常(常) 巾부/11획	

8급

四分五裂

사분오열

넷으로 나뉘고 다섯으로 분열된다는 뜻. 여러 갈래로 갈기갈기 찢어지거나 흩어짐.

8급

大同小異

대동소이

크게는 동일하고 작게는 조금 다를 뿐 거의 같음.

8급

五里霧中

오리무중

5리까지 낀 안개 속에서 길을 찾기 어려움.

4급2

常山蛇勢

상산사세

상산의 뱀 같은 기세. 작전이나 문장이 앞과 끝이 잘맞아 떨어짐.

사대오상 : 사람에게는 사대(四大) 요소와 오상(五常)이 있음을 알아야 한다. 사지가 멀쩡하다고 다 사람 구실을 하는 것은 아니다. 사람이라면 사대오상을 몸소 실천하면서 자신을 수양해야 한다는 것이다.

47

3급2	공손할 **공**
恭敬之禮	
공경지례	**恭**(恭)
성신이나 성인에게 드리는 공경.	心부/10획

그와 반대로 여포는 인격 파탄자였다. 여색에 빠지는가 하면 부모를 생각(惟)하며 공경(恭)하지 않고

惟

공대(恭待) : 공손히 대접함.
공경(恭敬) : 남을 대할 때 몸가짐을 공손하게 하고 존경함.

유일(唯一) : 오직 하나.
유독(惟獨) : 여럿 가운데 오직 홀로.
사유(思惟) : 대상을 두루 생각하는 일.

3급	생각할 **유**
惟利是視	
유리시시	**惟**(惟)
의리의 유무는 따지지 않고 이해관계에만 관심을 가짐.	心부/11획

2급	기를 **국**
鞠躬盡力	
국궁진력	**鞠**(鞠)
존경하는 마음으로 몸을 낮춰 온힘을 다한다는 뜻.	革부/17획

키워주고(鞠) 길러준(養) 수양아버지의 목을 베기까지 했다.

국양(鞠養) : 길러 자라게 함.
국문(鞠問) : 임금이 중대한 죄인을 국청에서 신문하던 일.

요양(療養) : 휴양하면서 치료함.
교양(敎養) : 학문, 지위, 사회생활을 바탕으로 이루어지는 품위.

5급	기를 **양**
養虎遺患	
양호유환	**養**(养)
범을 길렀다가 나중에 그 범에게 해를 입음.	食부/15획

공유국양 : 부모가 양육하고(養) 길러준(鞠) 은혜를 공손하게(恭) 생각한다면(惟),

어찌 기	
 豈(긜)	
豆부/10획	

어찌(豈) 출세를 위해 감히(敢) 양부모를 죽이고, 명예를 훼손(毁)할 수 있는가.

3급

豈敢毀傷

기감훼상

부모께서 낳아 길러 주신 이 몸을 어찌 감히 훼상할 수 없음.

감히 감	
敢(敢)	
攴부/12획	

기감(豈敢) : 어찌 감히.
기불(豈不) : 어찌 ~않으랴.

감행(敢行) : 용감하게 행함.
용감(勇敢) : 씩씩하고 겁없고 기운참.

4급

敢死之卒

감사지졸

죽음을 두려워하지 않는 용감한 졸병.

헐 훼	
毁(毁)	
殳부/13획	

그처럼 병들고 상한(傷) 마음을 가진 사람을 세력가들은 주시하고 있었다.

3급

名譽毀損

명예훼손

남의 명예를 더럽히거나 깎는 일.

다칠 상	
傷(伤)	
人부/13획	

훼방(毁謗) : 남을 헐뜯고 비방함.
폄훼(貶毁) : 남을 깎아내려 헐뜯음.
훼손(毁損) : 체면이나 명예를 손상함.

상심(傷心) : 마음이 상함.
상해(傷害) : 남의 몸에 상처를 내어 해를 입힘.

4급

傷哉之歎

상재지탄

살림이 궁색하고 가난함에 대한 한탄.

기감훼상 : 이 몸을 어찌(豈) 감히(敢) 훼손(毁)하고 상처(傷)를 내겠는가?
부모의 은혜를 생각해 몸을 함부로 하지 말라는 뜻이다.

8급	계집 **녀**	오나라에서 여장부로 소문난 손권의 동생이었지
女中丈夫		만, 유비 앞에서는 한갓 여인에 불과했던 손부인
여중장부	**女**(女)	이 유비에게 말했다. "여자(**女**)로 태어나 반드시
여자 가운데 장부라 는 뜻. 기골이나 성 격이 장부같이 늠름 하고 씩씩한 여자.	女부/3획	

3급2	사모할 **모**	
慕華思想		
모화사상	**慕**(慕)	
중국의 문물과 사상 을 흠모하여 따르려 는 사상.	心부/15획	

여왕(**女**王) : 여자 임금.
여심(**女**心) : 여자의 마음.
여인(**女**人) : 어른이 된 여자.

앙모(仰**慕**) : 우러러 그리워함.
사모(思**慕**) : 애틋하게 생각하고 그 리워함.

3급2	곧을 **정**	사모(**慕**)할 것은, 정렬(**貞烈**)부인이 되는 것은 물론
貞烈夫人		내조도 잘해야겠지요." 그러자 유비도 질세라 말을
정렬부인	**貞**(貞)	이었다
정조가 곧고 행실이 바른 부인.	貝부/9획	

4급	매울 **렬**	
極烈分子		
극렬분자	**烈**(烈)	
사상과 언어, 행동 에 과격한 경향이 있는 사람.	火부/10획	

정사(**貞**士) : 지조가 깊은 선비.
정렬(**貞烈**) : 여자의 지조나 절개가 곧고 굳음.

열녀(**烈**女) : 절개가 굳은 여자.
열사(**烈**士) : 나라를 위해 절의를 굳 게 지켜 죽은 사람.

여모정렬 : 여자(**女**)로서 사모(**慕**)할 것은 정렬(**貞烈**)이고,

| 사내 남  | "사내(男) 대장부가 반드시 본받아야(效) 할 것은 사나이다운 재능(才)과 양심(良)을 닦는 일이지요." |

男兒一言重千金

남아일언 중천금
남자의 말 한마디는 천금의 값어치가 있다는 뜻.

男(男) 田부/7획	
본받을 효 **效**(效) 攴부/10획	

남편(男便) : 아내의 배우자.
남매(男妹) : 오라비와 누이.
남정(男丁) : 열다섯 살이 넘은 사내.

효과(效果) : 보람 있는 결과.
효험(效驗) : 약 따위의 효력. 일이나 작용의 좋은 보람.

5급

百藥無效

백약무효
좋다는 약을 다 써도 병이 낫지 않음. 온갖 약이 다 효험이 없다는 말.

| 재주 재 
 才(才)
 手부/3획 | 이 말은 훗날 유비가 아들 유선에게 황제의 자질로 필요한 덕목이라며 유언으로 남긴 것이기도 하다.
  |

6급

才德兼備

재덕겸비
재주만 있는 것이 아니라 덕행까지 함께 갖춤.

| 어질 량 
 良(良)
 艮부/7획 | |

재능(才能) : 재주와 능력.
재색(才色) : 여자의 재주와 용모.
재질(才質) : 재주와 타고난 바탕.

선량(善良) : 착하고 어짐.
양심(良心) : 옳고 그름의 판단을 내리는 도덕적 의식.

5급

良禽擇木

양금택목
새도 좋은 가지를 선택해 앉듯이 현자는 좋은 주인을 가려 섬김.

남효재량 : 남자(男)는 재능(才)을 닦고 선량(良)함을 본받아야(效) 한다.
남녀의 덕행에 대해 충고한 말이다.

5급	**알 지**
知彼知己	**知**_(知)
지피지기 적을 알고 나를 알아 야 한다는 뜻. 적의 형편과 나의 형편을 자세히 알아야 함.	矢부/8획

"자기가 저지른 과오(過)를 알았다면(知)

감지(感知) : 느끼어 아는 것. 무지막지(無知莫知) : 무지하고 우 악스러움.	과욕(過慾) : 지나친 욕망. 과오(過誤) : 잘못. 그릇된 짓. 과언(過言) : 정도에 지나친 말.

5급	**지날 과**
過猶不及	**過**_(过)
과유불급 지나침은 미치지 못 함과 같다는 뜻. 중 용을 가리키는 말.	辵부/13획

5급	**반드시 필**
必有曲折	**必**_(必)
필유곡절 반드시 무슨 곡절이 있음을 이름.	心부/5획

반드시(必) 개과천선해야(改) 한다." 유비가 술주
정으로 인해 여포에게 서주성을 빼앗긴 장비에게
충고한 말이다.

5급	**고칠 개**
改過遷善	**改**_(改)
개과천선 과오를 고치고 선한 길로 들어섬.	攴부/7획

필승(必勝) : 반드시 이김. 필수(必須) : 꼭 필요로 함. 필요(必要) : 꼭 소용이 됨.	개혁(改革) : 새롭게 뜯어고침. 개선(改善) : 잘못을 고쳐 좋게 함. 개량(改良) : 나쁜 점을 고쳐 좋게 함.

지과필개 : 자기 자신의 과거의 허물(過)을 알면(知) 반드시(必) 고치도록
(改) 하고,

얻을 득	조조가 사마중달에게 충고했다. "능력(能)을 얻게 (得) 되면 반드시	4급2

4급2
一擧兩得

일거양득
한 가지 일로 두 가지 이익을 얻음.

얻을 득

得(得)
彳부/11획

능할 능
能(能)
肉부/10획

5급
能大能小

능대능소
크고 작은 일을 임기응변으로 잘 처리함을 이름.

조조가 사마중달에게 충고했다. "능력(能)을 얻게 (得) 되면 반드시

득도(得道) : 도를 깨달음.
득실(得失) : 얻음과 잃음.
이득(利得) : 이익을 얻음.

무능(無能) : 재능이 없음.
능력(能力) : 어떤 일을 해낼 수 있는 힘.

없을 막
莫(莫)
艸부/11획

3급2
莫上莫下

막상막하
상과 하를 구별할 수 없음을 이를.

국가에 이바지해야 할 막중(莫)한 임무가 있음을 절대로 망각(忘)하지 말아야 한다."

잊을 망
忘(忘)
心부/7획

3급
忘身忘家

망신망가
몸과 딸린 가족을 잊고 오로지 국가에 충성함.

막중(莫重) : 매우 중요함.
막론(莫論) : 따져 말할 필요도 없음.
막강(莫强) : 힘이 더할 수 없이 셈.

망각(忘却) : 어떤 사실을 잃어버림.
건망(健忘) : 보고 듣는 것을 자꾸만 잊어버림.

득능막망 : 그럴 능력(能)을 갖게(得) 되었으면 잊어버리지(忘) 말아야 (莫) 한다. 덕을 닦는 것은 개과천선에 있다는 말이다.

3급	없을 망
罔有擇言	**罔**(罔)
망유택언 말이 모두 법에 맞아 골라낼 것이 없음.	网부/8획

5급	말씀 담
談笑自若	**談**(淡)
담소자약 걱정과 근심이 닥쳐 도 평상시와 같은 태도를 가짐.	言부/15획

3급2	저 피
彼此一般	**彼**(彼)
피차일반 저것이나 이것이나 마찬가지임.	彳부/8획

6급	짧을 단
短兵接戰	**短**(短)
단병접전 창이나 칼 따위의 단병을 가지고 가까 이 가서 육박하는 싸움.	矢부/12획

"덕담은 못할망정 망측(罔)한 농담(談)을 하지 말라.

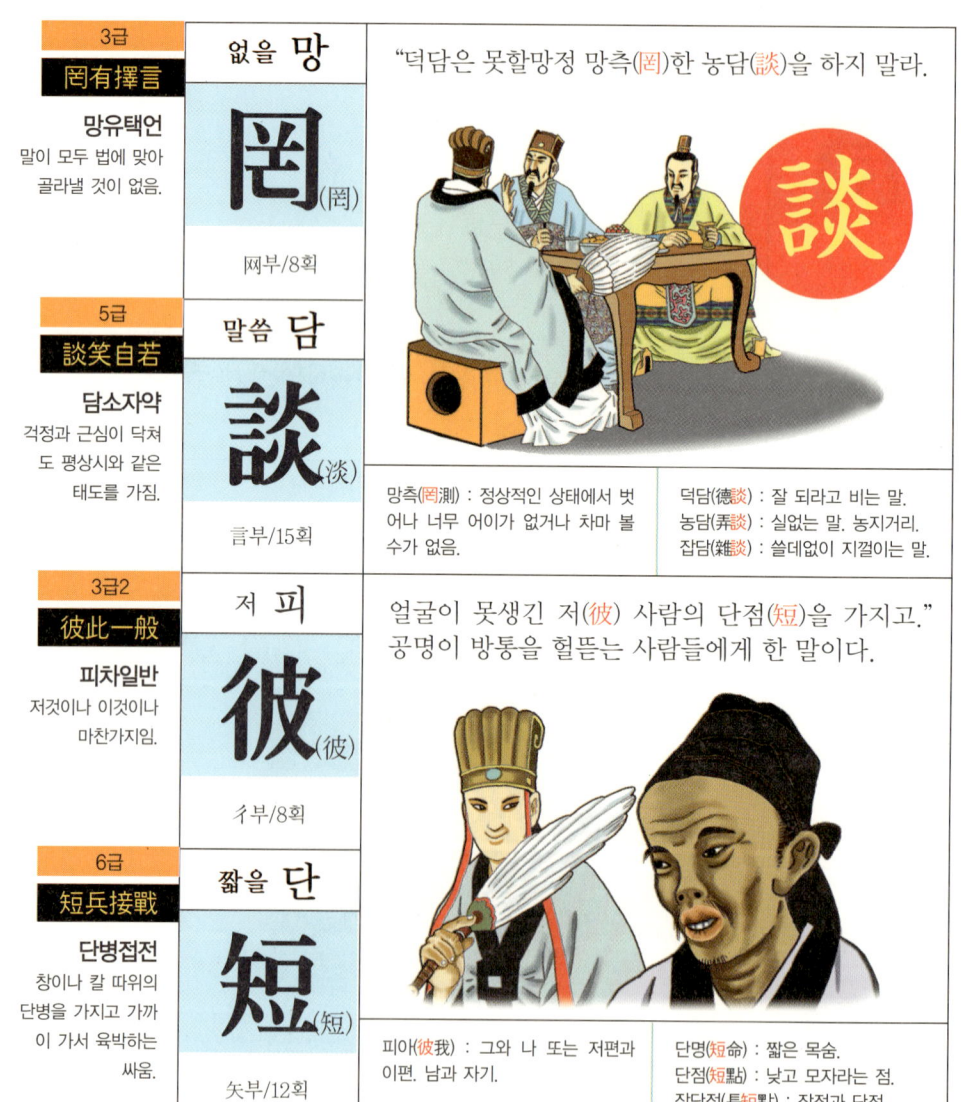

망측(罔測) : 정상적인 상태에서 벗어나 너무 어이가 없거나 차마 볼 수가 없음.

덕담(德談) : 잘 되라고 비는 말.
농담(弄談) : 실없는 말. 농지거리.
잡담(雜談) : 쓸데없이 지껄이는 말.

얼굴이 못생긴 저(彼) 사람의 단점(短)을 가지고."
공명이 방통을 헐뜯는 사람들에게 한 말이다.

피아(彼我) : 그와 나 또는 저편과 이편. 남과 자기.

단명(短命) : 짧은 목숨.
단점(短點) : 낮고 모자라는 점.
장단점(長短點) : 장점과 단점.

망담피단 : 남(彼)의 단점(短)을 말하지(談) 말고(罔)

쓰러질 **미**  **靡** (靡) 非부/19획	"천방지축으로 날뛰다가 단명으로 끝난 여포처럼 되지 않으려면 자신을 너무 내세우거나 믿지(恃) 말라(靡).

믿을 **시**
恃
(恃)
心부/9획

미비(靡費) : 모두 써버리거나 허비함.
미연(靡然) : 어떤 세력을 붙좇아 따르는 모양.

시뢰(恃賴) : 믿고 의지함.
시악(恃惡) : 자기의 악한 성미를 믿음. 또는 그런 성미를 부리는 것.

恃德者昌

시덕자창

덕에 의지하는 사람은 번창함.

몸 **기**
己
(己)
己부/3획

자신(己)의 능력이 뛰어난(長) 것으로 착각하는 것도 마찬가지이다." 방통이 책사들에게 충고한 말이다.

5급

利己主義

이기주의

자기의 이익만 꾀하고 사회 일반의 이익은 염두에 두지 않음.

긴/어른 **장**
長
(長)
長부/8획

자기(自己) : 그 사람, 자신.
이기심(利己心) : 자기 한 몸의 이익만을 꾀하는 마음.

장기(長技) : 아주 능한 재주.
장점(長點) : 보다 뛰어난 점.
장단(長短) : 길고 짧음. 장점과 단점.

8급

長短說

장단설

길거나 짧게 설명할 수 있는 능력을 지닌 전국시대 책사들의 웅변술.

미시기장 : 자기(己)의 장점(長)을 믿고(恃) 내세우지 말라(靡). 남을 존중하고 자기를 내세우지 않으며 겸손하라는 가르침이다.

信賞必罰

신상필벌

상을 줄 만하면 반드시 상을 주고, 벌을 줄 만하면 반드시 벌을 줌.

信(信)

人부/9획

使水逆流

사수역류

물을 거슬러 흐르게 한다는 뜻. 자연의 도리에 어긋남을 이르는 말.

하여금 사

使(使)

人부/8획

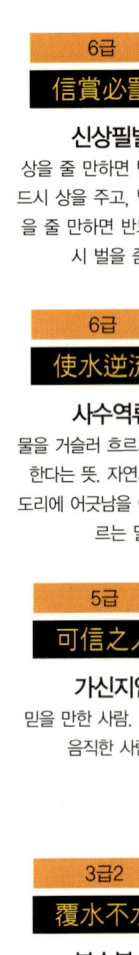

신의(信)와 충성심을 목숨처럼 여기는 관우가 사명감(使)에 불타 청룡언월도를 휘두를 때

확신(確信) : 굳게 믿음.
신의(信義) : 믿음과 의리.
신용(信用) : 믿어 의심치 않음.

사명(使命) : 맡겨진 임무. 맡은 일.
사용(使用) : 물건 등을 쓰거나 사람을 부리어 씀.

5급

可信之人

가신지인

믿을 만한 사람. 믿음직한 사람.

옳을 가

可(可)

口부/5획

3급2

覆水不水

복수불수

엎지른 물은 다시 담을 수 없음.

덮을 복

覆(覆)

襾부/18획

적군의 시체가 가히(可) 복개공사를 하듯 대지를 뒤덮었다(覆).

가공(可恐) : 두려워할 만함.
가망(可望) : 가능성이 있는 희망.
가능(可能) : 할 수 있거나 될 수 있음.

복개(覆蓋) : 뚜껑 또는 덮개.
복면(覆面) : 알아보지 못하도록 헝겊 등으로 얼굴을 싸서 가리는 것.

신사가복 : 신의(信)로 하여금(使) 감싸주도록(覆) 하고(可) "신용이 없으면 살 수 없다." 논어의 말대로 신용이 있는 사람은 도량도 당연히 넓은데, 그 도량이란 헤아릴 수 없는 큰 포용력을 말한다.

그릇 기

器(噐)

口부/16획

하고자 할 욕

欲(欲)

欠부/11획

"관우 같은 기량(器)을 바라면, 먼저 공명심에 사로잡힌 욕심(欲)을 버리고 적군이 자신의 역량(量)을

기량(器量) : 사람의 덕량과 재능.
기구(器具) : 세간, 기계, 도구 따위를 통틀어 이름.

욕구(欲求) : 바라고 구함. 탐냄.
욕망(欲望) : 무엇을 하거나 가지고자 하는 마음.

어려울 난

難(难)

隹부/19획

헤아릴 량

量(量)

里부/12획

헤아리기 어렵게(難) 만들어야 한다." 조조가 관우를 칭찬하며 부하들에게 한 말이다.

난국(難國) : 극난한 시국.
난해(難解) : 풀기가 어려움.
난감(難堪) : 견뎌내기 어려움.

양산(量産) : 대량으로 생산하는 것.
역량(力量) : 어떤 일을 감당해낼 수 있는 힘과 능력.

기욕난량 : 기량(器)을 얻고자 하면(欲) 남이 자신의 역량(量)을 헤아리기 어렵게(難) 해야 한다.

묵자(墨子 BC 480?~390?) : 중국 전국시대의 사상가이다. '모두를 서로 사랑하라'는 겸애
사상과 '침략하지 말라'는 비공사상을 설파하며 침략 당하는 나라를 돕는 성곽을 수비하는
장비 보급과 병법을 전파하러 다녔고, 전쟁을 종식시키려면 천하통일을 이루어야 한다며 진
나라를 지지하기도 했다.

먹 묵	**墨**(墨) 土부/15획	묵자(墨)는 사람들이 흰 실(絲)에 염색(染)하는 것을 보고 슬퍼했는데(悲) 한번 물들면

黑城之守

묵성지수
너무 완고하여 변통
할 줄 모르거나 의견
이나 주장을 끝까지
밀고 나감.

묵자(墨子) : 중국 전국시대의 사상
가인 묵적(墨翟)을 가리키거나 그가
쓴 책을 말함.

비보(悲報) : 슬픈 소식.
비애(悲哀) : 슬픔과 설움.
비통(悲痛) : 몹시 마음이 아픈 슬픔.

4급2
悲憤慷慨

비분강개
불의나 잘못되어 가
는 세태가 슬프고 분
하여 마음이 북받침.

슬플 비
悲(悲) 心부/12획

4급
絲來線去

사래선거
일이 얽히고 설키거
나 더욱 번거로워짐.

실 사
絲(絲) 糸부/12획

다시는 원래의 색으로 돌아갈 수 없다는 이 고사를
인용해 관우는 장비의 나쁜 술버릇을 나무랐다.

3급2
染指之物

염지지물
집게손가락에 붙은
것이라는 뜻. 분에
넘치게 가지는 남의
물건.

물들 염
染(染) 木부/9획

사로(絲路) : 좁은 길.
사상균(絲狀菌) : 곰팡이.
사설(絲屑) : 실의 잔부스러기.

염색(染色) : 물들임.
염료(染料) : 염색에 쓰이는 물감.
염혜(染慧) : 번뇌로 더럽혀진 지혜.

묵비사염 : 묵자(墨)는 흰 실(絲)에 염색(染)하는 것을 보고 비통(悲)해 했
으며, 사람의 성품은 본래 선하나 본인의 나쁜 습관과 주변 환경에 물들어 나빠진다는 말
이다. 묵자는 "흰 실이 검게 물들면 다시 희게 될 수 없다."고 말하며 슬퍼했다.

겸애(兼愛) : 가리지 않고 모든 사람을 똑같이 두루 사랑함.
시경(詩經) : 중국 최고의 시집으로, 주나라 초부터 춘추시대 초기까지의 시 305편을 모은 유교 경전의 하나이다.

시 시 **詩**(诗) 言부/13획	유비가 시경(詩)을 읽고 찬사(讚)를 크게 한 대목은 고양(羔羊) 편이었다. 한편 유비는 조조가

시비(詩碑) : 시를 새긴 비석.
시인(詩經人) : 시를 짓는 사람.
한시(漢詩) : 한문으로 지은 시.

찬미(讚美) : 아름다운 덕을 기림.
찬사(讚辭) : 업적 등을 칭찬하는 말이나 글.

기릴 찬
讚(赞)
言부/26획

새끼양 고
羔(羔)
羊부/10획

겸애(兼愛)사상을 설파한 묵자를 본받았으면 했다.

고양(羔羊) : 어린 양 또는 흑양.
고안(羔雁) : 염소와 기러기. 경대부의 폐백.

양모(羊毛) : 양의 털.
양피(羊皮) : 양의 가죽.
양장(羊腸) : 양의 창자.

양 양
羊(羊)
羊부/6획

4급2
詩書之道
시서지도
시경과 서경의 도(道)라는 뜻. 성현의 가르침을 이름.

4급
萬口稱讚
만구칭찬
많은 사람들이 모두 칭찬함을 이름.

烹羊炮羔
팽양포고
설과 같은 명절에 양, 염소 따위를 잡아 잔치를 베풂.

4급2
羊頭狗肉
양두구육
양의 머리를 걸어 놓고 개고기를 판다는 뜻. 겉으로만 그럴듯하게 보이고 속은 변변하지 않음.

시찬고양 : 시경(詩)은 고양(羔羊) 편을 찬미(讚)했다. 고양 편에 "문왕의 가르침을 받은 사람들이 새끼양처럼 온순해졌다."는 것을 찬미했는데 사람의 성품은 바뀌기 쉬워 악해질 수도, 선해질 수도 있음을 말해주고 있다.

59

	볕 **경**	
	景(景)	
경승지지 경치가 좋기로 이름 난 곳. 명승지.	日부/12획	

군자 예형이 조조에게 충고했다. "우러러볼(景) 만 한 행실(行)을 하면 아무리 못난 사람이라도

야경(夜景) : 밤의 경치. 경행(景行) : 훌륭한 행실. 경기(景氣) : 경제활동 상황.	행방(行方) : 간 곳이나 방향. 행실(行實) : 행동에 드러나는 품행. 행동(行動) : 동작을 하여 행하는 일.

	행할 **행**	
	行(行)	
행시주육 살아 있는 송장에 걸어다니는 고깃덩 어리, 쓸모 없는 사 람을 비유.	行부/6획	

	벼리 **유**	
	維(維)	
유신지초 모든 사물이 바뀌어 새로워진 처음.	糸부/14획	

훌륭한 현인(賢)이 될(維) 수 있으며 항상 어떤 일 을 하면서

유지(維持) : 지탱해 감. 버티어 감. 유신(維新) : 모든 것이 개혁되어 새 롭게 됨.	현인(賢人) : 어질고 현명한 사람. 현명(賢明) : 마음이 어질고 영리하여 사리에 밝음.

	어질 **현**	
	賢(賢)	
현모양처 어진 어머니인 동시 에 착한 아내.	貝부/15획	

경행유현 : 착하고 우러러볼(景) 만한 행실(行)을 하면 현인(賢)이 될(維) 것이며,

이길 **극** 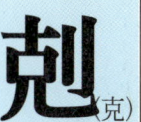 **剋**(克) 刀부/9획	극기(剋)하고 이를 유념(念)하고 있으면 성인(聖)이 될 수 있으니 당신도 지금부터 작심(作)하여

상극(相剋) : 서로 마주치면 충돌함.
하극상(下剋上) : 아랫사람이 윗사람을 꺾고 오름.

유념(留念) : 마음에 새기고 생각함.
염려(念慮) : 여러 가지로 헤아려 걱정함.

생각 **념**  **念**(念) 心부/8획	

지을 **작**  **作**(作) 人부/7획	훌륭한 사람이 되도록 해보라." 그러나 조조는 그를 내쫓아 죽게 하고 말았다.

작정(作定) : 일을 결정함.
작업(作業) : 어떤 일을 함.
작전(作戰) : 싸우는 방법과 계략.

성경(聖經) : 기독교의 경전.
성인(聖人) : 지혜와 덕이 뛰어나 길이 우러러 본받을 만한 사람.

성인 **성**  **聖**(圣) 耳부/13획	

1급
克己復禮
극기복례
과한 욕망을 극복하고 예절에 따름.

5급
無想無念
무상무념
모든 생각을 떠나 마음이 빈 상태.

6급
作心三日
작심삼일
굳게 먹은 마음이 오래가지 못함을 비유함.

4급2
聖人無夢
성인무몽
성인은 심신이 편안해 밤에 꿈을 꾸지 않음.

극념작성 : 항상 극기(剋)를 유념(念)하면 성인(聖)도 될(作) 수 있다. "성인도 생각하지 않으면 미친 사람이 될 수 있고, 미친 사람도 생각할 줄 알면 능히 성인이 될 수 있다."는 시성의 말처럼 모든 것이 생각하기에 달렸다는 뜻이다.

인덕(德)을 통하여 인재를 모으고 정통성을 유지하기 위해 나라를 세운(建) 유비는

德

덕담(德談) : 잘 되라고 비는 말.
덕망(德望) : 덕행으로 얻은 명망.
미덕(美德) : 도덕적인 훌륭한 행동.

건국(德國) : 새로운 나라를 세움.
건설(建設) : 건물, 설비, 시설 따위를 새로 만들어 세움.

권모술수를 통하여 입신양명(立身揚名)하려는 조조와 크게 달랐다.

劉

명문(名門) : 문벌이 좋은 집안.
명예(名譽) : 세상에서 훌륭함이 인정되는 이름이나 자랑.

입지(立志) : 뜻을 세움.
입법(立法) : 법률을 제정함.
입신(立身) : 사회에 나가서 출세함.

덕건명립 : 덕(德)을 세우면(建) 명예(名)가 서고(立),

형상 **형**  形(形) 彡부/7획	항상 바른 행실과 모습(形)을 단정(端)히 하고 정직(正)하여

끝 **단**  端(端) 立부/14획	

형태(形態) : 사물의 겉모습.
형상(形象) : 어떤 대상에 관여 마음 속에 떠오르는 것.

단서(端緒) : 일의 실마리.
단정(端正) : 모습이나 몸가짐이 흐트러진 데 없이 얌전하고 깔끔함.

겉 **표** 表(表) 衣부/8획	출세를 위해 날뛰는 표리부동(表)한 사람들이 유비의 거동에 많은 신경을 쓰곤 했다.

바를 **정** 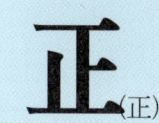 正(正) 止부/5획	

표출(表出) : 겉으로 나타냄.
표면(表面) : 거죽으로 드러난 면.
표정(表情) : 감정을 겉으로 드러냄.

정의(正義) : 바른 도리.
정직(正直) : 마음에 거짓이나 꾸밈 없이 성품이 바르고 곧음.

형단표정 : 형상(形)이 단정(端)하면 모든 것이 정직(正)하게 나타난다(表).
서경에 "형상이 단정하면 그림자도 단정하고, 의표가 바르면 그림자도 바르다."고 말한 것은 이 장을 두고 한 말이다.

7급	빌 공	빈(空) 협곡(谷)에 숨어 경계를 철저히 하면서 작 전회의를 해도 바람과 메아리를 따라
空理空論		
공리공론 사실에 맞지 않은 이론과 실제와 동떨 어진 논의.	空(空) 穴부/8획	

빈(空) 협곡(谷)에 숨어 경계를 철저히 하면서 작 전회의를 해도 바람과 메아리를 따라

7급
空理空論
공리공론
사실에 맞지 않은 이론과 실제와 동떨 어진 논의.

빌 공
空(空)
穴부/8획

3급2
谷底平地
곡저평지
좁은 골짜기 아래의 작은 들.

골 곡
谷(谷)
谷부/7획

공중(空中) : 하늘과 땅 사이의 공간.
공간(空間) : 아무것도 없이 비어 있 는 칸.

협곡(峽谷) : 좁고 험한 골짜기.
계곡(溪谷) : 두 산 사이에 물이 흐르 는 골짜기.

5급
前無後無
전무후무
전에도 없었고 앞으 로도 없음.

전할 전
傳(传)
人부/13획

소리(聲) 소문 없이 적군에게 전달되듯이(傳)

4급2
聲東擊西
성동격서
동쪽을 공격하는 것 같지만 실제는 서쪽 을 공격함.

소리 성
聲(声)
耳부/17획

전달(傳達) : 전하여 이르게 함.
전설(傳說) : 예부터 민간에서 전해 내려오는 이야기.

음성(音聲) : 사람의 목소리.
육성(肉聲) : 사람의 입에서 직접 나 오는 소리.

공곡전성 : 빈(空) 골짜기(谷)에서도 음성(聲)이 메아리로 전달되듯이(傳)

빌 허		
 虛(虚)		
虍부/12획		

집 당		
 堂(堂)		
土부/11획		

익힐 습		
 習(习)		
羽부/11획		

들을 청		
聽(听)		
耳부/22획		

"우리가 빈(虛) 집(堂)에 은밀히 모여 조조를 제거할 모의를 해도 조조는 귀신같이 전해 듣고(聽)

허망(虛妄) : 어이없고 허무함.
허세(虛勢) : 허풍으로 실속이 없는 기세. 허장성세의 준말.

당상(堂上) : 대청 위.
명당(明堂) : 풍수지리에서 말하는 좋은 묏자리나 집터.

대처하는 습성(習)이 있으니 조심해야 한다." 조조에게 독약을 먹이려다 실패한 길평의 말이다.

습득(習得) : 배워서 터득함.
습작(習作) : 연습삼아 지음.
습성(習性) : 습관이 되어버린 성질.

청각(聽覺) : 소리를 느끼는 감각.
청취(聽取) : 방송이나 진술 등을 자세히 들음.

4급2
虛張聲勢
허장성세
실력이 없으면서도 허세로만 떠벌림.

6급
堂拘風月
당구풍월
무슨 일 하는 것을 오래 보고 들으면 자연히 할 줄 알게 된다는 뜻.

6급
習俗移性
습속이성
습관과 풍속은 끝내 그 사람의 성질을 바꾸어 놓음.

4급
聽若不聞
청약불문
듣고도 못 들은 체함을 이름.

허당습청 : 빈(虛) 집(堂)에서도 듣고(聽) 익히는(習) 것이 있다. 밤 말은 쥐가 듣고 낮 말은 새가 듣는다고 하듯이 천리 밖에서도 다 알게 된다는 뜻이다.

3급2	재앙 **화**
禍縱口生	
화종구생	**禍**(禍)
화(禍)란 입으로부터 나온다는 뜻. 말을 삼가야 함을 이름.	
	示부/14획

5급	인할 **인**
因果應報	
인과응보	**因**(因)
원인과 결과는 서로 물고 물린다는 뜻.	
	口부/6획

5급	악할 **악**
惡因惡果	
악인악과	**惡**(恶)
악한 일을 하면 나쁜 결과가 따름.	
	心부/12획

4급	쌓을 **적**
積小成大	
적소성대	**積**(积)
작거나 적은 것도 쌓이면 크게 되거나 많아짐.	
	禾부/16획

동탁이 미인계에 걸려 믿었던 여포한테 참살당하게 되는 화(禍)를 불러들인 원인(因)은

재화(災禍) : 재앙과 화난.
화근(禍根) : 재앙을 가져올 근원.
액화(厄禍) : 액으로 당하는 재앙.

패인(敗因) : 싸움 등에서 진 원인.
원인(原因) : 어떤 일의 근본이 되는 까닭

그들이 저질러온 많은 악행들(惡)이 쌓인(積) 데서 비롯된 것이었다.

악귀(惡鬼) : 악한 귀신.
악행(惡行) : 악독한 행위.
악마(惡魔) : 불도를 방해하는 악신.

적금(積金) : 돈을 모아둠.
적재(積載) : 물건을 실음.
축적(蓄積) : 많이 모이는 일.

화인악적 : 화(禍)는 악행(惡)이 축적(積)된 원인(因)에서 오는 것이며

"한나라의 소열황제(유비)는 죽을 때 후주(유선)에게 조칙을 내려, 선(善)이 작다고 해서 행하지 않으면 안 되고, 악이 작다고 해서 행하면 안 된다."고 일렀다. —명심보감 계선편 2장

복 복	유비가 여러 인연(緣)을 통하여 큰 복(福)과 경사(慶)로운 일을 맞게 된 것은	5급

福(福)

示부/14획

| 인연 연 | | 4급 |

緣(缘)

糸부/15획

5급
福善禍淫
복선화음
착한 사람에게는 복이 오고 못된 사람에게는 재앙이 옴.

4급
緣木求魚
연목구어
나무에 올라가 물고기를 구한다는 뜻. 불가능한 일을 굳이 하려 함을 비유.

복덕(福德) : 복과 덕.
복음(福音) : 기쁜 소식.
복지(福祉) : 행복과 이익.

연고(緣故) : 일의 까닭.
혈연(血緣) : 같은 핏줄로 이어진 인연.

| 착할 선 | 인과응보가 있는 선행(善) 때문이었다. 그는 못난 아들에게 선행에 대해 유언을 남겼다. |

善(善)

口부/12획

| 경사 경 | |

慶(庆)

心부/15획

5급
善男善女
선남선녀
성품이 착한 남자와 착한 여자라는 뜻. 착하고 어진 사람들을 이름.

4급2
慶弔相問
경조상문
경사스러운 일은 서로 축하하고 불행한 일은 서로 위문함.

선행(善行) : 착하고 어진 행실.
선악(善惡) : 착한 것과 악한 것.
선심(善心) ; 남을 구제하는 마음.

경축(慶祝) : 경사로운 일을 축하함.
경하(慶賀) : 기쁘고 즐거운 일에 축하의 뜻을 표함.

복연선경 : 복(福)은 경사스런(慶) 선행(善)을 베푸는 인연(緣)으로 생긴다.
맹자가 "화와 복은 모두 자기가 구하는 것이다."라고 말한 것과 같은 이치이다.

3급2	자 **척**
尺寸之利	**尺**(尺)
척촌지리 얼마 되지 않는 약 간의 이익.	尸부/4획

1급	구슬 **벽**
完璧歸趙	**璧**(璧)
완벽귀조 흠없는 구슬. 결점이 없이 완전함. 또는 빌 린 물건을 온전히 반 환함.	玉부/18획

4급2	아닐 **비**
非夢似夢	**非**(非)
비몽사몽 꿈인지 생시인지 어 렴풋한 상태.	非부/8획

4급2	보배 **보**
寶貨難售	**寶**(宝)
보화난수 훌륭한 사람은 기량 이 크므로 남에게 등용되기 어려움.	宀부/20획

공명이 게으른 자들에게 충고했다. "벽옥(璧)의 둘레가 한 자(尺)나 된다 해도 한낱 옥에 지나지 않으니,

이 세상에 하나밖에 없는 보물(寶)처럼 여기지 말라(非).

척도(尺度) : 자로 재는 길이의 표준.	완벽(完璧) : 결점이 없이 훌륭함.
월척(越尺) : 물고기 길이가 한 자 남짓함.	벽옥(璧玉) : 납작한 구슬과 둥근 구슬.

비정(非情) : 인정이 없음.	보검(寶劍) : 보배로운 칼.
비상식(非常識) : 상식이 없음.	보물(寶物) : 썩 드물고 귀한 가치가
비리(非理) : 도리에 어긋나는 일.	있는 물건.

척벽비보 : 한 자(尺)나 되는 큰 구슬(璧)을 보물(寶)로 여기지 말고(非),

68

우왕(禹王) : 생몰연대는 미상이며, 순 임금의 선양을 받아 왕위를 계승해 하 왕조의 기초를
세운 인물이다.

마디 촌	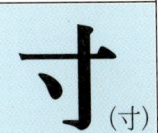	
寸(寸)		
寸부/3획		

성군이신 우왕께서는 값진 보물보다 촌음(寸陰)을
아껴 쓰셨다.

그늘 음	
陰(阴)	
阜부/11획	

삼촌(三寸) : 아버지의 형제.
촌음(寸陰) : 아주 짧은 시간.
촌각(寸刻) : 매우 짧은 시각.

음양(陰陽) : 음과 양.
음지(陰地) : 그늘진 곳.
음해(陰害) : 남을 넌지시 해침.

이/옳을 시	
是(是)	
日부/9획	

햇볕이 한 치쯤 옮겨가는 것을 사람들은 무관심
했으나 우왕은 이 짧은 시간조차 시시(是)비비를
다투었다(競)."

다툴 경	
競(竞)	
立부/20획	

시정(是正) : 바로잡음.
시비(是非) : 옳고 그름.
시인(是認) : 옳다고 인정함.

경합(競合) : 맞서 겨룸.
경쟁(競爭) : 경기 등 같은 목적을
두고 서로 다툼.

촌음시경 : 짧은 시간(寸陰)이라도 옳고 그름(是)을 가리고 다투어(競) 아
껴써야 한다. 보물은 잃어도 다시 얻을 수 있으나 시간은 얻을 수 없으므로 시간을 아껴
야 한다는 말이다.

4급

物資動員

물자동원
전쟁 등의 비상사태
에서 국가적으로 필
요로 하는 중요 물
자를 거둠.

재물 **자**

資(資)

貝부/13획

제갈량은 촉나라의 황제가 될 자질(資)이 있었음
에도 유선을 그의 아버지(父) 유비를 모시듯

8급

父傳子傳

부전자전
대대로 아버지가 아
들에게 전함.

아비 **부**

父(父)

父부/4획

자금(資金) : 자본금의 준말.
자질(資質) : 타고난 성품이나 소질.
투자(投資) : 사업에 자금을 투입함.

부친(父親) : 생부(生父), 친아버지.
부도(父道) : 아버지로서 지켜야 할
　　　　도리.

7급

事必歸正

사필귀정
모든 일은 반드시
바른 길로 돌아감.

섬길/일 **사**

事(事)

亅부/8획

군주(君)로 깍듯이 섬겼다(事). 이에 불만을 품은
군신들이 사건을 만들어　*사(事) : 여기서는 '섬기다'로 씀.

4급

君子豹變

군자표변
군자는 허물을 고쳐
올바로 행함이 아주
빠르고 뚜렷함.

임금 **군**

君(君)

口부/7획

사연(事緣) : 사정과 연유.
사후(事後) : 일이 벌어진 후.
사전(事前) : 일이 벌어지기 전.

군주(君主) : 나라를 통치하는 임금.
군자(君子) : 학문과 덕이 높고 행실
이 바르며 품위를 갖춘 사람.

자부사군 : 부모(父)를 섬기는 마음으로 자질(資)을 갖추고 군주(君)를 섬
겨라(事).

가로 왈
日(曰)
曰부/4획

엄할 엄
嚴(严)
口부/20획

왈가왈부(曰) 소란을 피우자, 공명은 엄명(嚴)을 내려 해이해진 군신들의 기강을 바로잡은 다음,

혹왈(或曰) : 어떤 사람이 말하는 바.
왈패(曰牌) : 말과 행동이 단정하지 못하고 수선스럽고 거친 사람.

엄격(嚴格) : 매우 엄함.
엄명(嚴命) : 엄하게 명령함.
엄숙(嚴肅) : 장엄하고 정숙함.

3급
曰可曰否
왈가왈부
좋으니 나쁘니 하고 떠들어댐.

4급
嚴刑得情
엄형득정
엄하게 벌을 주어 범죄를 밝혀냄.

더불 여
與(与)
臼부/14획

공경 경
敬(敬)
攴부/13획

비록 유약한 유선이지만 여론(與)을 모아 경건한 (敬) 마음으로 황제로 대했다.

여부(與否) : 그러함과 그렇지 않음.
참여(參與) : 어떤 일에 끼어들어 관계함.

공경(恭敬) : 공손히 받들어 모심.
경건(敬虔) : 공경하는 마음으로 삼가 조심함.

4급
與民同樂
여민동락
임금이 백성과 더불어 즐거움을 같이 나눔.

5급
敬而遠之
경이원지
겉으로는 공경하는 체하면서 속으로는 꺼리어 멀리함.

왈엄여경 : 즉(曰) 엄숙함(嚴)과 더불어(與) 공경(敬)하는 마음으로 임금을 섬겨야 한다. 부모를 섬기듯 임금을 섬기면 가히 충신이 될 수 있음을 말한다.

서서(徐庶) : 유비의 참모로 제갈량을 천거한 인물이다. 자신의 어머니가 인질로 잡혀가자 조조에게 투항해야만 했다.
태사자(太史慈) : 중국 후한 말의 무장으로 손권을 도와 삼국 정립에 기여한다. 그의 활솜씨와 공융을 도운 전투는 늘 칭송을 받고 있다.

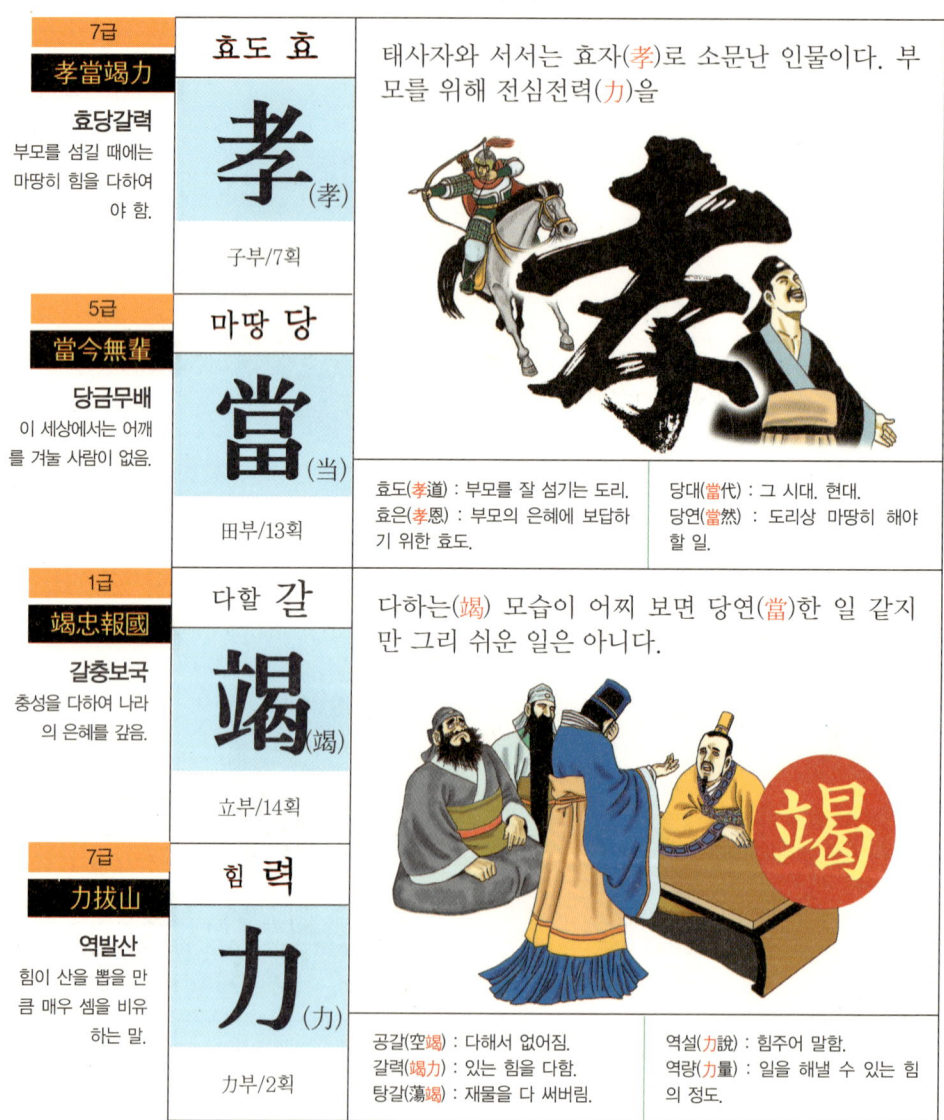

7급	효도 효	태사자와 서서는 효자(孝)로 소문난 인물이다. 부모를 위해 전심전력(力)을
孝當竭力	**孝**(孝)	
효당갈력		
부모를 섬길 때에는 마땅히 힘을 다하여야 함.	子부/7획	

5급	마땅 당	효도(孝道) : 부모를 잘 섬기는 도리. / 당대(當代) : 그 시대. 현대.
當今無輩	**當**(当)	효은(孝恩) : 부모의 은혜에 보답하기 위한 효도. / 당연(當然) : 도리상 마땅히 해야 할 일.
당금무배		
이 세상에서는 어깨를 겨룰 사람이 없음.	田부/13획	

1급	다할 갈	다하는(竭) 모습이 어찌 보면 당연(當)한 일 같지만 그리 쉬운 일은 아니다.
竭忠報國	**竭**(竭)	
갈충보국		
충성을 다하여 나라의 은혜를 갚음.	立부/14획	

7급	힘 력	공갈(空竭) : 다해서 없어짐. / 역설(力說) : 힘주어 말함.
力拔山	**力**(力)	갈력(竭力) : 있는 힘을 다함. / 역량(力量) : 일을 해낼 수 있는 힘의 정도.
역발산		탕갈(蕩竭) : 재물을 다 써버림.
힘이 산을 뽑을 만큼 매우 셈을 비유하는 말.	力부/2획	

효당갈력 : 효도(孝)는 마땅히(當) 있는 힘(力)을 다하고(竭)

충성 충	목숨(命)을 다해(盡) 진력하는 것이 곧(則) 충성 (忠)을 다하는 것인데	4급2

忠(忠)

心부/8획

忠臣愛名

충신애명
충성은 곧 목숨을
다하는 것, 임금을
섬기는 데 몸을 아
껴선 안 됨.

법칙 칙/곧 즉

則(則)

刀부/9획

5급

物久則神

물구즉신
물건이 오래 묵으면
조화를 부림.

충직(忠直) : 성실하고 정직함.
충성(忠誠) : 임금 등에게 몸과 마음을 다해 헌신함.

원칙(原則) : 근본이 되는 법칙.
철칙(鐵則) : 변경하거나 어길 수 없는 규칙.

다할 진

盡(尽)

皿부/14획

효심이 지극한 태사자는 손권 형제에게 충성의 모 범까지 보였다.

4급

盡忠報國

진충보국
충성을 다하여 나라 의 은혜를 갚음.

목숨 명

命(命)

口부/8획

7급

命世之才

명세지재
한 시대를 바로 잡 아 구할 만한 인재.

진력(盡力) : 있는 힘을 다함.
진언(盡言) : 거리낌 없이 충고함.
진종일(盡終日) : 온종일, 하루종일.

명중(命中) : 겨냥한 곳을 바로 맞힘.
명령(命令) : 윗사람이 아랫사람에게 무엇을 하도록 시킴.

충즉진명 : 충성(忠)은 곧(則) 목숨(命)을 다 바쳐(盡) 해야 한다. 효도와 충 성은 목숨을 내놓고 힘을 다해야 한다는 것을 강조한 말이다.

3급2 **臨機應變** **임기응변** 그때그때 처한 뜻밖의 일을 재빨리 그 자리에서 알맞게 대처하는 일.	임할 **임** 臨(临) 臣부/17획

서서는 어머니의 말씀을 대할(臨) 때 깊이(深) 새겨들었고

4급2 **深思熟考** **심사숙고** 신중을 기하여 깊이 생각하고 고찰함.	깊을 **심** 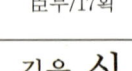深(深) 水부/11획

임종(臨終) : 죽음에 임함.
임시(臨時) : 일시적인 얼마 동안.
임박(臨迫) : 어떤 때가 가까와 옴.

심야(深夜) : 깊은 밤.
심해(深海) : 깊은 바다.
심사(深思) : 깊이 생각함.

3급2 **足不履地** **족불리지** 발이 땅을 밟지 않는다는 뜻. 매우 급히 달아남.	밟을 **리** 履(履) 尸부/15획

또한 얇은 살얼음(薄)을 밟듯(履) 조심조심 들었다.

3급2 **淺見薄識** **천견박식** 얕게 보고 엷게 안다는 뜻. 천박한 견문과 지식을 이름.	엷을 **박** 薄(薄) 艸부/17획

이행(履行) : 실제로 행함.
이력(履歷) : 지금까지 학업, 직업 따위의 경력.

박봉(薄俸) : 많지 않은 봉급.
박약(薄弱) : 굳세지 못하고 여림.
부박(浮薄) : 마음이 들뜨고 경박함.

임심이박 : 깊은(深) 못에 임하듯(臨) 얇은 살얼음(薄)을 밟듯이(履) 몸을 간수하고,

| 이를 숙 | 아침에는 일찍(夙) 일어나(興) 어머니를 보살폈고. | 1급 |

이를 숙

夙(夙)
夕부/6획

일 흥

興(兴)
臼부/16획

아침에는 일찍(夙) 일어나(興) 어머니를 보살폈고.

숙지(夙志) : 일찍부터 품은 뜻.
숙성(夙成) : 나이는 어리지만 정신적 육체적 발육이 빨라 어른스러움.

흥망(興亡) : 흥함과 망함.
흥미(興味) : 흥을 느끼는 재미.

1급
夙興夜寐
숙흥야매
아침 일찍부터 밤늦게까지 직무에 몰두해 부지런히 일함.

4급2
興盡悲來
흥진비래
즐거운 일이 다하면 슬픈 일이 닥쳐옴.

따뜻할 온

溫(溫)
水부/13획

서늘할 정

淸(淸)
氵부/10획

겨울철에는 방의 온기(溫)가 따뜻한지 살폈으며, 여름철에는 시원(淸)하게 해드렸다.

등온(等溫) : 온도가 똑같음.
냉온(冷溫) : 따뜻함과 차가움.
온건(溫乾) : 따뜻하고 습기가 없음.

동온하정(冬溫夏淸) : 겨울에는 따뜻하게 여름에는 시원하게 한다는 뜻. 효도를 잘함을 뜻함.

6급
溫故知新
온고지신
옛것을 익히고 그 것을 미루어 새것을 앎.

溫淸定省
온정정성
겨울은 따뜻하게, 여름은 시원하게, 밤에는 잠자리를 아침에는 안부를 살핌.

숙흥온정 : 일찍(夙) 일어나고(興) 부모님의 거처를 겨울에는 따뜻하게(溫), 여름에는 시원하게(淸) 해드려야 한다." 효도를 어떻게 해야 하는지 가르쳐 준다.

공융(孔融 153~208) : 공자의 20대손이며 후한 말의 학자로 재능이 뛰어났고, 문필에도 능하여 건안칠자의 한 사람으로 불렸다. 헌제 때 북해의 재상이 되어 학교를 세웠으며 동탁의 횡포에 격분하여 산둥성에서 황건적 평정에 힘썼으나 큰 성과를 얻지는 못했다. 당시 세를 확장하고 있던 조조를 비판, 조소하다가 일족과 함께 처형되었다.

3급 **似而非** **사이비** 겉으로 보기에는 같은 것 같으나 사실은 가짜임.	같을 **사** **似**(似) 人부/7획	공융은 군자를 상징하는 난초(蘭)와 같아서(似)
3급2 **金蘭之交** **금란지교** 두 사람 사이에 마음이 맞고 교분이 두터운 사귐.	난초 **란** **蘭**(兰) 艹부/21획	유사(類似) : 서로가 비슷함. 흡사(恰似) : 거의 같을 정도로 비슷함. 난실(蘭室) : 난의 향기가 그윽한 방. 난초(蘭草) : 난초과의 다년초를 통틀어 이름.
3급 **斯文亂賊** **사문난적** 성리학에서, 교리에 어긋나는 언행을 하는 사람을 이름.	이 **사** **斯**(斯) 斤부/12획	그(斯)만이 지니고 있는 군자 특유의 향기(馨)를 풍겼으며,
2급 **似蘭斯馨** **사란사형** 난초같이 꽃다운 군자의 지조를 비유한 것임.	향기 **형** **馨**(馨) 香부/20획	사계(斯界) : 이 계통의 사회. 사문(斯文) : 이 학문, 이 도라는 뜻. 유학의 도의나 문화를 이름. 형기(馨氣) : 향기. 형향(馨香) : 꽃다운 향기. 결형(潔馨) : 깨끗하고 향기로움.

사란사형 : 군자는 난초(蘭)와 같아서(似) 향기롭고(斯馨),

예형(173~198) : 성격이 강직한 문학가로 조조의 초청을 받은 자리에서 거침없이 조조를 비난했으며 나중에는 유표의 심복 황조를 능멸하다 죽음을 당했다. 삼국지에서 가장 대표적인 독설가이다.

같을 여 **如**(如) 女部/6획	예형은 군자같다(如)고 비유되는 소나무(松)의 지조를 가진 인물로 	 **如反掌** 여반장 손바닥을 반대로 뒤집는 것과 같음. 매우 쉽다는 것을 비유.
소나무 송 **松**(松) 木部/8획	여일(如一) : 한결같게. 여상(如上) : 위와 같음. 여전(如前) : 전과 다름없음.　송림(松林) : 소나무 숲. 송백(松柏) : 소나무와 잣나무. 송죽(松竹) : 소나무와 대나무.	**松柏之茂** 송백지무 소나무와 잣나무가 항상 푸른 것처럼 영원토록 번영함을 이름.
갈 지 **之**(之) 丿部/4획	조조를 타일렀으나 그의(之) 왕성(盛)한 기세를 꺾지 못했다. 	 **之東之西** 지동지서 어떤 일에 주견이 없이 갈팡질팡함.
성할 성 **盛**(盛) 皿部/12획	지차(之次) : 다음이나 버금. 지남지북(之南之北) : 어떤 일에 주견이 없이 갈팡질팡함.　성대(盛大) : 아주 성하고 큼. 무성(茂盛) : 풀과 나무 따위가 우거지고 성함.	**盛者必衰** 성자필쇠 번성한 사람은 반드시 쇠퇴함.

여송지성 : 소나무(松)와 같이(如) 무성(之盛)하고 푸르다. 난초와 소나무를 군자의 지조에 비유했다.

7급 **川上之歎** **천상지탄** 만물의 변화가 덧없음을 이름.	내 천 **川**(川) 巛부/3획	제갈량은 시냇물(川)의 흐름(流)이

5급 **流言蜚語** **유언비어** 아무 근거 없이 널리 퍼진 소문.	흐를 류 **流**(流) 水부/10획	

하천(河川) : 강과 시내.
천렵(川獵) : 냇물에서 고기잡이를 하는 일.

유수(流水) : 흐르는 물.
유랑(流浪) : 떠돌아다님.
유행(流行) : 세상에 널리 퍼짐.

7급 **不可思議** **불가사의** 보통 생각으로는 도저히 미루어 헤아릴 수 없이 이상하고 야릇함.	아닐 불/부 **不**(不) 一부/4획	쉼 없음(不息)과

4급2 **息災延命** **식재연명** 재난이 멎고 목숨이 연장되는 일.	쉴 식 **息**(息) 心부/10획	

불시(不時) : 갑자기.
부동(不動) : 움직이지 않음.
불연(不然) : 불에 타지 않음.

휴식(休息) : 잠깐 쉬는 일.
탄식(歎息) : 한탄하고 한숨을 쉼.
서식(棲息) : 동물이 깃들여 삶.

천류불식 : 냇물(川)은 쉬지(息) 않고(不) 흐르고(流),

못 연  淵(淵) 水부/12획	연못(淵)이 맑아(澄) 속이 훤히 다 비춰(取映) 보이는 것을 보고

2급
龍返其淵

용반기연
용이 그의 못으로 돌아간다는 뜻. 영걸이 제 고향으로 돌아감.

맑을 징
澄(澄)
水부/15획

1급
徹低澄淸

철저징청
물이 밑바닥까지 맑다는 뜻. 지극히 청렴 결백함.

심연(深淵) : 깊은 못.
연원(淵源) : 사물의 근원.
연잠(淵潛) : 물속 깊숙이 숨음.

청징(淸澄) : 맑고 깨끗함.
징담(澄潭) : 물이 맑은 못.
징벽(澄碧) : 맑고 푸른빛이 도는 물.

취할 취
取(取)
又부/8획

큰 깨달음을 얻었다는 고사를 생각하며

4급2
取捨選擇

취사선택
취할 것은 취하고, 버릴 것은 버려서 골라잡음.

비칠 영
映(映)
日부/9획

4급
映雪讀書

영설독서
눈빛에 비쳐 책을 읽는다는 뜻. 가난을 무릅쓰고 학문함을 이름.

취득(取得) : 자기 소유로 만듦.
섭취(攝取) : 영양분을 빨아들임.
취소(取消) : 있는 사실을 없애버림.

반영(反映) : 반사하여 비침.
영상(映像) : 반사된 광선에 의해 나타나는 물체.

연징취영 : 맑은(澄) 연못(淵)은 속까지 비친다(取映). 흐르는 물과 고여 있는 못을 통해 군자가 물 흐르듯 쉬지 않고 수양하고, 맑게 고인 물 속이 보이는 것처럼 자신을 비추어 본다는 말이다.

	얼굴 **용**	참모들에게 이렇게 충고했다. "용모(容)와 행동거지(止)를 바르게 함으로써
容之如地	**容**(容)	
용지여지 대지가 만물을 포용하듯 마음이 크고 너그러움.	⼧부/10획	
5급	그칠 **지**	
止於止處	**止**(止)	
지어지처 일이나 행동을 마땅히 그쳐야 할 자리에서 알맞게 그침.	止부/4획	수용(收容) : 받아들임.　지혈(止血) : 피가 나오지 못하게 함. 용모(容貌) : 얼굴 모습.　행동거지(行動擧止) : 몸으로 움직이 용기(容器) : 물건을 담는 그릇.　는 모든 것.
3급2	같을 **약**	상대방의 말에 현혹되어 흔들리지 말고 자신이 옳바르다고 생각(思)한 것과 같게(若) 하라.
若存若無	**若**(若)	
약존약무 있는 듯도 하고 없는 듯도 함.	艸부/9획	
5급	생각 **사**	
思慕不忘	**思**(思)	
사모불망 사모해 잊지 않음.	心부/9획	만약(萬若) : 만일. 혹시.　의사(意思) : 마음먹은 생각. 약년(若年) : 어린 나이. 나이가 어림.　사고방식(思考方式) : 어떤 문제를 약간(若干) : 정도나 양이 얼마 안 됨.　생각하고 궁리하는 방법과 태도.

용지약사 : 용모(容)와 행동거지(止)는 생각(思)한 것과 같게(若) 하고

예기(禮記) : 중국 고대 유가(儒家)의 경전. 오경의 하나로 진한 시대의 고례(古禮)에 관한 설(說)을 수록한 책이다.

말씀 언  言(言) 언부/7획	또한 상대방에게 생각이나 느낌을 말(言辭)할 때에는 알아듣기 쉽고

6급 **言語道斷** **언어도단** 어이가 없어서 말하려 해도 할 수 없음.	

4급
辭色不變
사색불변 태연하여 말과 얼굴빛이 조금도 변하지 않음.

말씀 사

辭(辞)

辛부/19획

언행(言行) : 말과 행동.
언사(言辭) : 말이나 말씨.
언급(言及) : 어떤 일과 관련해 말함.

사설(辭說) : 늘어놓는 말이나 이야기.
사양(辭讓) : 겸손하게 응하지 않거나 받지 않음.

편안할 안  安(安) 宀부/6획	안정(安定)된 말투로 상대방을 안심시켜야 좋은 결과를 가져온다."

7급
安分知足
안분지족 자기 분수에 만족하여 다른 데 마음을 두지 않음.

6급
定省溫凊
정성온청 자식이 부모를 섬기는 도리.

정할 정

定(定)

宀부/8획

안신(安身) : 몸을 편안히 함.
안심(安心) : 근심, 걱정 없이 편안하게 마음을 놓음.

정형(定型) : 일정한 형.
결정(決定) : 결단을 내려 확정함.
정식(定式) : 일정한 의식이나 격식.

언사안정 : 말(言辭)은 안정(安定)감 있게 해야 한다. '예기'에 나오는 말을 인용하고 있다.

돈독(篤)한 마음을 가진 왕윤은 동탁을 제거하기 위해 처음부터(初) 초선을 미인(美)계에 이용하려 고 하지 않았다.

돈독(敦篤) : 도탑고 성실함.	초장(初場) : 일의 첫머리.
독실(篤實) : 믿음이 두텁고 성실함.	초심(初心) : 처음에 가진 마음.
독후(篤厚) : 성실하고 인정이 두터움.	초대면(初對面) : 처음으로 만나봄.

그런데 초선이 동탁과 여포를 이간질하겠다며 왕 윤을 정성(誠)을 다해 설득한다.

성실(誠實) : 정성스럽고 참됨.	찬미(讚美) : 찬송함. 기림.
성금(誠金) : 정성으로 내는 돈.	미모(美貌) : 아름다운 얼굴 모습.
충성(忠誠) : 마음에서 우러나는 정성.	미인(美人) : 아름답게 생긴 여자.

독초성미 : 첫 시작(初)을 돈독(篤)하게 하면 참으로(誠) 아름답지만(美) 이것만으로는 조금 부족하고,

삼갈 **신**

愼(慎)

心부/13획

마칠 **종**

終(终)

糸부/11획

마땅 **의**

宜(宜)

宀부/8획

하여금 **령**

令(令)

人부/5획

그녀는 시종일관 신중(愼)하면서도 교활하게 미인계를 깔끔하게 종결지었다(終).

신수(愼守) : 조심하여 지킴.
신중(愼重) : 매우 조심스러움.
신묵(愼默) : 삼가서 침묵을 지킴.

종말(終末) : 끝. 끝판.
종결(終結) : 일을 끝냄.
종신(終身) : 죽을 때까지.

명령(令)이나 지령에 의한 것이 아닌 초선의 행동은 의당(宜) 찬사를 받아야 할 것이다.

의당(宜當) : 마땅히. 으레.
편의(便宜) : 사용하는 데 있어 편리함.

영애(令愛) : 남의 딸의 높임말.
영부인(令夫人) : 사회적 신분이 높은 사람의 아내를 높여 부르는 말.

3급2

愼終如始

신종여시
일의 마지막에도 처음과 같이 신중을 기함.

5급

終始如一

종시여일
처음부터 끝까지 변함없이 한결같음.

3급

宜兄宜弟

의형의제
형제 간의 우애가 두터움.

5급

令出多門

영출다문
명령이 나오는 문이 많음. 질서가 없다는 뜻.

신종의령 : 그 마침(終)을 신중(愼)하게 함(令)으로써 마땅(宜)히 좋은 결과가 있게 해야 한다. '시경'에서 인용한 말이며, 바둑 격언에 "끝내기를 잘하면 30집."이라는 말이 있듯이 끝내기를 잘해야 좋은 결과를 얻는다는 뜻이다.

榮枯盛衰

영고성쇠
인생이나 사물의 번
성함과 쇠락함이 서
로 바뀜.

영화 영
榮(荣)
木부/14획

業感緣起

업감연기
세계의 삼라만상과
모든 현상은 중생의
업에 의해 생겨남.

업 업
業(业)
木부/13획

所向無敵

소향무적
나가는 곳마다 적이
없음.

바 소
所(所)
戶부/8획

無水塩基

무수염기
분자 안에서 결정수
나 물 분자를 잃은
염기.

터 기
基(基)
土부/11획

병법의 대가로 영광(榮)스런 이름과 업적(業)을 남긴 손자의 후손 손권 형제는

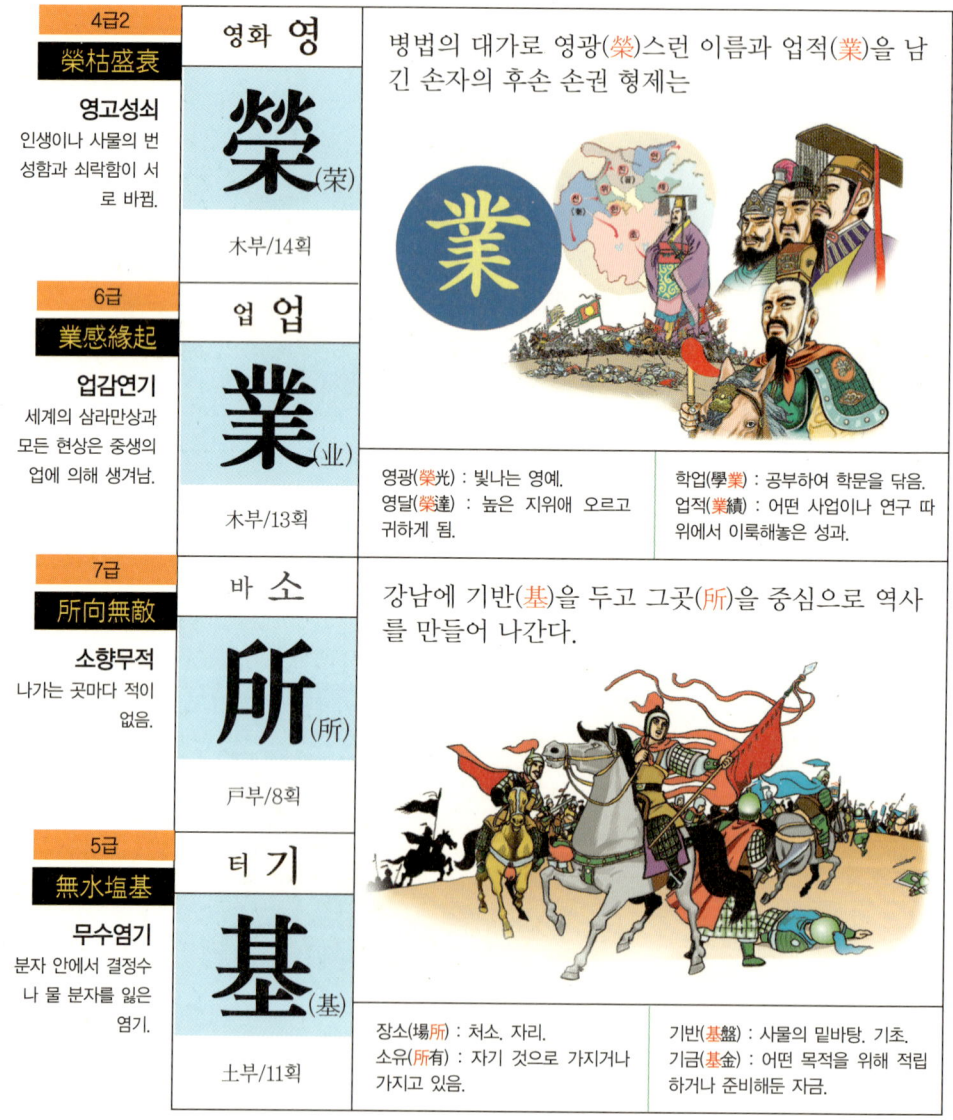

영광(榮光) : 빛나는 영예.
영달(榮達) : 높은 지위에 오르고 귀하게 됨.

학업(學業) : 공부하여 학문을 닦음.
업적(業績) : 어떤 사업이나 연구 따위에서 이룩해놓은 성과.

강남에 기반(基)을 두고 그곳(所)을 중심으로 역사를 만들어 나간다.

장소(場所) : 처소, 자리.
소유(所有) : 자기 것으로 가지거나 가지고 있음.

기반(基盤) : 사물의 밑바탕. 기초.
기금(基金) : 어떤 목적을 위해 적립하거나 준비해둔 자금.

영업소기 : 영달(榮)과 사업(業)에는 반드시 기인(基)하는 바(所)가 있으며

호적/문서 적	그들의 행적(籍)을 보고 있노라면, 심(甚)히 크고 넓은 땅에 대국(大國)을 건설하기 위해

籍(籍)

竹부/20획

4급

可考文籍

가고문적

참고해볼 만한 문서나 서적.

심할 심

甚(甚)

甘부/9획

당적(黨籍) : 당원으로 등록된 문서.
호적(戶籍) : 한 집안의 가족 신분을 기록한 공문서.

극심(極甚) : 아주 심함.
심애(甚愛) : 매우 사랑함. 도에 지나치게 사랑함.

3급2

疾風甚雨

질풍심우

빠르게 부는 바람과 세차게 쏟아지는 비를 이름.

없을 무

無(无)

火부/12획

충성스러운 인재, 특히 주유를 비롯한 태사자, 황개, 여몽 등을 발탁하여 끝(竟)없이(無) 애쓰는 것을 볼 수 있다.

5급

無爲徒食

무위도식

하는 일 없이 헛되어 먹기만 함.

마칠 경

竟(竟)

立부/11획

무고(無辜) : 잘못이나 허물이 없음.
천하무적(天下無敵) : 천하에 적이 없음.

경석(竟夕) : 하룻밤 동안 밤새도록.
경경(竟境) : 지역 따위가 나뉘는 자리. 나라의 경계.

3급

有志竟成

유지경성

이루고자 하는 뜻이 있는 사람은 반드시 성공함.

적기무경 : 명예스러운 이름(籍)은 아주(甚) 끝(竟)없이(無) 전해질 것이다. 명예로운 이름과 행적은 끝없이 전해진다는 뜻이다.

8급	배울 **학**
學而知之	
학이지지	**學**(学)
삼지(三知)의 하나. 도를 배워서 깨달음을 이름.	子부/16획

공용은 어릴 때부터 총명하고 학업(學)이 우수(優)해 공자의 학문을 빨리 터득했으며

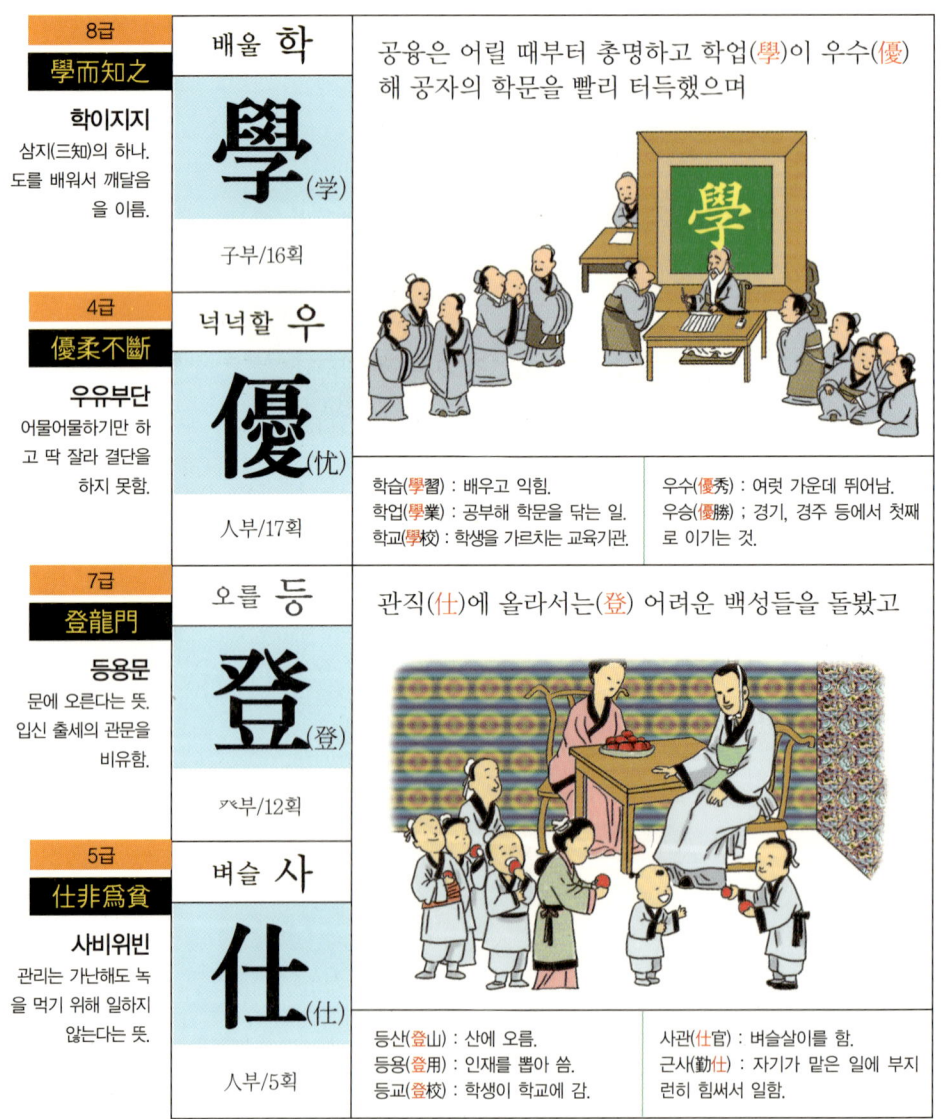

4급	넉넉할 **우**
優柔不斷	
우유부단	**優**(忧)
어물어물하기만 하고 딱 잘라 결단을 하지 못함.	人부/17획

학습(學習) : 배우고 익힘.
학업(學業) : 공부해 학문을 닦는 일.
학교(學校) : 학생을 가르치는 교육기관.

우수(優秀) : 여럿 가운데 뛰어남.
우승(優勝) ; 경기, 경주 등에서 첫째로 이기는 것.

7급	오를 **등**
登龍門	
등용문	**登**(登)
문에 오른다는 뜻. 입신 출세의 관문을 비유함.	癶부/12획

관직(仕)에 올라서는(登) 어려운 백성들을 돌봤고

5급	벼슬 **사**
仕非爲貧	
사비위빈	**仕**(仕)
관리는 가난해도 녹을 먹기 위해 일하지 않는다는 뜻.	人부/5획

등산(登山) : 산에 오름.
등용(登用) : 인재를 뽑아 씀.
등교(登校) : 학생이 학교에 감.

사관(仕官) : 벼슬살이를 함.
근사(勤仕) : 자기가 맡은 일에 부지런히 힘써서 일함.

학우등사 : 학업(學) 성적이 우수(優)해야 관리(仕)에 등용(登)되고

다스릴/잡을 섭	북해태수 직위(職) 때에는 유비에게 포섭(攝)되어 황건적을 무찔렀다.	

攝(慑)

手부/21획

벼슬 직

職(职)

耳부/18획

攝化利生
섭화이생
중생을 맡아 인도하여 이롭게 함.

섭취(攝取) : 영양분을 빨아들임.
섭정(攝政) : 임금을 대신해 나라를 다스림.

직책(職責) : 직무상의 책임.
직위(職位) : 직무상의 지위.
직권(職權) : 직무상의 권한.

賣官賣職
매관매직
돈이나 재물을 받고 벼슬을 시킴.

따를 종

從(从)

彳부/11획

정사 정

政(政)

攴부/9획

그 후 정권(政)을 쥔 조조에게 순종(從)하다가 미움을 사 참수당했다.

순종(順從) : 순순히 복종함.
종사(從事) : 어떤 일에 마음과 힘을 다함.

정국(政局) : 정치적 국면.
정권(政權) : 정치에 필요한 권력.
정치(政治) : 나라를 다스리는 일.

從井救人
종정구인
해놓은 일에 아무런 이득이 없음.

政出多門
정출다문
문외한이 정치에 관하여 아는 체하는 사람이 많음.

섭직종정 : 직책(職)을 맡아(攝) 정무(政)를 잘 수행(從)할 수 있게 된다.
학업이 우수해야 정치에 종사할 수 있음을 강조하고 있다.

소공(召公) : 주나라 초기의 정치가로서 이름은 석(奭)이며, 무왕의 아우 선왕을 도와 주나라의 기초를 만들고 산동반도의 이족을 정벌해 동방 경로의 사업을 이룩했다. 백성들에게 민폐를 끼칠까 봐 마을에 들어가지 않고 감당나무 밑에서 정사를 보았다고 한다.

4급	있을 존	백성들은 청렴결백한 제갈량의 존재(存)를 이심전심(以)으로 알았다.
存亡之秋	**存**(存)	
존망지추		
존속과 멸망, 또는 생존과 사망이 결정되는 아주 절박한 경우나 시기.	子부/6획	

5급	써 이
以心傳心	**以**(以)
이심전심	
말이나 글을 쓰지 않고 마음에서 마음으로 전함.	人부/5획

존재(存在) : 실제로 있음.
존속(存續) : 계속 존재함.
존립(存立) : 유지하여 살게 함.

이래(以來) : 그 뒤로, 그러한 뒤로.
이상(以上) : 위치나 차례로 보아 기존보다 위.

4급	달 감	소공처럼 감당(甘棠)나무 밑에서 정사를 보지는 않았지만 논공행상과 선공후사(先公後私)가 분명했다.
甘言利說	**甘**(甘)	
감언이설		
남의 비위를 맞추거나 이로운 조건을 내세워 꾀는 말.	甘부/5획	

1급	아가위 당
甘棠遺愛	**棠**(堂)
감당유애	
청렴결백하거나 선정을 베푼 사람을 그리워하는 마음을 이름.	木부/12획

감로(甘露) : 단 이슬.
감수(甘受) : 달게 받음.
감주(甘酒) : 단술. 좋은 술.

당구자(棠毬子) : 산사나무의 열매.
당리(棠梨) : 팥배. 팥배나무의 열매.
당헌(棠軒) : 선화당을 예스럽게 이름.

존이감당 : 소공이 관할 백성들에게 민폐를 끼칠까 봐 마을에 들어가지 않고 감당(甘棠)나무 아래에 머물면서(存以) 민정보고를 받았다. 이후 이 사실을 안 백성들이

갈 거	
去 (去)	
ㄙ부/5획	

5급
去頭截尾
거두절미
머리와 꼬리를 자르
고 요점만 말함.

그가 이 세상을 떠났다는(去而) 소식을 들은 백성들은 그들을 아끼고 유익(益)을 준

말 이을 이	
而 (而)	
而부/6획	

3급
無勞而得
무로이득
노력함이 없이 손쉽
게 얻는 것.

거래(去來) : 주고 받음.
거취(去取) : 버림과 취함.
거동(去冬) : 바로 전에 지나간 겨울.

이후(而後) : 지금부터.
이금(而今) : 이제 와서.
이이(而已) : ～할 따름.

더할 익	
益 (益)	
皿부/10획	

제갈량을 추모했고 그의 덕을 칭송(詠)했다.

4급2
多多益善
다다익선
많으면 많을수록 더
욱 좋음.

읊을 영	
詠 (咏)	
言부/12획	

3급
詠雪之才
영설지재
눈을 읊는 재주라는
뜻. 여자의 글재주
를 기리는 말.

국익(國益) : 국가의 이익.
유익(有益) : 이익이 있음. 이로움.
이익(利益) : 이롭고 도움이 되는 일.

영가(詠歌) : 시가를 읊음.
영탄(詠嘆) : 목소리를 길게 뽑아 심
원한 정회를 읊음.

거이익영 : 그가 세상을 떠나자(去而), 자신들의 유익(益)을 위해 정사를 펴온 소공을 추모하는 뜻에서 감당시를 지어 읊었다(詠). "무성한 감당나무를 베지 말라. 소공백께서 머물렀던 곳이다."(감당시 中)

	즐길 **락**/노래 **악**

樂(乐)

木부/15획

삼국시대의 음악(樂)은 특수(殊)해서

다를 **수**

殊(殊)

歹부/10획

고락(苦樂) : 괴로움과 즐거움.
동고동락(同苦同樂) : 같이 고생하고 같이 즐김.

수방(殊邦) : 다른 나라.
수훈(殊勳) : 빼어난 공훈.
특수(特殊) : 특별히 다름.

귀할 **귀**

貴(贵)

貝부/12획

귀족(貴)이 듣는 음악과 미천(賤)한 백성이 듣는 음악이 달랐다(殊).

천할 **천**

賤(贱)

貝부/15획

귀천(貴賤) : 부귀와 빈천.
귀족(貴族) : 사회적으로 특권을 지닌 상류 계급.

천민(賤民) : 천직에 종사하는 백성.
미천(微賤) : 사화적 지위가 보잘 것 없고 천함.

악수귀천 : 즐기는(樂) 것도 귀천(賤)에 따라 다르고(殊),

예도 예

禮(礼)

示부/18획

다를 별

別(別)

刀부/7획

예절(禮)도 귀천에 따라 구별(別)지었는데,

예단(禮單) : 예물을 적은 단자.
예절(禮節) : 예의에 관한 모든 질서나 절차.

별도(別途) : 딴 방면이나 방도.
분별(分別) : 사물을 종류에 따라 나누어 가름.

높을 존

尊(尊)

寸부/12획

낮을 비

卑(卑)

十부/8획

존귀(尊)한 귀족의 예절과 비천(卑)한 백성이 지켜야 하는 예절이 달랐다.

존경(尊敬) : 존중히 여겨 공경함.
존귀(尊貴) : 지위나 신분 등이 높고 귀함.

비행(卑行) : 비루한 행위.
비하(卑下) : 스스로를 낮춤.
비천(卑賤) : 신분이 낮고 천함.

예별존비 : 예절(禮)도 존귀(尊)한 신분과 비천(卑)한 신분에 따라 구별했다(別). 조정에는 군신간의 의식, 가정에는 부자간의 차례, 부부간에는 분별, 어른과 아이, 친구간에 지켜야 할 예절 등 오례(五禮)를 제정해 분별했다.

7급	윗 상
上德不德	上(上)

상덕부덕
높은 덕은 자랑하지 않아도 저절로 드러난다는 것을 이름.

一부/3획

6급	화할 화
和氣靄靄	和(和)

화기애애
온화하고 화목한 분위기가 넘쳐 흐름.

口부/8획

7급	아래 하
下學上達	下(下)

하학상달
낮고 쉬운 것을 배워 깊고 어려운 것을 깨달음.

一부/3획

3급2	화목할 목
一家和睦	睦(睦)

일가화목
한집안 식구가 서로 뜻이 맞아 정다움.

目부/13획

상감(上)인 유비와 공명이 화합(和)하는 것을 보고

상감(上監) : 임금의 존칭.
상관(上官) : 윗자리의 관원.
상체(上體) : 물체나 신체의 윗부분.

화합(和合) : 화목하게 어울림.
화색(和色) : 온화한 얼굴빛.
화평(和平) : 화목하고 평화스러움.

막하 장수인 관우, 장비, 조자룡 등 부하(下)들도 덩달아 화목(睦)해졌으며

하녀(下女) : 남의 종이 된 계집.
하극상(下剋上) : 계급이나 신분이 낮은 사람이 윗사람을 꺾고 오름.

목월(睦月) : 음력 정월.
친목(親睦) : 서로 친하고 화목함.
화목(和睦) : 서로 뜻이 맞고 정다움.

상화하목 : 위(上)가 화합(和)하면, 아래(下) 또한 화목(睦)하고,
윗사람이 사랑하는 것을 화(和)라 하고, 아랫 사람이 예의를 지키는 것을 목(睦)이라 하니
아버지는 사랑하고 아들은 효도하며, 형은 사랑하고 아우는 공경하며

지아비 부  **夫**(夫) 大부/4획	남편(夫)인 유비가 귀국하자는 부름(唱)에 손부인이 주저없이 따르기로(隨) 했다.

부를 창  **唱**(唱) 口부/11획	

부군(夫君) : 남편의 경칭.　애창곡(愛唱曲) : 즐겨 부르는 곡.
여장부(女丈夫) : 대장부 같은 여자.　주창(主唱) : 주장을 앞장서 부르짖음.
부인(夫人) : 남의 아내의 높임말.　제창(提唱) : 처음으로 주장함.

지어미 부  **婦**(妇) 女부/11획	그들 부부(夫婦)는 손권의 부하들을 물리치며 무사히 장강을 건넜다.

따를 수 **隨**(随) 阜부/16획	

부인(婦人) : 결혼한 여자.　수시(隨時) : 그때그때. 때때로.
부부애(夫婦愛) : 부부 사이의 사랑.　수행(隨行) : 임무를 띠고 가는 사람
부도(婦道) : 부인이 지켜야 할 도리.　을 따라감.

7급
夫唱婦隨
부창부수
남편이 주장하고 아내가 이에 잘 따름. 또는 부부 사이의 그런 도리.

5급
萬古絕唱
만고절창
만고에 비길 데가 없는 뛰어난 명창.

4급2
婦有長舌
부유장설
부인이 말이 많으면 화(禍)의 발단이 된다는 뜻.

3급2
隨方就圓
수방취원
여러 방면으로 재주가 있어 무엇이든 잘함.

부창부수 : 남편(夫)이 주장(唱)하면 부인(婦)은 따라야(隨) 한다. 부인은 남편을 따라야 한다.

93

마초(馬超, 176~222) : 중국 서북 지역에서 독립 세력을 형성한 마등의 아들로 여포에 버금 가는 맹장이며 관우, 장비, 조자룡, 황충과 함께 촉나라의 오호대장으로 대접을 받았다.

8급	바깥 외	유비는 외척(外)은 멀리하고 충신들의 건의를 널리 수용(受)했다.
外柔内剛		
외유내강	外(外)	
겉으로 보기에는 부드러우나 속은 굳세고 강함.		
	夕부/5획	

受

4급2	받을 수
受命之君	
수명지군	受(受)
천명을 받아 제위에 오른 임금.	
	又부/8획

외상(外商) : 외국의 상인.
외척(外戚) : 모친 쪽의 친척.
외교(外交) : 국가간의 교섭.

수용(受容) : 어떤 것을 받아들임.
수령(受領) : 돈이나 물품 따위를 받음.

2급	스승 부	그리고 제갈량을 사부(傅)로 받들며 그의 말을 교훈(訓)삼아 선정을 베풀었다.
木石不傅		
목석불부	傅(傅)	
가난하고 외로워서 의지할 곳이 없는 처지를 이름.		
	人부/12획	

6급	가르칠 훈
蒙學訓長	
몽학훈장	訓(訓)
겨우 어린아이나 가르칠 정도의 훈장.	
	言부/10획

부육(傅育) : 애지중지하며 기름.
사부(師傅) : 자기를 가르쳐 이끌어 주는 사람.

훈시(訓示) : 가르쳐 보임.
교훈(敎訓) : 앞으로의 행동이나 생활에 지침이 될 만한 가르침.

외수부훈 : 밖(外)에서는 스승(傅)의 훈시(訓)를 받고(受)

94

들 입  **入**(入) 入부/2획	효자 서서는 어머니께 효도하고 봉양(奉)하기 위해 조조 밑으로 들어(入)갈 수밖에 없었다.

받들 봉  **奉**(奉) 大부/8획	입금(入金) : 돈이 들어옴. 입학(入學) : 학교에 들어감. 출입(出入) : 나가고 들어감.	봉사(奉仕) : 웃어른을 받들어 섬김. 봉양(奉養) : 부모나 조부모를 받들어 모시고 섬김.

어머니 모  **母**(母) 母부/5획	어머니(母)는 이런 아들의 거동(儀)을 알고 효(孝)보다는 충(忠)이 앞선다는 점을 강조하고 자결한다.

거동 의  **儀**(仪) 人부/15획	모국(母國) : 자기의 나라. 조국. 미혼모(未婚母) : 결혼을 하지 않은 몸으로 아이를 가진 어머니.	예의(禮儀) : 공손한 말과 몸가짐. 의전(儀典) : 어떤 행사를 치르는 법도와 양식.

7급
入鄕循俗
입향순속
어떤 고장에 가면 그곳의 풍속을 따르고 지킴.

5급
奉檄之喜
봉격지희
부모를 모시고 있는 사람이 고을의 원이 되는 기쁨.

8급
母猿斷腸
모원단장
창자가 끊어지는 것 같은 슬픔.

4급
禮儀凡節
예의범절
모든 예의와 절차.

입봉모의 : 들어(入)가서는 어머니(母)의 거동(儀)을 받든(奉)다.

95

관홍과 장포 : 관홍은 관우의 아들이며 장포는 장비의 아들이다.

3급2	모두 제	고부(姑)를 비롯한 모든(諸) 가족이 화합해 살기는

諸子百家

제자백가
중국 춘추전국시대에 활약한 학자와 학파의 총칭.

諸(诸)

言부/16획

고부(姑)를 비롯한 모든(諸) 가족이 화합해 살기는 힘들다. 그러나 유비는 달랐다.

姑妄言之

고망언지
되는 대로 말한다는 뜻. 어떤 이야기라도 들려달라는 것을 이름.

시어머니 고

姑(姑)

女부/8획

제군(諸君) : 여러분. 자네들.
제위(諸位) : '여러분'의 뜻을 한문투로 쓰는 말.

고부(姑婦) : 시어머니와 며느리.
고종사촌(姑從四寸) : 고모의 아들이나 딸.

伯仲之間

백중지간
서로 우열을 가리기 힘든 형세를 이름.

맏 백

伯(伯)

人부/7획

남까지도 친 가족처럼 대했다. 그러다 보니 유선은 관우와 장비를 친숙부(叔)처럼, 관홍과 장포는 유비를 친백부(伯)처럼 모셨다.

伯仲叔季

백중숙계
백은 맏이, 중은 둘째, 숙은 셋째, 계는 막내라는 뜻. 사형제의 차례를 이름.

아재비 숙

叔(叔)

又부/8획

백형(伯兄) : 맏형.
백부(伯父) : 큰아버지.
화백(畵伯) : 화가를 높여 일컬음.

숙부(叔父) : 아버지의 아우.
유황숙(劉皇叔) : 유비가 황제의 아저씨라는 뜻.

제고백숙 : 고모(姑)와 백부(伯), 숙부(叔)는 모두(諸)가 아버지의 형제자매이기 때문에 잘 모셔야 한다.

96

| 같을 유

犬부/12획 | 유비 역시 관흥과 장포를 어린아이(兒) 때부터 친자식(子)과 똑같이(猶) 대했으며, | 3급2 |

유태인(猶太人) : 팔레스티나를 원주지로 하는 셈족의 일파인 아람족의 일부.

장재(長子) : 맏아들.
자부(子婦) : 며느리. 아들의 아내.
자자손손(子子孫孫) : 자손의 여러 대.

아들 자
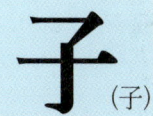
子부/3획

3급2
過猶不及
과유불급
모든 사물이 정도를 지나치면 도리어 안 한 것만 못함.

7급
子爲父隱
자위부은
자식이 아비의 나쁜 것을 숨긴다는 뜻. 부자간의 천륜을 이름.

견줄 비

比부/4획

장남 유선을 대하는 것과 비교해(比) 보아도 별로 다를 바 없었다.

비등(比等) : 견주어 보기에 비슷함.
비교(比較) : 둘 이상의 것을 견주어 공통점 등을 살핌.

아동(兒童) : 어린아이.
유아(幼兒) : 젖먹이 아이.
아명(兒名) : 어릴 때의 이름.

아이 아

儿부/8획

5급
比屋可封
비옥가봉
백성이 모두 성인의 덕에 교화되어 어진 사람이 많아짐.

5급
兒童走卒
아동주졸
아이와 심부름꾼. 철없고 어리석은 사람을 이름.

유자비아 : 조카(猶子)도 자기 아이(兒)처럼 잘 대하는지 견주어(比) 보아야 한다. 고모, 백부, 숙부는 아버지의 핏줄이므로 그들의 조카를 자식과 같이 생각하고 자기 아들에 견준다는 뜻이다.

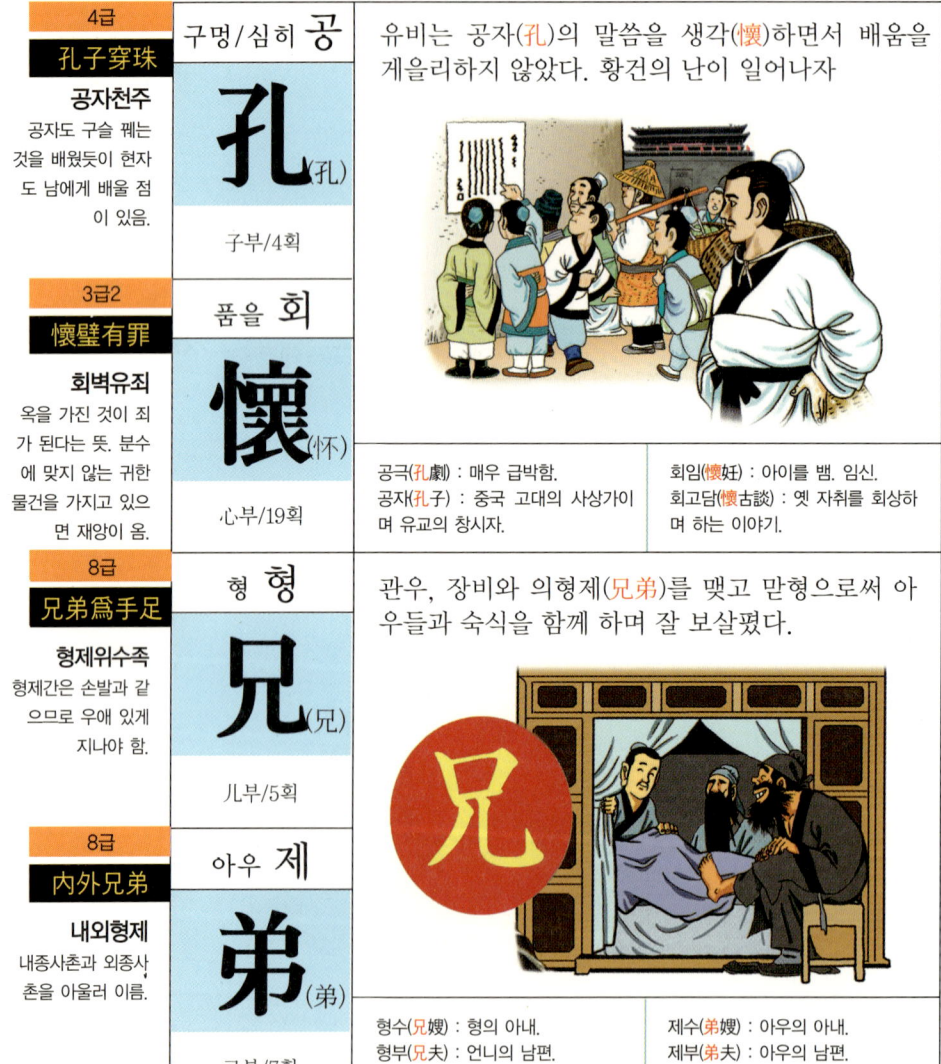

4급 **孔子穿珠** **공자천주** 공자도 구슬 꿰는 것을 배웠듯이 현자도 남에게 배울 점이 있음.	구멍/심히 **공** **孔**(孔) 子부/4획

유비는 공자(孔)의 말씀을 생각(懷)하면서 배움을 게을리하지 않았다. 황건의 난이 일어나자

3급2 **懷璧有罪** **회벽유죄** 옥을 가진 것이 죄가 된다는 뜻. 분수에 맞지 않는 귀한 물건을 가지고 있으면 재앙이 옴.	품을 **회** **懷**(怀) 心부/19획

공극(孔劇) : 매우 급박함.
공자(孔子) : 중국 고대의 사상가이며 유교의 창시자.

회임(懷妊) : 아이를 뱀. 임신.
회고담(懷古談) : 옛 자취를 회상하며 하는 이야기.

8급 **兄弟爲手足** **형제위수족** 형제간은 손발과 같으므로 우애 있게 지내야 함.	형 **형** **兄**(兄) 儿부/5획

관우, 장비와 의형제(兄弟)를 맺고 맏형으로써 아우들과 숙식을 함께 하며 잘 보살폈다.

8급 **内外兄弟** **내외형제** 내종사촌과 외종사촌을 아울러 이름.	아우 **제** **弟**(弟) 弓부/7획

형수(兄嫂) : 형의 아내.
형부(兄夫) : 언니의 남편.
의형제(義兄弟) : 의리로 맺은 형제.

제수(弟嫂) : 아우의 아내.
제부(弟夫) : 아우의 남편.
제자(弟子) : 가르침을 받는 사람.

공회형제 : 형제(兄弟) 간에는 아주(孔) 잘 지내야(懷) 하는데

한가지 동 	유비의 의형제(同氣)인 관우와 장비의 용기(氣)와 전략은 뛰어났다.	

同病相憐

동병상련
같은 병으로 고생하는 사람끼리는 서로 가엾게 생각함.

氣高萬丈

기고만장
펄펄 뛸 만큼 성이 나거나 일이 뜻대로 되어 씩씩한 기운이 뻗침.

한가지 동
同(同)
口부/6획

기운 기
氣(气)
气부/10획

동기(同氣) : 형제 자매의 총칭.
동정(同情) : 남의 불행을 가엾게 느껴 따뜻한 마음을 씀.

기색(氣色) : 심기가 안색에 나타남.
기백(氣魄) : 씩씩한 기상과 진취성 있는 정신.

이어질 련
連(涟)
辶부/11획

가지 지
枝(枝)
木부/8획

황건적 무리들을 나뭇가지(枝)를 자르듯이 쓸어버리면서 연전연승(連)을 거두었다.

연타(連打) : 잇달아 때리거나 침.
연전연승(連戰連勝) : 연속으로 싸울 때마다 이김.

지간(枝幹) : 가지와 줄기.
지엽(枝葉) : 가지와 잎. 중요하지 않은 부분.

連戰連敗

연전연패
싸울 때마다 계속하여 짐.

枝葉相持

지엽상지
가지와 잎이 서로 받친다는 뜻. 자손들이 서로 도와 지지함.

동기연지 : 형제(同氣)는 한 가지(枝)에 연결(連)되어 있기 때문이다. 부모는 나무의 뿌리와 같고 형제는 나무와 연결된 가지이니 서로 한 몸처럼 아껴주라는 말이다.

6급	사귈 교	그의 부하 장병들도 마음을 교감(交)하는 전우(友) 애로
交淺言深		
교천언심	**交**(交)	
교제한 지 얼마 안 되지만 서로 심중을 털어놓고 이야기함.		
	亠부/4획	

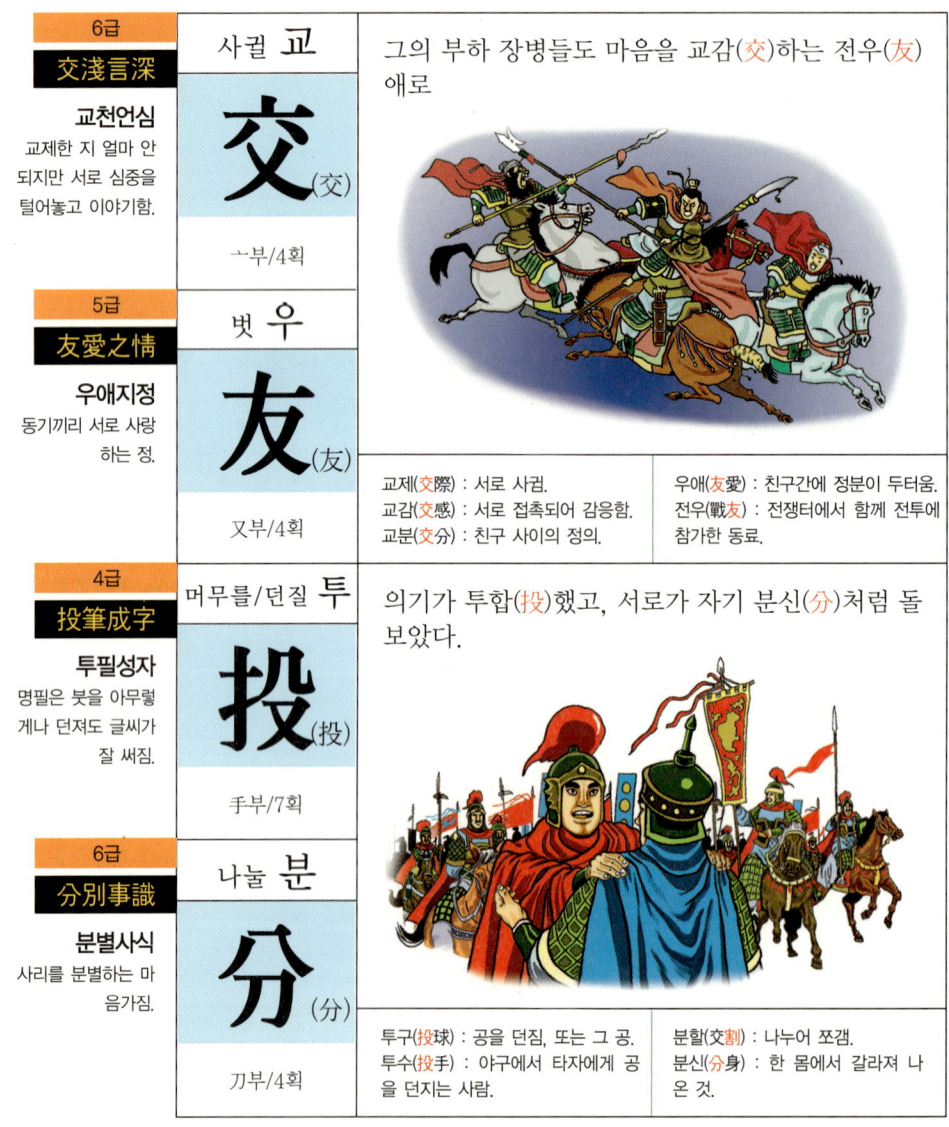

5급	벗 우
友愛之情	
우애지정	**友**(友)
동기끼리 서로 사랑 하는 정.	
	又부/4획

교제(交際) : 서로 사귐.
교감(交感) : 서로 접촉되어 감응함.
교분(交分) : 친구 사이의 정의.

우애(友愛) : 친구간에 정분이 두터움.
전우(戰友) : 전쟁터에서 함께 전투에 참가한 동료.

4급	머무를/던질 투	의기가 투합(投)했고, 서로가 자기 분신(分)처럼 돌 보았다.
投筆成字		
투필성자	**投**(投)	
명필은 붓을 아무렇 게나 던져도 글씨가 잘 써짐.		
	手부/7획	

6급	나눌 분
分別事識	
분별사식	**分**(分)
사리를 분별하는 마 음가짐.	
	刀부/4획

투구(投球) : 공을 던짐, 또는 그 공.
투수(投手) : 야구에서 타자에게 공을 던지는 사람.

분할(交割) : 나누어 쪼갬.
분신(分身) : 한 몸에서 갈라져 나 온 것.

교우투분 : 벗(友)을 사귈(交) 때 분수(分)에 맞는(投) 사람과 사귀고, 投는 '서로 잘 맞는다', '합치다'라는 뜻으로 쓰인다.

절차탁마(切磋琢磨) : "저기 물가를 보니 푸른 대나무가 무성하네, 빛이 나는 군자는 마치 옥을 끊(切)듯, 닦(磋)듯, 쪼(琢) 듯, 갈(磨) 듯 하는구나." 시경에 나오는 말로 푸른 대나무처럼 군자는 항상 덕과 학문을 갈고 닦는다는 것을 노래한 시이다.

끊을 **절** **切**(切) 刀부/4획	어느 날 제갈량은 기강이 해이해진 신하들을 향해 절차탁마(切)로 학문과 덕을 연마(磨)하고 

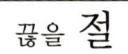

5급
切齒腐心
절치부심
몹시 분하여 이를
갈며 속을 썩임.

갈 **마** **磨**(磨) 石부/16획	절마(切磨) : 절차탁마의 줄임말. 친절(親切) : 정성스럽고 정다움. 절감(切感) : 절실하게 느낌. 마멸(磨滅) : 갈리어 닳아 없어짐. 연마(研磨) : 학문이나 기술 등을 갈고 닦아 깊이 연구함.

3급2
磨斧作針
마부작침
도끼를 갈아 바늘을
만든다는 뜻. 아무
리 어려운 일도 끈
기 있게 노력하면
이룰 수 있음.

경계 **잠** **箴**(箴) 竹부/15획	잠언(箴)에 따라 불의를 경계하고 법규(規)를 지킬 것을 강조했다. 

1급
飛箴走伏
비잠주복
새, 물고기, 짐승,
벌레, 등을 통틀어
이름.

법 **규** **規**(規) 犬부/11획	잠계(箴戒) : 깨우쳐서 훈계함. 잠언(箴言) : 훈계나 경계가 되는 말. 잠간(箴諫) : 훈계하여 간하는 것. 규정(規定) : 규칙으로 정함. 규율(規律) : 행동의 준칙이 되는 본보기.

5급
良法美規
양법미규
좋은 법규를 이름.

절마잠규 : 절차탁마(切磋琢磨)를 규율(規)로 삼아 경계(箴)해야 한다. 학문과 덕은 옥을 갈고 닦아 빛을 내듯이 열심히 해야 한다는 뜻이다.

자오(慈烏) : 까마귀는 자란 뒤 자기를 길러준 어미새에게 먹이를 제공해 양육해준 은혜를 갚는다고 한다. 그래서 자비로운 까마귀라는 뜻을 가진 자오라고 부른다.

4급 **仁者無敵** 인자무적 어진 사람은 널리 사람을 사랑하므로 천하에 적대할 사람이 없음.	어질 **인** **仁**(仁) 人부/4획	백성을 하늘처럼 알고 있는 인자(仁慈)한 품성을 가진 유비는  인덕(仁德) : 어진 덕. 인자(仁慈) : 어질고 자애로움. 인후(仁厚) : 어질고 후덕함. 자비(慈悲) : 사랑하고 불쌍히 여김. 자오(慈烏) : 은혜 갚음을 할 줄 아는 새라는 뜻. 까마귀를 일컬음.
3급2 **仁慈隱惻** 인자은측 어진 마음으로 남을 사랑하고 또는 이를 측은히 여겨야 함.	사랑 **자** **慈**(慈) 心부/13획	
4급 **隱忍自重** 은인자중 괴로움을 감추고 인내심으로 몸가짐을 신중히 함.	숨을 **은** **隱**(隐) 阜부/17획	백성들을 측은(惻隱)하게 생각하는 마음이 자오(慈烏)와 다를 바 없었다. 측은(惻隱) : 딱하고 가엾게 여김. 은사(隱事) : 비밀로 감추어야 할 일. 은공(隱功) : 드러나지 않은 공로. 측창(惻愴) : 괴롭고 슬픔. 측민(惻悶) : 가엾게 여겨 걱정함. 간측(懇惻) : 몹시 딱하고 가여움.
1급 **惻隱之心** 측은지심 남을 불쌍히 여기는 타고난 착한 마음.	슬퍼할 **측** **惻**(惻) 心부/12획	

인자은측 : 인자(仁慈)하고 측은(惻隱)하게 여기는 마음은 "군자는 밥을 먹는 짧은 시간에도 인(仁)을 떠나서는 안 되며, 경황이 없을 때에도 반드시 인(仁)에 마음을 둔다."는 공자의 말씀을 인용한 것이다.

지을 **조**

造(造)

辶부/11획

버금 **차**

次(次)

欠부/6획

매우 위급한 상황이든 아니든 잠시라도(造次) 백성들에게서

조차(造次間) : 얼마 아닌 짧은 시간.
조작(造作) : 어떤 일을 사실인 듯이 꾸며 만듦.

차세대(次世代) : 이 다음 세대.
차선책(次善策) : 최선에 다음 가는 방책.

4급2

造次不利

조차불리
장기에서 초반에 차를 움직이면 불리하다는 말.

4급2

二次傳令

이차전령
첫머리로부터 차례로 전함.

아닐 **불**

弗(弗)

弓부/5획

떠날 **리**

離(离)

隹부/19획

떠나(離) 있지 않았다(弗). 그래서 모든 백성이 그를 잘 따랐다.

불소(弗素) : 할로겐 원소의 하나.
불화(弗貨) : 달러를 단위로 하는 화폐. 곧 미국의 화폐를 이름.

분리(分離) : 서로 나뉘어 떨어짐.
이별(離別) : 서로 갈리어 떨어짐.

2급

中人弗勝

중인불승
보통 사람은 감당하지 못함을 이름.

4급

離間骨肉

이간골육
부자와 형제 사이를 이간질함.

조차불리 : 잠시라도(造次) 자신으로부터 떠나서는(離) 안 된다(弗).

5급	마디 **절**	혼탁한 난세에서도 절개(節)와 의리(義)를 소중하게 여기며
節儉之心	**節** (节)	
절검지심 절약하고 검소하게 생활하는 마음.	竹부/15획	

절검지심
절약하고 검소하게
생활하는 마음.

마디 **절**
節(节)
竹부/15획

옳을 **의**
義(义)
羊부/13획

4급2
義重之人
의중지인
의리가 두텁고, 언행이 의젓한 사람.

절의(節義) : 절개와 의리.
절개(節介) : 절의와 기개를 지키고 굽히지 않는 충실한 태도.

의리(義理) : 옳은 도리.
정의(正義) : 올바른 도리.
의병(義兵) : 의를 위해 일어난 군사.

3급
寡廉鮮恥
과렴선치
얼굴이 두껍고 부끄러움이 없다는 뜻.
뻔뻔스러워 부끄러할 줄 모름.

청렴할 **렴**
廉(廉)
广부/13획

청렴(廉)한 사람들을 등용하고 부정한 사람들은 퇴진(退)시키므로 민심을 모았다.

4급2
退讓君子
퇴양군자
성품이 겸손해 남에게 사양을 잘하는 군자.

물러날 **퇴**
退(退)
辵부/10획

청렴(淸廉) : 고결하고 탐욕이 없음.
염치(廉恥) : 체면을 차릴 줄 알며 부끄러움을 아는 마음.

퇴색(退色) : 빛이 바램.
퇴거(退去) : 물러남. 은거.
퇴직(退職) : 현직에서 물러남.

절의염퇴 : 절도(節)와 의리(義), 그리고 청렴(廉)결백한 사람이 퇴진(退)할 때는

엎드러질 전
顚(顛)
頁부/19획
자빠질 패
沛(沛)
水부/7획

또한 유비는 모함으로 설사 엎드러지고(顚) 자빠지는(沛) 한이 있어도 끝까지 절의를 지켰으며,

전락(顚落) : 넘어져서 구름.
전복(顚覆) : 뒤집혀 엎어짐.
전패(顚沛) : 엎어지고 자빠짐.

패연(沛然) : 쏟아지는 모양이 세참.
패택(沛澤) : 숲이 우거져 들짐승이 숨어 사는 곳.

1급
顚之倒之
전지도지
엎어지고 넘어지면서 매우 급하게 달아나는 모양.

1급
造次顚沛
조차전패
엎어지고 자빠지는 급한 순간이라는 뜻. 매우 위급하고 중대한 순간.

아닐 비
匪(非)
匚부/10획
이지러질 휴
虧(亐)
虍부/17획

의리나 인륜을 모르는 여포처럼 함부로 날뛰거나 이지러지지(虧) 않았다(匪).

공비(共匪) : 공산당의 유격대.
비적(匪賊) : 떼지어 다니며 살인과 약탈을 일삼는 무리.

휴상(虧喪) : 손해를 입음.
휴월(虧月) : 이지러진 달.
휴실(虧失) : 이지러져 없어짐.

2급
非一非再
비일비재
같은 일이 한두 번이 아님이란 뜻. 한둘이 아님.

月滿則虧
월만즉휴
달이 차면 반드시 이지러진다는 뜻. 무슨 일이든 성하면 반드시 쇠함. *칙(則)을 여기서는 '즉'으로 씀.

전패비휴 : 비록 엎드러지고(顚) 자빠지는(沛) 일이 있어도 이지러지지(虧) 않는다(匪). 절개가 있고 의리를 지키며 청렴결백한 사람들은 넘어지고 자빠지는 한이 있더라도 이지러지지 않는다는 말이다.

5급	성품 성	적벽대전 이후 이성(性)을 찾고 마음의 평정(靜)을 갖게 된 주유는 그동안 혼란스러웠던 감정(情)을
性猶湍水	**性**(性)	

性猶湍水
성유단수
사람의 본성은 천성적으로 착하지도 악하지도 않다는 설.

성품 성
性(性)
心부/8획

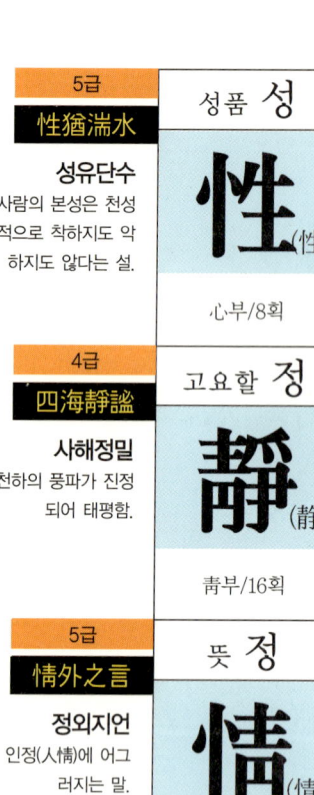

적벽대전 이후 이성(性)을 찾고 마음의 평정(靜)을 갖게 된 주유는 그동안 혼란스러웠던 감정(情)을

四海靜謐
사해정밀
천하의 풍파가 진정되어 태평함.

고요할 정
靜(靜)
靑부/16획

성품(性品) : 성질과 품격.
이성(理性) : 사물의 이치를 논리적으로 생각하고 판단하는 성질.

평정(平靜) : 평안하고 고요함.
안정(安靜) : 육체적이나 정신적으로 편안하고 고요함.

情外之言
정외지언
인정(人情)에 어그러지는 말.

뜻 정
情(情)
心부/11획

안정(逸)시키고 부하들을 위한 연회까지 베푸는 여유를 가졌다.

觀念奔逸
관념분일
생각이 빠르게 떠오르거나 연상작용이 빨라서 일정한 방향을 잡지 못함.

편안할 일
逸(逸)
辶부/12획

정서(情緖) : 어떤 감정이나 상념.
무표정(無表情) : 아무런 감정을 얼굴에 드러내지 않고 덤덤함.

일미(逸味) : 훌륭한 맛.
일품(逸品) : 아주 뛰어난 물건.
안일(安逸) : 편안하고 한가로움.

성정정일 : 성품(性)이 안정(靜)되면, 정서(情)도 편안(逸)해지고.

마음 심
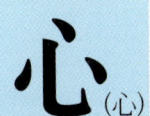
心 (心)
心부/4획

움직일 동

動 (动)
力부/11획

공명이 퍼트린 유언비어로 군심(心)이 동요(動)하자, 주유는 심기일전하여 역공을 폈다.

군심(群心) : 무리들의 마음.
소심(小心) : 조심성이 많음.
심지(心志) : 마음에 품은 의지.

동요(動搖) : 흔들려 움직임.
동원(動員) : 군대를 전시 체제로 바꿈.
이동(移動) : 움직여 옮김.

7급

心氣一轉

심기일전
어떤 동기에 의해 지금까지 먹었던 마음을 완전히 바꿈.

7급

動天驚地

동천경지
하늘을 움직이고 땅을 놀라게 한다는 뜻. 몹시 세상을 놀라게 함.

귀신 신

神 (神)
示부/10획

피곤할 피

疲 (疲)
疒부/10획

하지만 신출귀몰(神)한 공명의 작전에 지치고 피곤(疲)하여 어찌할 바를 모르던 차에 공명의 야유하는 편지를 받고는 쓰러져 버린다.

정신(精神) : 마음. 영혼. 정기.
신경통(神經痛) : 말초 신경이 자극을 받아 일어나는 통증.

권피(倦疲) : 권태가 나서 피곤함.
피곤(疲困) : 몸이나 마음이 지쳐 고달픔.

6급

神出鬼沒

신출귀몰
귀신처럼 자유자재로 나타나기도 하고 숨기도 한다는 뜻. 날쌔게 나타났다 숨었다 하는 모양.

4급

樂此不疲

요차불피
좋아서 하는 일은 아무리 해도 지치지 않음.

심동신피 : 마음(心)이 동요(動)하면, 정신(神)도 피곤(疲)해진다.

지킬 수

守(守)

宀부/6획

참 진

眞(眞)

目부/10획

뜻 지

志(志)

心부/7획

찰 만

滿(滿)

水부/14획

유비가 성을 사수(守)하고 진정(眞)으로 백성을 아끼는 지조(志) 높은 통치와

사수(死守) : 죽음을 무릅쓰고 지킴.
고수(固守) : 차지한 물건이나 형세 따위를 굳게 지킴.

진위(眞僞) : 정말과 거짓말.
진솔(眞率) : 진실하고 솔직함.
진실(眞實) : 거짓이 아닌 사실.

신상필벌을 철저히 하자 백성들도 유비를 존경하며 만족해(滿) 했다.

입지(立志) : 뜻을 세움.
지조(志操) : 원칙과 신념을 굽히지 않는 꿋꿋한 의지.

충만(充滿) : 가득 참.
만족(滿足) : 마음에 흡족함.
만점(滿點) : 가장 높은 점수.

수진지만 : 참된(眞) 삶을 지켜(守) 나가면 뜻이(志) 충만해지지만(滿),

쫓을 축  辵부/11획	원소는 민심을 얻지 못하고 물리적(物) 힘에만 의존해 각축전(逐)을 벌이다

축출(逐出) : 쫓아냄.
각축전(角逐戰) : 승부를 겨루는 싸움.
구축(驅逐) : 몰아서 내쫓음.

물욕(物慾) : 재물을 탐내는 마음.
물질적(物質的) : 정신력보다 물욕에 치중하는 것.

물건 물  牛부/8획	

뜻 의 意(意) 心부/13획	관도대전에서 대패한 후, 재기를 위한 의지(意)를 불태우다 병들어 이 세상을 떠났다(移).

의의(意義) : 의미, 뜻, 가치.
타의(他意) : 다른 생각이나 마음. 또는 다른 사람의 생각이나 의견.

이동(移動) : 움직여 자리를 바꿈.
이전(移轉) : 권리를 딴 사람에게로 옮김.

옮길 이 移(移) 禾부/11획	

축물의이 : 재물(物)을 쫓아(逐) 살다 보면 높은 뜻(意)까지도 사라져 버린다(移).

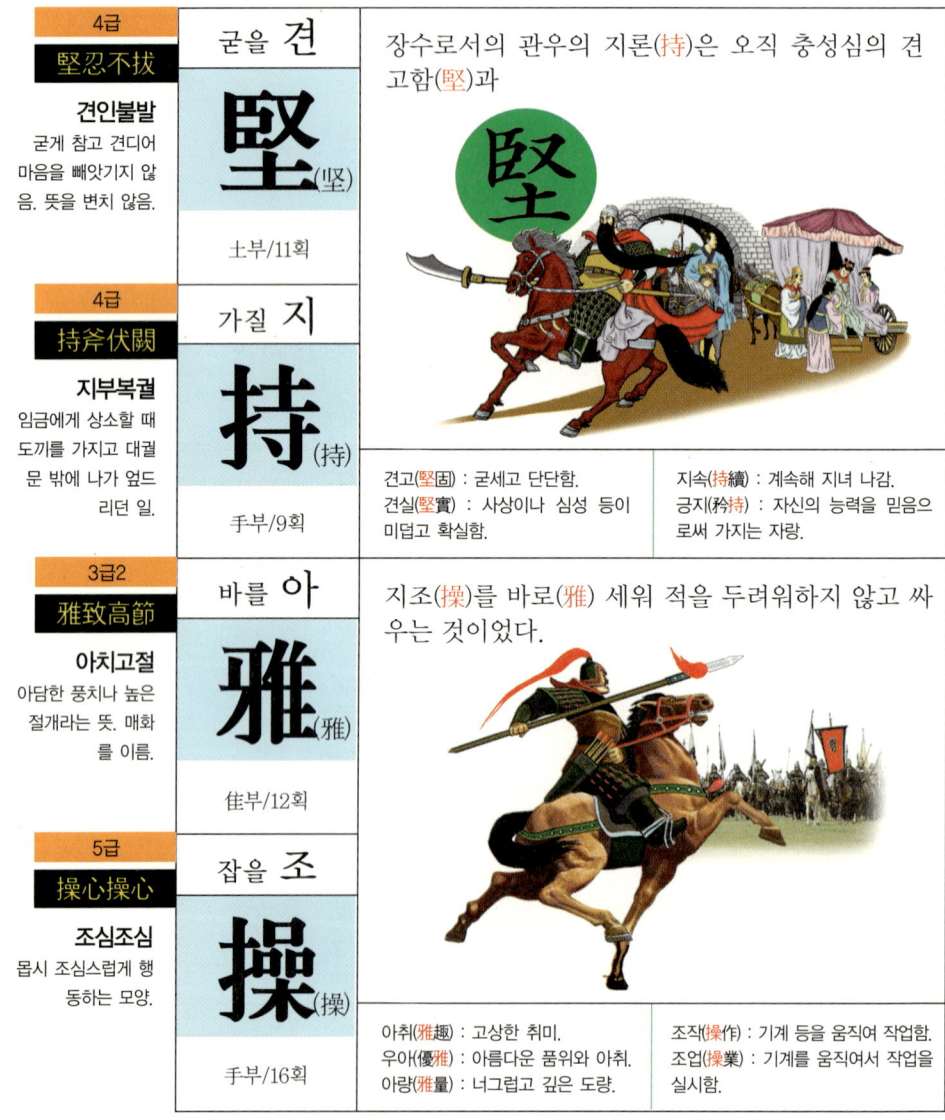

4급	굳을 **견**	장수로서의 관우의 지론(持)은 오직 충성심의 견고함(堅)과
堅忍不拔	**堅**(堅)	
견인불발		
굳게 참고 견디어 마음을 빼앗기지 않음. 뜻을 변치 않음.	土부/11획	

견고(堅固) : 굳세고 단단함.
견실(堅實) : 사상이나 심성 등이 미덥고 확실함.

지속(持續) : 계속해 지녀 나감.
긍지(矜持) : 자신의 능력을 믿음으로써 가지는 자랑.

4급	가질 **지**	
持斧伏闕	**持**(持)	
지부복궐		
임금에게 상소할 때 도끼를 가지고 대궐 문 밖에 나가 엎드리던 일.	手부/9획	

3급2	바를 **아**	지조(操)를 바로(雅) 세워 적을 두려워하지 않고 싸우는 것이었다.
雅致高節	**雅**(雅)	
아치고절		
아담한 풍치나 높은 절개라는 뜻. 매화를 이름.	隹부/12획	

5급	잡을 **조**	
操心操心	**操**(操)	
조심조심		
몹시 조심스럽게 행동하는 모양.	手부/16획	

아취(雅趣) : 고상한 취미.
우아(優雅) : 아름다운 품위와 아취.
아량(雅量) : 너그럽고 깊은 도량.

조작(操作) : 기계 등을 움직여 작업함.
조업(操業) : 기계를 움직여서 작업을 실시함.

견지아조 : 바른(雅) 지조(操)를 굳게(堅) 가지고(持) 있으면

곡학아세(曲學阿世) : 정도를 벗어난 학문으로 세상의 속물들에게 아부함을 뜻한다.

좋을 호 好 (好) 女부/6획	만약 관우가 벼슬이나 작위(爵)를 좋아(好)했으면 비록 관작은 높았겠지만 	4급2 **好事多魔** **호사다마** 좋은 일에는 방해가 되는 일이 많음.
벼슬 작 爵 (爵) 爪부/18획	호감(好感) : 좋게 여기는 감정. 호의(好意) : 남에게 보이는 친절한 마음씨. 작위(爵位) : 벼슬과 지위, 관작, 위계. 백작(伯爵) : 다섯 등급의 직위 가운데 세째.	3급 **高官大爵** **고관대작** 지위가 높은 큰 벼슬 자리. 또는 그 직위에 있는 사람.
스스로 자 自 (自) 自부/6획	세력가들과 자연(自)스럽게 얽혀(縻) 곡학아세하는 벼슬아치가 되었을지도 모른다. 	7급 **自畵自讚** **자화자찬** 자기가 한 일을 자기가 스스로 자랑함.
얽을 미 縻 (縻) 糸부/17획	자동(自動) : 스스로 움직임. 자연(自然) : 사람의 힘없이 저절로 된 그대로의 상태. 기미(羈縻) : 말이나 소 따위를 부리기 위하여 머리와 목에서 고삐에 걸쳐 얽어매는 줄.	**好爵自縻** **호작자미** 스스로 벼슬을 얻게 되니 찬작(鑽灼)을 극진하면 인작(人爵)이 스스로 이르게 됨.

호작자미 : 바람직한(好) 벼슬(爵)이 자연(自)스럽게 따르(縻)게 된다. 지조가 바르면 벼슬이 저절로 생기게 된다는 뜻이다.

5급	낙양(都邑)을 차지한 동탁이 황제를 꼭두각시로
四都八都	만들고 폭정을 하자 굶어죽는 백성들이 즐비했다.

사도팔도
지난날 우리나라 전체를 일컬었던 말.

도읍 **도**
都 (都)
邑부/12획

7급
邑犬群吠

읍견군폐
고을 개가 무리지어 짖는다는 뜻. 소인들이 남을 비방함을 이름.

고을 **읍**
邑 (邑)
邑부/7획

도읍(都邑) : 한 나라의 수도. 서울.
도시(都市) : 정치 경제 문화의 중심이 되는 사람이 많이 사는 지역.

읍내(邑內) : 고을 안.
소읍(小邑) : 작은 읍.
읍민(邑民) : 읍내에 사는 사람.

4급
洞房華燭

동방화촉
부인의 방에 촛불이 아름답게 비친다는 뜻. 신랑이 신부의 방에서 첫날밤을 지내는 일.

빛날 **화**
華 (华)
艸부/12획

중국(華夏) 내부의 사정이 이러하자 많은 세력가들의 권력 다툼이 시작되었다.

7급
夏蟲疑氷

하충의빙
여름 벌레는 얼음을 안 믿는다는 뜻. 견식이 좁음을 비유.

여름 **하**
夏 (夏)
夂부/10획

중화(中華) : 중국.
화혼(華婚) : 남의 혼인의 미칭.
영화(榮華) : 권력과 부귀를 누림.

만하(晚夏) : 늦여름.
맹하(孟夏) : 음력 사월을 달리 일컫는 말. 초여름.

도읍화하 : 옛날 중국(華夏)의 도읍(都邑)은, 華夏는 옛 중국을 말함.

112

이경(二京) : 옛 중국의 두 서울을 가리킨다. 낙양을 동경(東京), 장안을 서경(西京)이라 칭했다.

동녘 동 東(东) 木부/8획	조조, 원소, 손견 등 호족들이 반동탁의 깃발을 세우고 동서(東西)남북에서 봉기하자, 동탁은 수도(京)를 장안으로 옮겼다.

동서(東西) : 동쪽과 서쪽.
동궁(東宮) : 황태자, 왕세자.
동문(東門) : 동쪽에 있는 문.

서력(西曆) : 서양의 책력.
서양(西洋) : 유럽과 남북아메리카의 여러 나라를 통틀어 이름.

서녘 서 西(西) 两부/6획	

두 이 二(二) 二부/2획	두(二) 세력이 갈라지면서 동탁은 낙양을 불태우고 도시를 폐허로 만들어 버렸다.

무이(無二) : 다시 없음. 둘도 없음.
이경(二更) : 밤 아홉 시부터 열한 시까지의 사이.

경도(京都) : 서울.
경향(京鄉) : 서울과 지방. 나라 전체.
재경(在京) : 서울에 있음.

서울 경 京(京) ⼇부/8획	

동서이경 : 동(東)쪽과 서(西)쪽에 두(二) 곳의 서울(京)이 있었다. 주나라 성왕이 동쪽에 위치한 낙양에 서울을 정했고, 한나라 고조(유방)는 서쪽에 위치한 장안을 서울로 정했는데, 후세 사람들이 이를 이경이라 하고 있다.

113

4급2 **背水陣** **배수진** 물을 등지고 진을 친다는 뜻. 물러설 곳이 없어 목숨을 걸고 싸울 수밖에 없는 지경.	등 **배** **背**(背) 肉부/9획

이때 조조는 배수진(背)을 치고 기다리고 있던 여포에게 대패하여 북망산(邙) 쪽으로 잠시 도망가기도 했다.

北邙山川 **북망산천** 무덤이 많은 곳이나 사람이 죽어서 묻히 는 곳.	북망산 **망** **邙**(邙) 邑부/6획

배경(背景) : 뒤쪽의 경치.
배신(背信) : 신의를 저버림.
배치(背馳) : 반대로 되어 어긋남.

북망(北邙) : 중국 낙양 북쪽에 있는 구릉지대. 귀인 명사들의 무덤이 많기로 유명함.

7급 **面從腹背** **면종복배** 겉으로는 순종하는 척하고 속으로는 다 른 마음을 먹음.	낯 **면** **面**(面) 面부/9획

낙양(洛)에서는 세력가들 중에 면종복배(面)하는 사람들이 많았다. 이럴 즈음 손견은 옥새를 가지고 강동으로 달아난다.

2급 **洛陽紙價** **낙양지가** 낙양의 종이 값. 책 이 불티나게 팔림을 이름.	물이름 **락** **洛**(洛) 水부/9획

전면(前面) : 앞쪽.
장면(場面) : 어떤 장소에서 벌어진 광경.

낙수(洛水) : 중국의 강 이름.
낙송(洛誦) : 문장을 되풀이해 읽음.

배망면락 : 낙양은 북망산(邙)을 배경(背)으로 황하의 물줄기인 낙수(洛)를 전면(面)에 두고 있으며,

경위(涇渭) : 중국의 경수는 항상 흐리고 위수는 항상 맑아 구별이 분명하기 때문에 사리의
옳고 그름과 시비분간을 가릴 때의 설명을 이른다.

뜰 **부**  浮(浮) 水부/10획	동탁의 위세는 장안으로 천도한 이후 위수(渭) 위에 부상(浮)하듯 했고 	3급2 **浮雲之志** 부운지지 뜬구름과 같은 부귀를 바라는 마음.
물이름 **위**  渭(渭) 水부/12획	부상(浮上) : 물 위로 떠오름. 부각(浮刻) : 사물의 특징을 크게 드러냄. / 위수(渭水) : 중국의 강 이름. 위성류(渭城柳) : 위성류과에 딸린 갈잎 작은키나무.	2급 **渭樹江雲** 위수강운 떨어져 있는 두 곳의 거리가 멂. 멀리 있는 벗이 서로 그리워함.
의거할 **거**  據(据) 手부/16획	경수(涇)를 거점(據)으로 나라 전체를 자기 마음대로 주물렀다. 	4급 **據離責之** 거리책지 사리를 따져서 잘못을 꾸짖음.
물이름 **경**  涇(泾) 水부/10획	거점(據點) : 활동의 근거지. 의거(依據) : 산이나 물에 의지해 웅거함. / 경수(涇水) : 중국의 강 이름. 경위(涇渭) : 사리의 옳고 그름과 시비의 분간을 이름.	**浮渭據涇** 부위거경 위수와 경수를 끼고 있는 장안의 형세와 경치.

부위거경 : 장안은 위수(渭) 위에 부상(浮)하듯 했고, 섬서성에서 합류한
경수(涇)를 의거(據)하고 있다. 낙양과 장안의 형세와 정치를 말한다.

宮上下譜

궁상하보

으뜸음을 궁으로 하여 위아래로 1, 2, 3, 4, 5로 나타내는 악보라는 뜻. 오음악보를 일컬음.

宮(宮)

宀부/10획

전각/큰 집 전

金殿玉樓

금전옥루

휘황찬란한 궁전을 이름.

殿(殿)

殳부/13획

궁전(宮殿) 안에서는 동탁이 날마다 주지육림 속에 파묻혀 있었는데, 그의 주위에는

궁전(宮殿) : 천자가 거처하는 궁궐.	전중(殿中) : 대궐 안, 궁중.
궁녀(宮女) : 궁궐 안에서 대전, 내전을 가까이 모시는 내명부의 총칭.	전각(殿閣) : 천자가 거처하던 궁전과 누각.

소반 반

盤溪曲徑

반계곡경

일을 바르고 순탄하게 하지 않고 그릇되고 억지스럽게 함.

盤(盘)

皿부/15획

답답할 울

宮殿盤鬱

궁전반울

궁전은 울창한 나무 사이에 서린 듯이 위치함.

鬱(郁)

鬯부/29획

울창(鬱)한 나무들이 서 있듯 소반(盤)을 받쳐든 궁녀들이 많았다.

소반(小盤) : 작은 쟁반.	울적(鬱寂) : 마음이 답답하고 쓸쓸함.
반석(盤石) : 너럭바위. 믿음직스럽고 튼튼함을 비유함.	울창(鬱蒼) : 큰 나무들이 빽빽하게 들어서 푸르게 우거진 모양.

궁전반울 : 장안의 궁전(宮殿)은 든든한 반석(盤) 위에 울창(鬱)한 나무처럼 빽빽이 들어찼고,

다락 루	
樓(楼)	
木부/15획	

그동안 누대(樓)에서 관망(觀)하고 있던 왕윤 일파가 동탁 제거를 모의한 결과 암살에 성공한다.

3급2

摩天樓

마천루
하늘에 닿는 집이라는 뜻. 아주 높게 지은 고층 건물.

볼 관	
觀(观)	
見부/25획	

5급

觀天望氣

관천망기
구름이나 여러 대기 현상을 살펴보고 날씨를 예측하는 일.

고관대루(高閣大樓) : 높고 큰 집.
누각(樓閣) : 사방이 탁 트이게 높이 지은 다락집.

관망(觀望) : 형세를 바라봄.
주관(主觀) : 자기만의 견해나 관점.
관찰(觀察) : 사물을 잘 살펴봄.

날 비	
飛(飞)	
飛부/9획	

그 소식이 빠르게(飛) 그의 측근들에게 전해지자 놀람(驚)과 동시에 권력잡기에 혈안이 되었다.

4급2

飛潛走伏

비잠주복
날고, 헤엄치고, 달리고 기는 것. 새, 물고기, 짐승, 벌레 등을 이름.

놀랄 경	
驚(惊)	
馬부/23획	

4급

驚天動地

경천동지
하늘을 놀라게 하고 땅을 뒤흔듦. 세상을 몹시 놀라게 하는 것을 비유.

비상(飛翔) : 날아오름.
비행(飛行) : 공중을 날아다님.
난비(亂飛) : 어지럽게 날아다님.

경탄(驚歎) : 몹시 감탄함.
대경실색(大驚失色) : 크게 놀라 얼굴빛이 하얗게 변하는 모양.

누관비경 : 궁전의 높은 누각(樓)을 보니(觀), 마치 비상하는(飛) 새가 경탄(驚)하고 하늘로 날아오르는 듯 우뚝 솟았다. 황제가 거처하는 궁전의 위용을 웅장하게 표현한 말이다.

6급	그림/꾀할 도
圖南之翼	
도남지익	**圖**(図)
큰 사업을 계획하고 웅비를 꾀함.	
	口부/14획

대궐은 경축하는 뜻에서 새롭게 그린(寫) 그림(圖)들을 들여왔는데

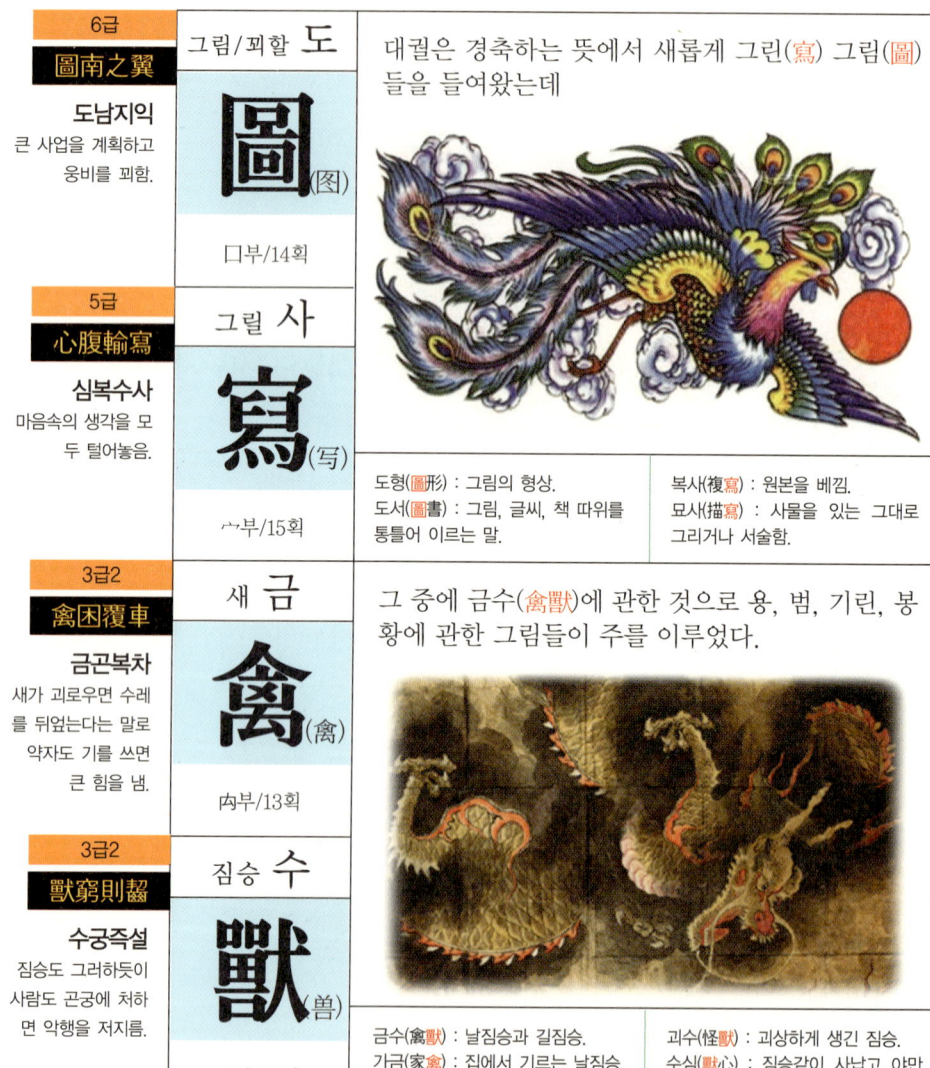

5급	그릴 사
心腹輸寫	
심복수사	**寫**(写)
마음속의 생각을 모두 털어놓음.	
	宀부/15획

도형(圖形) : 그림의 형상.
도서(圖書) : 그림, 글씨, 책 따위를 통틀어 이르는 말.

복사(複寫) : 원본을 베낌.
묘사(描寫) : 사물을 있는 그대로 그리거나 서술함.

3급2	새 금
禽困覆車	
금곤복차	**禽**(禽)
새가 괴로우면 수레를 뒤엎는다는 말로 약자도 기를 쓰면 큰 힘을 냄.	
	内부/13획

그 중에 금수(禽獸)에 관한 것으로 용, 범, 기린, 봉황에 관한 그림들이 주를 이루었다.

금수(禽獸) : 날짐승과 길짐승.
가금(家禽) : 집에서 기르는 날짐승.
가수(禽獲) : 새나 날짐승을 사로잡음.

괴수(怪獸) : 괴상하게 생긴 짐승.
수심(獸心) : 짐승같이 사납고 야만적인 마음.

3급2	짐승 수
獸窮則齧	
수궁즉설	**獸**(兽)
짐승도 그러하듯이 사람도 곤궁에 처하면 악행을 저지름.	
	犬부/19획

도사금수 : 궁전 안에는 여러 종류의 금수(禽獸)에 관한 그림(圖)이 그려져(寫) 있고,

그림 **화**  田부/12획	궁중 화공의 화풍(畵)은 다섯 가지 채색(綵)을 기본으로 삼아 그렸으며,

畵龍點睛

화룡점정
용을 그릴 때 마지막으로 점을 찍어 눈을 그려넣음.

비단/채색 **채**  糸부/14획	

화법(畵法) : 그림을 그리는 법.
화공(畵工) : 그림 그리는 것을 업으로 하는 사람. 화가.

기채(奇綵) : 기이한 채색.
채화(綵華) : 비단 조각으로 만든 가화(假畵).

綵衣以娛親

채의이오친
색동옷을 입고 어버이를 즐겁게 한다는 뜻. 효도하는 것을 이름.

신선 **선**  人부/5획	그림 가운데는 아름다운 선녀(仙)와 신령스런 영물(靈)들도 보였다.

仙姿玉質

선자옥질
모습이 신선같고 됨됨이가 구슬 같다는 뜻. 미인을 일컬음.

萬物之靈

만물지령
만물 가운데 가장 으뜸간다는 뜻. 사람을 일컬음.

신령 **령**  雨부/24획	

선계(仙界) : 신선의 세계.
신선(神仙) : 선도를 닦아 도에 통한 사람.

망령(亡靈) : 죽은 사람의 영혼.
신령(神靈) : 풍습으로 섬기는 모든 신.
영물(靈物) : 신령스런 짐승이나 물건.

화채선령 : 신선(仙)과 신령(靈)도 신비스럽게 채색(綵)해 그려져(畵) 있다.
궁전에 그려져 있는 그림은 반드시 용, 범, 기린, 봉황과 다섯 가지 채색으로 그려졌으며
신선과 신령스러운 것들로 이루어져 있었다.

3급2	남녘 **병**
丙坐壬向	# 丙(丙)
병좌임향	
묏자리나 집터 따위가 병방을 등지고 임방을 향한 좌향임.	一부/5획

유비가 황제를 알현하고 조조를 방문한 뒤 잠시 병사(丙舍)에 들러 측근들에게 조용히 말했다.

4급2	집 **사**
舍己從人	# 舍(舍)
사기종인	
자기의 이전 행위를 버리고 타인의 선행을 본떠 행함.	舌부/8획

병부(丙付) : 불에 살라버림.
병사(丙舍) : 황제의 측근 신하들이 거처하는 관사.

사감(舍監) : 관사를 감독하는 관리.
청사(廳舍) : 관청의 건물들을 이름.

3급	곁 **방**
傍若無人	# 傍(傍)
방약무인	
주변에 사람이 없는 것처럼 언행을 함부로 함.	人부/12획

"황궁으로 통하는 문을 열어놓고(啓) 있되 방관(傍)하지 말며 이상한 행동을 하는 사람에게는 주의를 주시오."

3급2	열 **계**
拜啓	# 啓(启)
배계	
절하고 아뢴다는 뜻. 한문 편지 첫머리에 의례적으로 쓰는 말.	口부/11획

근방(近傍) : 아주 가까운 곳.
방관(傍觀) : 직접 관여하지 않고 곁에서 보기만 함.

계상(啓上) : 윗사람에게 말씀을 올림.
계발유도(啓發誘導) : 몽매함을 깨우쳐 알도록 이끌어줌.

병사방계 : 천자의 측근 신하들이 묵는 병사(丙舍)가 천자의 거처인 정전 곁(傍)에 열려(啓) 있고,

120

동방삭(東方朔) : 한나라 무제의 신하로 기행, 풍자 등으로 유명한데 곤륜산에 사는 서왕모
의 복숭아를 훔쳐 먹고 장수했다고 해서 흔히 '삼천갑자 동방삭'이라 부른다.

갑옷 **갑** **甲** (甲) 田부/5획	황제가 드나들 갑장(甲帳)을 바라보며 걱정을 했다. 

<table>
4급

甲論乙駁

갑론을박
여러 사람이 서로
자신의 주장을 내세
우며 상대편의 주장
을 반박함.
</table>

장막 **장**
**帳**
(帳)
巾부/11획

4급

帳幕之誼

장막지의
장수와 막하들 사이
의 서로 사귀어 친
해진 정.

수갑(手甲) : 장갑.
갑장(甲長) : 같은 나이.
갑부(甲富) : 첫째 가는 부자.

장막(帳幕) : 문이나 창에 치는 휘장.
일기장(日記帳) : 매일 일어난 일을
적는 책.

대할 **대**
對
(对)
寸부/14획

이때 기둥(楹) 옆에서 듣고 있던 사감이 조조의 감
시병들을 의식해 대답(對) 대신 손가락으로 입을
가리켰다.

6급

對岸之火

대안지화
어떤 일이 자기에게
는 아무 관계도 없
다는 듯이 관심이
없음.

기둥 **영**
**楹**
(楹)
木부/13획

楹棟

영동
기둥과 도리. 가장
중요한 인물을 비유
하는 말.

대답(對答) : 묻는 말에 답변함.
대면(對面) : 서로 얼굴을 마주 보고
대함.

헌영(軒楹) : 마루의 기둥.
단영(丹楹) : 붉게 칠한 기둥.
영방주(楹方柱) : 돌기둥 위에 세운 방주.

갑장대영 : 아름다운 갑장(甲帳)도 기둥(楹) 사이에 서로 마주보고(對) 있다.
궁전 안의 모습을 보여준다. '갑장'이란 한나라 무제 때 동방삭이 진주로 꾸며 만든 장막
이다.

121

	늘어놓을 **사**	이럴 즈음 조조는 유비를 포섭하기 위해 연회(筵)를 벌인다(肆).
고어지사 목마른 고기의 어물전이란 뜻. 매우 곤궁한 처지를 비유.	**肆**(肆) 聿부/13획	
1급 肆筵設席	자리 **연**	
사연설석 자리를 베풀고 돗자리를 베푸니 연회하는 좌석임.	**筵**(筵) 竹부/13획	사력(肆力) : 있는 힘을 다함.　주연(酒筵) : 술자리. 사종(肆縱) : 자기가 하고 싶은 대로　연석(筵席) : 연회의 자리. 방자한 행동을 함.　이연(離筵) : 송별연.
4급2 設心做意	베풀 **설**	특별히 마련(設)된 상석(席)에 앉히자 유비는 불안스럽기 짝이 없었다.
설심주의 계획적(計劃的)으로 간사한 꾀를 냄.	**設**(说) 言부/11획	
6급 席藁待罪	자리 **석**	
석고대죄 거적을 깔고 엎드려 처벌을 기다림.	**席**(席) 巾부/10획	설정(設定) : 베풀어 정함.　상석(上席) : 좌석의 차례에서 윗자리. 건설(建設) : 건물을 짓거나 시설들　좌석(座席) : 깔고 앉는 자리를 통틀을 이룩함.　어 이름.

사연설석 : 자리(筵)를 베풀고(肆) 좌석(席)을 마련하니(設),

북 고 **鼓**(鼓) 鼓부/13획	거문고(瑟) 가락과 북소리(鼓)가 머리를 혼란스럽게 했고, 
큰거문고 슬 **瑟**(瑟) 玉부/13획	고막(鼓膜) : 귀청. 고적대(鼓笛隊) : 북과 피리로 이루어진 행진용 악대.

청슬(淸瑟) : 맑은 거문고 소리.
금슬(琴瑟) : 거문고와 비파. 또는 부부 사이의 정.

3급2
鼓腹擊壤
고복격양
배를 두드리면서 땅을 침. 태평성대를 이름.

2급
琴瑟相和
금슬상화
부부 사이가 다정하고 화목함.

불 취 **吹**(吹) 口부/7획	생황(笙) 소리는 마치 자신의 허물을 들추어 내기 위해 불어(吹)대는 조조의 음흉한 말처럼 들렸다. 
생황 생 **笙**(笙) 竹부/11획	고취(鼓吹) : 용기를 북돋움. 재취(再吹) : 아내가 죽은 뒤에 두 번째 드는 장가. 또는 그 아내.

금생(琴笙) : 거문고와 생황.
생황(笙簧) : 아악에 쓰이는 관악기의 한 가지.

3급2
吹毛求疵
취모구자
흉터를 찾으려고 털을 불어 헤침. 억지로 남의 허물을 들추어 냄.

龍笳鳳笙
용가봉생
맑고 깨끗하고 아름다운 소리를 내는 악기.

고슬취생 : 궁중 악사들이 북(鼓)을 두드리고 거문고(瑟)를 뜯고 생황(笙)을 불었다. 시경에 나오는 구절로 궁중 연회석을 만들고 악기를 연주하는 장면을 담은 글이다.

陞階納陛 **승계납폐** 문무 백관이 계단을 올라 임금께 납폐하는 절차임.	오를 **승** **陞**(升) 阜部/10획	승진한 유비는 황제의 부름을 받아 대궐 계단(階)을 오르기(陞) 위해 마음가짐을 단정히 했다. 
4급 階卑職高 **계비직고** 품계는 낮고 벼슬은 높음.	섬돌 **계** **階**(阶) 阜部/12획	

승급(陞級) : 등급이 오름.   계전초(階前草) : 겨우살이풀.
승진(陞進) : 직위가 오름.   계급(階級) : 사회나 일정한 조직 내
승강(陞降) : 오르고 내리는 것. 에서의 지위. 관직 따위의 단계.

4급 納幣 **납폐** 전통 혼례에서 신랑의 집에서 신부의 집으로 혼서지와 폐백을 담아 보냄.	들일 **납** **納**(纳) 糸部/10획	그러고는 계단을 올라 납폐(納陛)를 지나 황제가 기다리고 있는 황궁으로 들어갔다(納). 
1급 丹陛 **단폐** 붉은 칠을 한 층층대. 궁궐을 달리 이르는 말.	섬돌 **폐** **陛**(陛) 阜部/10획	

예납(豫納) : 미리 바침.   폐현(陛見) : 폐하를 만나뵙는 일.
납폐(納陛) : 눈비를 맞지 않도록 만 폐하(陛下) : 황제나 황후를 높여 일
든 지붕이 덮인 층계.   컫던 존칭어.

승계납폐 : 고관들이 계단(階)을 오르고(陞), 폐하(陛)를 뵈러 납폐로 들어가는데(納),

변(弁) : 옛날 관리들이 머리에 썼던 모자를 보통 관(冠)이라고 하나 여기서 변(弁)자를 쓴 이유는 내용상 별(星)과 뜻을 맞추기 위해서다. 따라서 이는 높은 관리를 상징하는 단어이다.

고깔 변  卄부/5획	군신들의 관모(弁)에 달린 구슬이 반짝이면서 움직이는(轉) 듯하는 것을 보고,

2급
赤弁丈人
적변장인
고추잠자리의 다른 이름.

구를 전  車부/18획	

돌이변(突而弁) : 갑자기 달리 변함.
적변장인(赤弁丈人) : 고추잠자리의 딴 이름.

전근(轉勤) : 근무처를 옮김.
회전(回轉) : 어떤 축을 중심으로 그 둘레를 도는 것.

4급
轉禍爲福
전화위복
화가 바뀌어 오히려 복이 된다는 뜻. 어떤 불행도 노력과 강인한 의지로 힘쓰면 행복으로 바뀜.

의심할 의  疋부/14획	잠시 그 화려함에 하늘의 별(星)을 따다 단 것은 아닐까(疑) 생각했다.

4급
疑心生暗鬼
의심생암귀
의심하면 귀신이 보인다는 말로 의심이 대상을 잘못 판단하게 한다는 뜻.

별 성  日부/9획	

의아(疑訝) : 의심스러워 괴이쩍음.
질의(質疑) : 의심나는 점을 물어서 밝힘.

성학(星學) : 천문학.
성좌(星座) : 별자리.
성조기(星條旗) : 미국의 국기.

4급2
星火燎原
성화요원
작은 일이라도 처음에 그치면 나중에 큰 일이 됨.

변전의성 : 고깔(弁)의 구슬이 구르는(轉)듯 반짝이니 별(星)이 아닌가 의심된다(疑). 분주하게 계단을 오르내릴 때 관리들의 관에 달린 구슬들이 햇볕에 별처럼 반짝였다는 데서 융성한 나라의 모습을 표현했다.

7급	오른쪽 우	궁전에 들어선 유비는 우왕좌왕하다가 오른쪽(右) 통로(通)를 따라갔다.

右往左往

우왕좌왕
오른쪽으로 갔다 왼쪽으로 갔다 종잡지 못함. 사방으로 왔다 갔다 함.

右(右)

口부/5획

6급	통할 통

通天之數

통천지수
하늘에 통하는 운수라는 뜻. 매우 좋은 운수를 이름.

通(通)

辶부/11획

우측(右側) : 오른쪽.
우익(右翼) : 오른쪽 날개.
우군(右軍) : 자기편의 군대.

통로(通路) : 통행하는 길.
통과(通過) : 멈추지 않고 지나감.
통로(通路) : 통행하는 길.

5급	넓을 광	국립 도서관인 광내(廣內)를 지나

廣大無邊

광대무변
너르고 커서 끝이 없음.

廣(广)

广부/15획

7급	안 내

內憂外患

내우외환
나라 안팎의 여러 가지 어려운 사태.

內(内)

入부/4획

廣

광고(廣告) : 세상에 널리 알림.
광내(廣內) : 각종 서적을 취급하는 국립 도서관.

안내(案內) : 인도해 내용을 알려줌.
내각(內閣) : 국가 행정권을 담당하는 최고기관 관청.

우통광내 : 우측(右)으로는 광내(廣內)로 통하는 통로(通)가 있고,

왼 **좌** **左**(左) 工부/5획	왼쪽(左)으로 돌아 도달(達)한 곳은 각종 문서나 사서(史書)를 저술하고

7급
左之右之
좌지우지
사람이 어떤 일이나 대상을 제 마음대로 처리하거나 다룸.

통달할 **달** **達**(达) 辶부/13획	

좌측(左側) : 왼쪽의 옆.
좌천(左遷) : 관리가 높은 자리에서 낮은 자리로 떨어짐.

도달(到達) : 정한 곳에 다다름.
달성(達成) : 목적한 바를 이룸.
달변(達辯) : 능수능란한 말솜씨.

4급2
達人大觀
달인대관
사물의 이치에 널리 통달한 사람은 사물을 옳고 정당하게 관찰함.

이을 **승** **承**(承) 手부/8획	귀중한 것을 보관하는 승명려(承明廬)였다. 그 안으로 들어가니

4급2
承上接下
승상접하
윗사람을 받들고 아랫사람을 잘 거느려서 두 사이를 잘 주선함.

밝을 **명** **明**(明) 日부/8획	

승낙(承諾) : 청하는 바를 들어줌.
계승(繼承) : 조상이나 선임자의 것을 이어받음.

명군(明君) : 총명한 임금.
명당(明堂) : 장차 좋은 일이 자주 생긴다는 묏자리나 집터.

6급
明鏡止水
명경지수
사념이 전혀 없는 깨끗한 마음을 비유해 이름.

좌달승명 : 왼쪽(左)으로 가면 승명려(承明廬)에 도달(達)한다. 한나라 황제가 정사를 돌보는 정전(正殿)의 오른쪽에는 광내(국립 도서관)를, 왼쪽에는 각종 문서와 사서(史書)를 저술하고 기록하는 '승명려'를 두었다는 글이다.

삼분(三墳) : 삼황(三皇), 즉 복희, 신농, 황제, 혹은 천황, 지황, 인황시대를 기록한 책이다.
오전(五典) : 소호, 전욱, 제곡, 제요, 제순, 때의 일을 기록한 죽간(책)을 말한다.

3급 **旣往不咎** **기왕불구** 이미 지난 일은 어찌할 도리가 없고 오직 장래의 일만 잘 삼가야 함.	**이미 기** **旣**(既) 无부/11획

이미(旣) 수집(集)해 놓은 보물들이 많았다.

6급 **集小成大** **집소성대** 작은 것이 모여서 큰 것을 이룸.	**모을 집** **集**(集) 佳부/12획

기존(旣存) : 이미 존재함.　　　　수집(收集) : 거두어 모음.
기혼(旣婚) : 이미 결혼함.　　　　채집(採集) : 찾아서 얻어 모음.
기왕지사(旣往之事) : 이미 지나간 일.　밀집(密集) : 빈틈없이 빽빽하게 모임.

3급 **墳墓之地** **분묘지지** 조상의 무덤이 있는 땅이라는 뜻. 고향을 이름.	**무덤 분** **墳**(坟) 土부/15획

그 보물 중에는 고분에서 출토된 분전(墳典)도 있었다.

5급 **典雅之辭** **전아지사** 화려하면서도 아담한 말.	**법/책 전** **典**(典) 八부/8획

고분(古墳) : 옛 무덤.　　　　　경전(經典) : 종교의 교리를 적은 글.
분전(墳典) : 고분에서 출토된 삼분과 오전이란 경전을 이름.　전형(典型) : 같은 부류의 특징을 가장 잘 나타내는 본보기.

기집분전 : 광내와 승명려에서는 이미(旣) 삼분(墳)과 오전(典)을 수집했고(集),

128

또 **역** (亦) 亠부/6획	인재들도 역시(亦) 많이 모여(聚) 있었지만 유비 삼형제만한 사람은 잘 보이지 않았다.

역가(亦可) : 또한 좋음.
역시(亦是) : 마찬가지로, 또한.
역연(亦然) : 이 또한 그러함.

취운(聚雲) : 몰려드는 구름.
취합(聚合) : 모아서 하나로 합침.
취락(聚落) : 인가가 모여 있는 곳.

모을 **취**(聚) 耳부/14획

무리 **군**(群) 羊부/13획

모두가 군계일학(群) 같은 영웅들(英)이지만 당시에는 재야에서도 그만한 인물들이 많이 있었다.

군웅(群雄) : 많은 영웅.
군중(群衆) : 한곳에 모여 있는 많은 사람

영재(英才) : 재능이 뛰어난 사람.
영웅(英雄) : 재능과 담력이 뛰어난 사람.

꽃부리 **영**(英) 艸부/9획

3급2
亦參其中
역참기중
어떤 일에 또한 참여함.

2급
聚散十春
취산십춘
친구와 헤어진 지가 어느덧 십 년이나 지나감.

4급
群鷄一鶴
군계일학
많은 닭 가운데 한마리 학. 군중 속에 홀로 빼어남.

6급
英雄好色
영웅호색
영웅은 여색을 좋아하는 버릇이 있음.

역취군영 : 또한(亦) 많은(群) 영재(英)들을 모았다(聚). 삼황오제 때의 전적이 수집되면서 천하의 영재들을 적극적으로 모아 국가에 이바지했다는 뜻이다.

종요(鍾繇) : "신은 전 가족을 보증으로 사마중달의 복귀를 청하겠습니다." 하며 사마중달을 복귀시키는 데 일등 공신이었다. 진(晉)나라 시대에는 진무제 사마염(사마중달의 아들)이 서학박사를 설치해 종요를 종법(鍾法)으로 삼아 배우라고 명했으며 위진시대의 모든 서예가들도 그의 서체를 배우고 따라 썼다. 이 당시 왕희지 역시 그의 서체를 배웠다고 한다.

2급	막을 두	명성을 떨친 두백도(杜)의 초서(藁)와
杜門不出	**杜**(杜)	
두문불출		
집에만 틀어박혀 사회의 일이나 관직에 나아가지 않음.	木부/7획	

	짚 고	
藁網捉虎	**藁**(藁)	
고망착호		
서툰 솜씨로 큰일을 하려는 어리석음.	艸부/18획	두고(杜藁) : 두백도가 쓴 초서. / 고공품(藁工品) : 짚으로 만든 새끼나 가마니 같은 물건을 통틀어 이름. / 두백도(杜伯度) : 후한 때의 정치가이며 초서체의 명필가. / 藁는 稿자와 같은 자.

4급	쇠북 종	종요(鍾)의 예서(隷)도 있었다.
杜藁鍾隷	**鍾**(钟)	
두고종례		
초서를 처음으로 쓴 두고와 예서를 쓴 종례를 이름.	金부/17획	

3급	종/서체 례	
隷僕	**隷**(隶)	
예복		
남의 집에서 대대로 천한 일을 하던 하인. 사람에게 얽매여 명령에 따라 움직이는 사람을 비유.	隶부/16획	종발(鍾鉢) : 작은 밥그릇의 한 가지. / 예서(隷書) : 한자 서체의 하나. / 종로(鍾路) : 서울의 종각이 있는 네거리. / 예속(隷屬) : 남의 지배나 지배 아래 모임.

두고종례 : 두백도(杜)가 쓴 초서(藁)와 종요(鍾)가 쓴 예서(隷)도 비치되어 있으며

130

옻 **칠**  漆(漆) 水부/14획	노나라의 공왕이 공자의 사당 벽장 속에서 칠서(漆書)로 된 경서를 찾았다.

3급2
漆室之憂
칠실지우
칠실 고을의 근심이란 뜻. 제 분수에 맞지 않는 근심.

6급
書不借人
서불차인
책을 아껴 남에게 빌려주지 않음.

| 글/책 **서**  書(书) 日부/10획 | |

칠야(漆夜) : 캄캄한 밤.
칠서(漆書) : 대나무 죽간에 옻나무의 옻으로 쓴 글씨.

서책(書冊) : 책. 서적.
문서(文書) : 실무상 필요한 사항을 문장으로 써서 나타낸 글.

| 벽 **벽**  壁(壁) 土부/16획 | 그 경서를 벽경이라 불렀고, 이 벽경(壁經) 중에는 논어와 효경도 있다. |

4급2
滿壁書畵
만벽서화
벽에 가득히 걸거나 붙인 글씨와 그림.

4급2
經世濟民
경세제민
세상 일을 잘 다스려 도탄에 빠진 백성을 구함.

| 지날/글 **경** 經(经) 糸부/13획 | |

벽지(壁紙) : 벽에 바르는 종이.
벽경(壁經) : 공자의 옛집 벽 속에서 발견했다는 '서경'의 고본.

효경(孝經) : 유교 경전의 하나.
경서(經書) : 옛 중국의 성현들의 가르침을 기록한 책 이름의 총칭.

칠서벽경 : 칠서(漆書)인 벽경(壁經)도 있다. 두백도의 초서와 종요의 예서, 칠서인 벽경도 비치되어 있었다.

4급2 마을/관청 **부**	촉나라의 관청(府)이 나열(羅)된 곳에는

府帑蹈火

부탕도화

목숨을 걸고 하는
아주 어렵고 힘든
고욕이나 수난.

府(府)

广부/8획

4급2

羅列春秋

나열춘추

책을 많이 벌여놓고
공부함.

벌일 **라**

羅(罗)

罒부/19획

부하(府下) : 한 부의 구역의 안.
정부(政府) : 국가의 정책을 집행하
는 행정부.

나열(羅列) : 죽 벌여놓음.
망라(網羅) : 모두 휘몰아 넣어 포
함시킴.

4급2

將相之材

장상지재

장수나 재상이 될
만한 인재.

장수 **장**

將(将)

寸부/11획

승상(相)인 제갈량을 중심으로 핵심 장수들(將)이
늘 긴장하고 있었다.

5급

相見何晚

상견하만

서로 늦게 알게 되
었음을 유감으로 생
각함.

서로/정승 **상**

相(相)

目부/9획

장래(將來) : 앞으로 닥쳐올 날.
장수(將帥) : 군사를 지휘하고 통솔
하는 장군.

상호(相互) ; 서로서로.
수상(首相) : 재각의 우두머리.
상담(相談) ; 서로 의논함.

부라장상 : 황제가 거처하는 전각 좌우에 나열(羅)된 정부(府) 부서에는
재상(相)과 장수들(將)이 보였고,

길 로 **路**(路) 足부/13획	제갈량의 승상부 노변(路)에는 협객(俠)과 장수들이 우글거리고 

낄 협 **俠**(俠) 人부/9획	
	노방(路傍) : 길의 옆. 노자(路資) : 먼 길을 가고 오는 데 드는 돈.	협공(俠功) : 양쪽으로 끼고 공격함. 협잡(俠雜) : 그릇된 짓으로 남을 속임. 협기(俠氣) : 호협한 기상.

회나무 괴 **槐**(槐) 木부/14획	삼공 벼슬을 의미하는 세 그루의 회나무(槐)와 경대부(卿)의 저택도 있었다. 

벼슬 경 **卿**(卿) 卩부/12획	
	괴신(槐宸) : 임금의 궁전. 괴지(槐枝) : 홰나무의 가지. 괴경(槐卿) : 삼공의 벼슬아치들.	경대부(卿大夫) : 고위 벼슬아치. 경자(卿子) : 상대방을 높여 부르는 말의 하나.

6급
路不拾遺

노불습유
길가에 떨어진 남의 물건은 습득해 가지려 하지 않음.

1급
義俠心

의협심
정의를 위하여 자기를 희생하려는 의로운 마음.

2급
槐安夢

괴안몽
남가일몽의 다른 말. 남쪽 가지에서의 꿈이란 뜻. 덧없는 꿈이나 한때의 헛된 부귀영화.

3급
干卿何事

간경하사
다른 사람의 일에 참견하는 것을 비웃으며 하는 말.

노협괴경 : 도로(路)를 끼고(俠) 삼공(槐) 벼슬아치들(卿)의 집이 있었다.
옛날 주나라 때 궁전에 세 그루 회화나무를 심어 삼공(三公)의 자리를 정했다.

호봉(戶封) : 고대 봉건시대에 나라를 세우거나 반정(反正)으로 권력을 잡았을 때 공신에게
는 현과 토지, 노비 등을 주어 그 마을을 다스리는 제후에 봉했는데 이를 일컫는다.

4급2	
戶口別星	
호구별성	집 **호**
집집마다 찾아 다닌다는 뜻. 마마를 일컫는 말.	**戶** (戶)
	戶부/4획

유비, 조조, 손권도 공신들에게 많은 집과(戶) 병
력을 거느릴 수 있는 제후에 봉했다(封).

호별(戶別) : 집집마다.
호구(戶口) : 호적상으로 집의 수효와 사람의 수효.

봉입(封入) : 물건을 속에 넣고 봉함.
봉인(封印) : 봉하여 붙인 자리에 도장을 찍음.

3급2	
封豕長蛇	
봉시장사	봉할 **봉**
큰 돼지와 긴 뱀이란 뜻. 탐욕스럽고 잔인한 사람.	**封** (封)
	寸부/9획

8급	
八方美人	
팔방미인	여덟 **팔**
어느 모로 보나 아름다운 사람. 여러 방면에 능통한 사람을 비유.	**八** (八)
	八부/2획

일등공신에게는 여덟 현의(八縣) 백성을 다스릴
수 있는 권력과 함께

3급	
縣架裝置	
현가장치	고을 **현**
흔들림이 바로 차체에 닿지 않도록 한 완충장치.	**縣** (县)
	糸부/16획

팔자(八字) : 사람의 한 평생의 운수.
팔보채(八寶菜) : 중국 요리의 한 가지. 여덟 가지 재료로 배합한 요리.

현령(縣令) : 현의 우두머리 벼슬.
현인(縣人) : 한 고을에 사는 사람.
현리(縣吏) : 옛날 현의 벼슬아치.

호봉팔현 : 한나라는 공신에게 여덟 고을(八縣)의 집(戶)에서 세금을 거
둘 수 있는 제후에 봉했고(封),

집 가  (家) 宀부/10획	제후와 그의 집(家)에는 그 외에도 많은 특권을 주었다(給).
줄 급  (給) 糸부/12획	

가장(家長) : 집안의 어른.
가신(家臣) : 높은 벼슬아치의 집에 딸려 그들을 섬기고 받들던 사람.

급사(家仕) : 심부름하는 아이.
자급자족(自給自足) : 자기가 필요한 것을 스스로 생산하여 충당함.

일천 천 (千) 十부/3획	그리고 천병(千兵) 제도를 두어 현을 지키게 했다.
병사 병  (兵) 八부/7획	

천병(千兵) : 많은 수의 병사.
천만금(千萬金) : 아주 많은 돈이나 값어치.

병력(兵力) : 군대의 힘.
병사(兵士) : 군사. 사병.
파병(派兵) : 군대를 파출하는 일.

7급

家和萬事成

가화만사성
집안이 화목하면 모든 일이 잘됨.

5급

給水功德

급수공덕
물을 퍼주는 공덕. 쉬운 일이나 남을 위하는 일. 곧 선행을 이름.

7급

千軍萬馬

천군만마
천 명의 군사와 만 마리의 군마란 뜻. 썩 많은 군사와 말을 이름.

5급

富國强兵

부국강병
부유한 나라와 강한 군사를 이름.

가급천병 : 제후의 집(家)에는 1천 명의 병사(千兵)를 주었다(給). 한(漢)나라 공신들에 대한 대우를 설명하고 있다.

135

| 6급 | 높을 고 | 최고(高) 실력자 조조가 황제와 같은 의관(冠)을 |
| | | 쓰고 |

| 6급
高枕短命 | 높을 고
高(高)
高부/10획 |
| **고침단명**
베개를 높이 베고
자면 오래 살지 못
한다는 말. | |

최고(高) 실력자 조조가 황제와 같은 의관(冠)을 쓰고

| 3급2
冠童之別 | 갓 관
冠(冠)
冖부/9획 |
| **관동지별**
갓을 쓴 어른과 아
이를 구별함. | |

최고(最高) : 가장 높음.
고관(高冠) : 높은 벼슬아치. 고관
대작의 준말.

관대(冠帶) : 갓과 띠.
의관(衣冠) : 옷과 갓.
관혼(冠婚) : 관례와 혼례.

| 1급
陪行 | 모실 배
陪(陪)
阜부/11획 |
| **배행**
모시거나 또는 데리
고 따라가거나 오거
나 함. 배웅. | |

황제만이 타는 연곡(輦)에 함께 배석(陪)까지 하자, 대신들 중에 감히 조조에게 맞서는 자가 없었다.

| 1급
寶輦華 | 손수레 련
輦(輦)
車부/15획 |
| **보련화**
연꽃을 아름답게 이
르는 말. | |

배유(陪游) : 귀한 사람을 모시고 놂.
배석(陪席) : 어떤 자리에 윗사람이
나 상관을 모시고 참석하는 것.

여련(輿輦) : 임금이 타는 수레.
채련(彩輦) : 왕실의 의식 때 귀중품
을 싣는 꽃무늬를 놓은 가마.

고관배련 : 고관대작(高冠)이 좌우에서 제후의 수레(輦)를 모시고(陪),

<table>
<tr><td>

몰 구

驅(驱)

馬부/21획

</td><td>

마차를 몰(驅) 때면 바퀴(轂) 소리와 호위병들의
군호 소리가 도시 전체에

</td><td>

3급

驅馳

구치
말이나 수레를 몰아
빨리 달림. 또는 남
의 일을 위해 힘을
다함.

</td></tr>
</table>

바퀴통 곡

轂(轂)

車부/17획

구보(驅步) : 빠른 걸음걸이. 달음박질. 구축(驅逐) : 몰아서 내쫓음. 구박(驅迫) : 못 견디게 몹시 굶.	곡륜(轂輪) : 수레바퀴. 추곡(推轂) : 뒤를 밀어주어 앞으로 나아가게 함.

肩摩轂擊

견마곡격
수레바퀴가 서로 맞
닿고, 어깨가 서로
스침. 도시의 번성
함을 이름.

떨칠 진

振(振)

手부/10획

진동했다(振). 그 위엄에 갓끈(纓)을 여미는 사람
도 있었다.

3급2

振張

진장
정신을 떨쳐 가다듬
어 일을 베풂.

갓끈 영

纓(纓)

糸부/23획

진작(振作) : 떨쳐서 일으킴. 진동(振動) : 같은 모양으로 반복해 흔들려 움직임.	주영(珠纓) : 구슬을 꿰어 만든 갓끈. 영자(纓子) : 구영자(鉤纓子), 문끈, 가사의 끈.

被髮纓冠

피발영관
머리를 흐트러뜨린
채 관을 씀. 아주
많이 바쁨을 이름.

구곡진영 : 종자가 바퀴(轂) 있는 마차를 몰(驅) 때마다 진동하는(振) 바
람에 관대의 갓끈(纓)이 흔들렸다. 제후의 위엄을 강조하고 있다.

<table>
<tr><td>

7급

世祿之臣

세록지신
대대로 나라의 녹봉
을 받는 신하.

</td><td>

인간 세

世(世)

一부/5획

</td><td colspan="2">

권력을 잡은 조조는 세록지신(世祿之臣)으로서 국록(祿)을 받았고,

</td></tr>
<tr><td>

3급2

祿不疊受

녹불첩수
두 가지 벼슬을 겸
한 사람이 한 가지
벼슬의 녹만 받음.

</td><td>

녹 록

祿(祿)

示부/13획

</td><td>

세전(世傳) : 대대로 전해 내려옴.
출세(出世) : 사회적으로 높이 되거
나 유명해짐.

</td><td>

녹봉(祿俸) : 벼슬아치에게 주는 봉급.
국록(國祿) : 국가에서 주는 녹봉.
백록(百祿) : 온갖 복록.

</td></tr>
<tr><td>

1급

不侈不儉

불치불검
사치하지도, 검소하
지도 않고 수수함.

</td><td>

사치할 치

侈(侈)

人부/8획

</td><td colspan="2">

황제 부럽지 않은 사치(侈)를 하며 부귀영화(富)를 누렸다.

</td></tr>
<tr><td>

4급2

富貴在天

부귀재천
부귀는 하늘에 달렸
음을 이름.

</td><td>

부유할 부

富(富)

宀부/12획

</td><td>

극치(極侈) : 심한 사치.
사치(奢侈) : 필요 이상으로 돈이나
물건을 씀.

</td><td>

빈부(貧富) : 가난함과 넉넉함.
부귀(富貴) : 재산이 많고 사회적 지
위가 높음.

</td></tr>
</table>

세록치부 : 세록지신(世祿之臣)과 제후는 사치스럽고(侈) 부유(富)하며,

수레 **거/차**  **車**(车) 車부/7획	수레(車駕)는 황제의 것과 다름없고 

7급

車轍馬跡

거철마적

수레바퀴 자국과 말 발자국이란 뜻. 수레 나 말을 타고 천하를 두루 돌아다니며 노 는 것을 비유.

1급

駑馬十駕

노마십가

재주 없는 사람도 노력하고 근면하면 재주 있는 사람과 같아짐.

탈것 **가**

駕(驾)

馬부/15획

거가(車駕) : 임금이 타는 마차.
전차(電車) : 전력을 이용하여 궤도 위를 달리는 차량.

어가(御駕) : 임금이 타는 수레.
능가(凌駕) : 무엇에 비교하여 그 보다 훨씬 뛰어남.

살찔 **비**

肥(肥)

肉부/8획

그의 거창한(肥) 마차군이 움직여도 아주 가볍게 (輕) 보였다.

3급2

肥己潤家

비기윤가

자기 몸과 자기 집 만 이롭게 함.

5급

輕擧妄動

경거망동

도리나 사정을 생각 지 않고 경솔하게 행동함.

가벼울 **경**

輕(轻)

車부/14획

비대(肥大) : 살지고 몸집이 큼.
비료(肥料) : 식물의 생장을 촉진시 키기 위해 경작지에 뿌리는 물질.

경쾌(輕快) : 기분이 가볍고 유쾌함.
경솔(輕率) : 언행이 진중하지 아니 하고 가벼움.

거가비경 : 그들이 타는 거가(車駕)는 거창하면서도(肥) 경쾌하다(輕). 공 신과 제후들의 호화스런 생활을 보여준다.

糊口之策	꾀 **책**
호구지책	**策**(策)
'입에 풀칠하다'라는 뜻. 겨우 먹고 살아가는 방책.	竹부/12획

功名身退	공 **공**
공명신퇴	**功**(功)
공을 세워 이름을 떨치고 벼슬에서 물러남.	力부/5획

귀신 같은 책략(策)으로 적을 섬멸시키고 촉나라 건국에 일등공신(功) 역할을 한 제갈량과

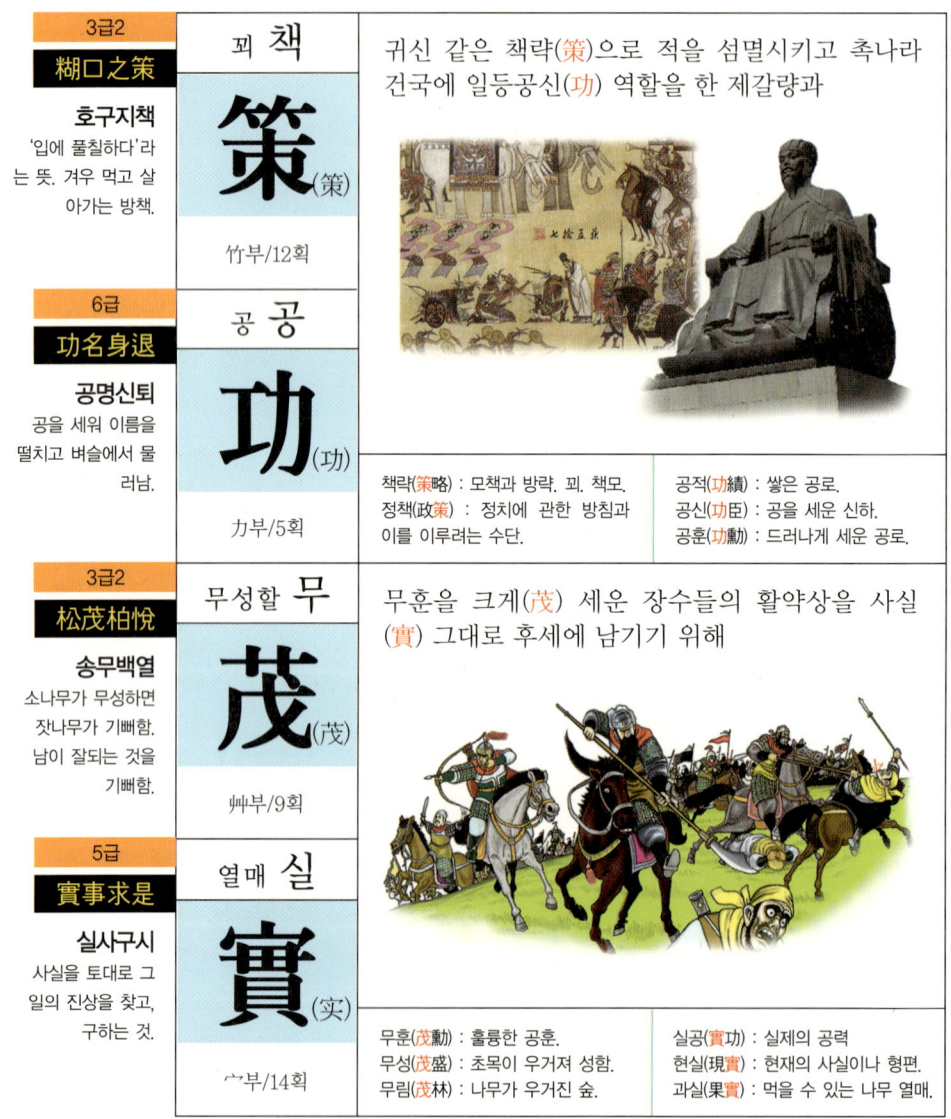

책략(策略) : 모책과 방략. 꾀. 책모.
정책(政策) : 정치에 관한 방침과 이를 이루려는 수단.

공적(功績) : 쌓은 공로.
공신(功臣) : 공을 세운 신하.
공훈(功勳) : 드러나게 세운 공로.

松茂柏悅	무성할 **무**
송무백열	**茂**(茂)
소나무가 무성하면 잣나무가 기뻐함. 남이 잘되는 것을 기뻐함.	艸부/9획

實事求是	열매 **실**
실사구시	**實**(实)
사실을 토대로 그 일의 진상을 찾고, 구하는 것.	宀부/14획

무훈을 크게(茂) 세운 장수들의 활약상을 사실(實) 그대로 후세에 남기기 위해

무훈(茂勳) : 훌륭한 공훈.
무성(茂盛) : 초목이 우거져 성함.
무림(茂林) : 나무가 우거진 숲.

실공(實功) : 실제의 공력
현실(現實) : 현재의 사실이나 형편.
과실(果實) : 먹을 수 있는 나무 열매.

책공무실 : 공신들의 책략(策)과 공적(功)이 큰(茂) 결실(實)을 맺자,

오호대장군 : 촉나라의 5대 장군, 즉 관우, 장비, 조자룡, 황충, 마초를 말한다.

새길 **륵**	특별히 동상을 세우거나 비석(碑)을 세웠다(勒).

勒(勒)

力부/11획

새길 **비**

碑(碑)

石부/13획

미륵(彌勒) : 미륵보살의 준말. 돌부처.
구륵(鉤勒) : 미술, 공예에서 동양 화법의 하나.

비명(碑銘) : 비에 새긴 글.
비석(碑石) : 사적을 기념하기 위해 글을 새겨서 세운 돌.

새길 **각**

刻(刻)

刀부/8획

그렇게 하는 것은 후세인들에게 그들의 업적을 새겨(銘)넣어 각인(刻)시키기 위함이었다.

새길 **명**

銘(铭)

金부/14획

각인(刻印) : 도장을 새김.
조각(彫刻) : 돌, 쇠붙이 따위에 그림, 글씨 등을 새기거나 빚는 일.

명기(銘記) : 마음속 깊이 새겨둠.
명문(銘文) : 금석이나 기물 등에 새겨놓은 글.

1급
勒碑刻銘
늑비각명
비를 세워 이름을 새겨 그 공을 찬양하며 후세에 전함.

4급
萬口成碑
만구성비
만인의 입이 비를 이룬다는 뜻. 만인의 칭찬이 곧 송덕비가 된다는 말.

4급
刻舟求劍
각주구검
강물에 빠뜨린 칼을 찾기 위해 배에 표시함. 어리석음을 비유.

3급2
刻骨銘心
각골명심
어떤 일을 뼈에 새길 정도로 마음속 깊이 새겨두고 잊지 않음.

늑비각명 : 공신의 업적을 기리기 위해 비석(碑)을 세우고(勒), 그들의 업적을 새겨(銘) 각인(刻)시키려고 했다. 공신의 훌륭한 업적을 비석에 새겨 후세에까지 전하고 있다.

141

태공망(太公望, ?~?) : 중국 주나라 초엽의 대신. 성은 강. 이름은 상. 속칭은 강태공. 춘추
시대의 대국인 제나라의 기초 확립에 힘썼다. 병서 '육도'를 지었다고 전한다.

2급 磻溪伊尹	물이름 반 磻(磻) 石部/17획	주나라 문왕이 반계(磻溪)에서 강태공(태공망)을, 은나라 탕왕이 신야에서 이윤(伊尹)을 얻듯이
반계이윤 주문왕은 반계에서 강태공을 맞고 은왕은 신야에서 이윤을 맞이함.		

계학 큰 계곡이라는 뜻. 끝없는 욕심을 비유적으로 이름.

3급2 溪壑

시내 **계** 溪(溪) 水部/13획

반계(磻溪) : 위수로 흘러 들어가는 섬서성에 있는 강. 강태공이 낚시질을 하던 곳.

계곡(溪谷) : 물이 흐르는 골짜기.
계천(溪川) : 시내와 내를 아울러 이르는 말.

2급 伊太利

저 **이** 伊(伊) 人部/6획

이태리 이탈리아.

조조와 유비도 강태공이나 이윤과 같은 유능한 참모를 얻었는데

2급 卿尹

다스릴 **윤** 尹(尹) 尸部/4획

경윤 재상의 다른 말.

이윤(伊尹) : 중국 은나라 때 재상으로 탕왕을 도와 걸왕을 쳐서 천하를 평정한 일등공신.

윤선도(尹善道) : 조선 중기의 문신으로 시조문학의 대가, 호는 고산.

반계이윤 : 문왕은 반계(磻溪)에서 강태공을 얻었고, 은나라 탕왕은 신야에서 이윤(伊尹)을 얻었는데

142

아형(阿衡) : '대신(大臣)'을 일컫는다.
와룡(臥龍) : '누워 있는 용'이란 뜻으로 앞으로 큰 일을 할 인물을 비유적으로 이른다.

도울 좌 佐(佐) 人부/7획	강태공이 때(時)에 맞춰 무왕을 보좌(佐)했듯이 순욱도 조조를 적시에 보좌했다.

3급
佐命之士
좌명지사
천명을 받아 천자가 될 사람을 보필해 대업을 성취시키는 사람.

때 시
 時(时)
 日부/10획

7급
時不再來
시부재래
한 번 지난 때는 두 번 다시 오지 않는다는 말.

왕좌(王佐) : 임금을 보좌함.
보좌(補佐) : 자기보다 지위가 높은 사람을 도움.
시세(時世) : 그때의 세상.
시공(時空) : 시간과 공간.
시각(時刻) : 시간의 어느 한 지점.

언덕 아
 阿(阿)
 阜부/8획

그리고 이윤이 아형(阿衡)이라고 불렸듯이 공명도 와룡이라고 불렸다.

3급2
阿鼻叫喚
아비규환
아비 지옥의 고통을 참지 못해 울부짖음을 형용해 이름.

저울대 형
 衡(衡)
 行부/16획

3급2
衡門
형문
허술한 대문이란 뜻. 은자가 사는 곳을 이름.

아세(阿世) : 세상에 아첨함.
아구(阿丘) : 한쪽이 높은 언덕.
아리수(阿利水) : 한강의 다른 이름.
형평(衡平) : 균형이 잡혀 있는 일.
균형(均衡) : 어느 한쪽으로 치우치거나 기울지 않음.

좌시아형 : 이윤은 은나라 탕왕을 때(時)에 맞춰 보좌(佐)하고 아형(阿衡)이란 칭호를 얻었다. 주나라 조신인 강태공과 은나라 탕왕의 재상인 이윤의 공적을 설명하고 있다.

주공(周公, ?~?) : 이름은 단(旦). 주나라를 창건한 무왕의 동생으로 무왕이 죽자 왕권을 장악하라는 주위의 유혹을 뿌리치고 무왕의 어린 아들인 성왕을 보필하여 통치기술까지 가르쳤다. 이에 성왕이 어려서 임금이 된 자신을 오랫동안 보필해준 주공에게 그 은혜를 보답하고자 노나라의 제후로 봉했다. 곡부는 노나라의 도읍이다.

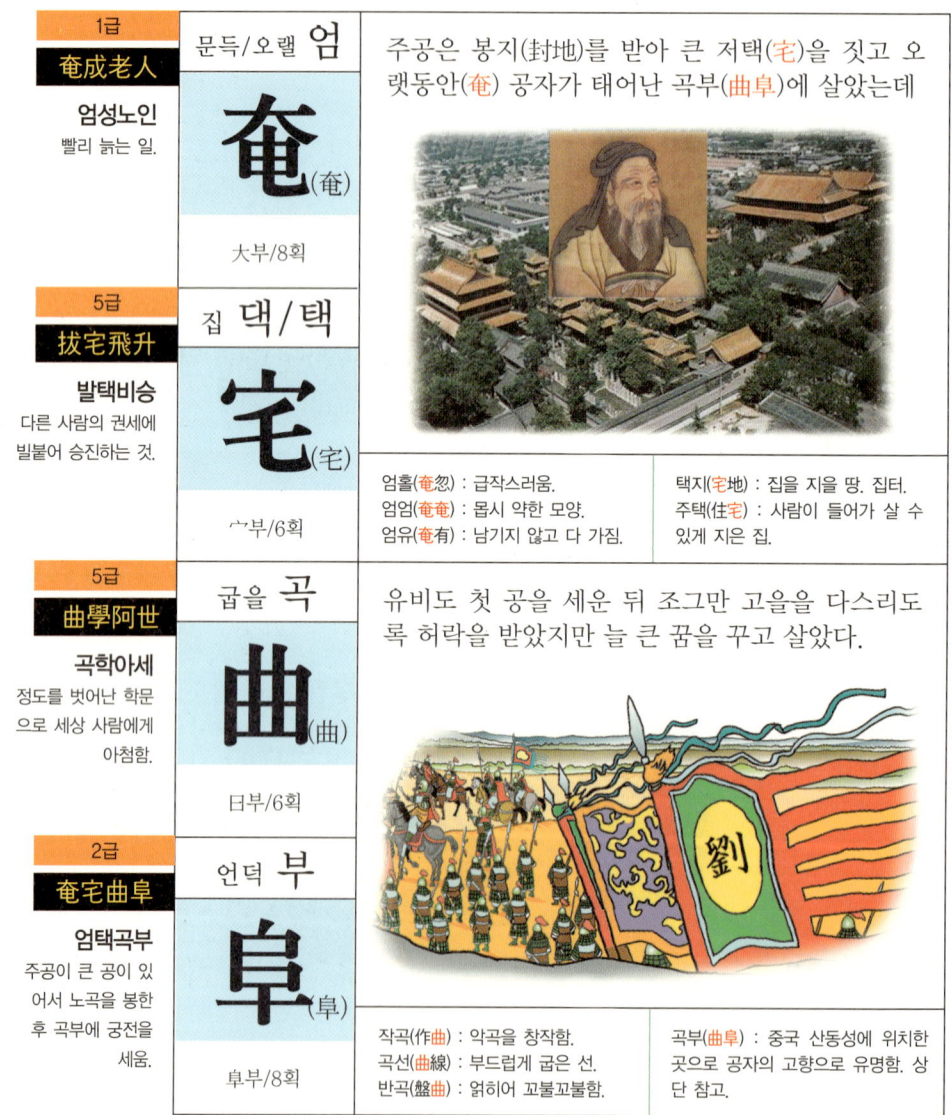

1급 **奄成老人** **엄성노인** 빨리 늙는 일.	문득/오랠 **엄** **奄**(奄) 大부/8획	주공은 봉지(封地)를 받아 큰 저택(宅)을 짓고 오랫동안(奄) 공자가 태어난 곡부(曲阜)에 살았는데
5급 **拔宅飛升** **발택비승** 다른 사람의 권세에 빌붙어 승진하는 것.	집 **댁/택** **宅**(宅) 宀부/6획	엄홀(奄忽) : 급작스러움. 엄엄(奄奄) : 몹시 약한 모양. 엄유(奄有) : 남기지 않고 다 가짐. 택지(宅地) : 집을 지을 땅. 집터. 주택(住宅) : 사람이 들어가 살 수 있게 지은 집.
5급 **曲學阿世** **곡학아세** 정도를 벗어난 학문으로 세상 사람에게 아첨함.	굽을 **곡** **曲**(曲) 曰부/6획	유비도 첫 공을 세운 뒤 조그만 고을을 다스리도록 허락을 받았지만 늘 큰 꿈을 꾸고 살았다.
2급 **奄宅曲阜** **엄택곡부** 주공이 큰 공이 있어서 노곡을 봉한 후 곡부에 궁전을 세움.	언덕 **부** **阜**(阜) 阜부/8획	작곡(作曲) : 악곡을 창작함. 곡선(曲線) : 부드럽게 굽은 선. 반곡(盤曲) : 얽히어 꼬불꼬불함. 곡부(曲阜) : 중국 산동성에 위치한 곳으로 공자의 고향으로 유명함. 상단 참고.

엄택곡부 : 주공은 공이 커 천자에게 봉지를 받아 오랫동안(奄) 곡부(曲阜)에 집(宅)을 지어 살았다.

작을/없을 **미**	
微(微)	
彳부/13획	

주공 단(旦)이 아니면(微) 이 광활한 땅을 누가(孰) 다스리고,

아침 **단**	
旦(旦)	
日부/5획	

미약(微弱) : 힘이 없고 여림.
미소(微笑) : 소리를 내지 않고 방 긋이 웃음.

원단(元旦) : 설날 아침.
단석(旦夕) : 아침과 저녁.
단명(旦明) : 여명, 새벽, 아침.

누구 **숙**	
孰(孰)	
子부/11획	

경영(營)할 수 있었겠는가? 유비는 이렇게 늘 마음에 새기고 있었다.

경영할 **영**	
營(營)	
火부/17획	

숙재(孰哉) : 누구이겠느냐?
숙능(孰能) : 누가 감히 할 수 있겠 는가.

영농(營農) : 농업을 경영함.
경영(經營) : 기업이나 사업을 관리 하고 운영함.

3급2
微服潛行
미복잠행
남이 알아보지 못하 도록 미복으로 넌지 시 다님.

3급2
平旦之氣
평단지기
이른 새벽, 다른 사 물과 접촉하기 전의 맑은 정신.

3급
孰是孰非
숙시숙비
누가 옳고 그른지 분명치 않음. 시비 가 분명치 않음.

4급
營營區區
영영구구
이권에 아득바득하 여 떳떳하지 못함.

미단숙영 : 주공 단(旦)이 없었으면(微) 누가(孰) 이 넓은 땅을 경영(營)했 겠는가? 주공의 업적을 찬미하고 있다.

환공(桓公, ?~BC 643) : 제나라 양공의 동생으로 양공이 피살된 후 정권을 잡았는데 춘추시대의 첫번째 패왕이 되었다.
관중(管仲) : 중국 춘추시대의 정치가. 친구 포숙아의 권유로 환공을 섬기고 재상으로서 환공을 도와 패자로 만들었다.

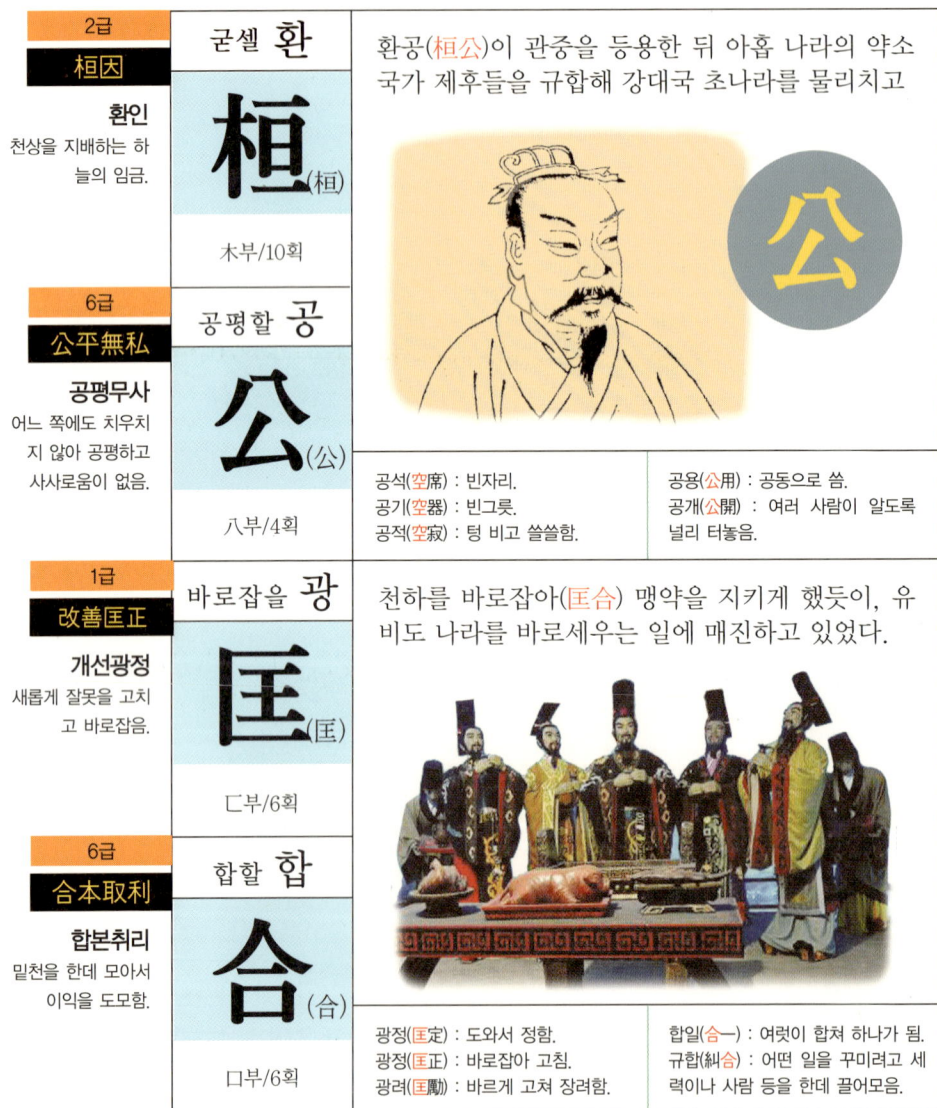

굳셀 환
桓(桓)
木부/10획

환공(桓公)이 관중을 등용한 뒤 아홉 나라의 약소 국가 제후들을 규합해 강대국 초나라를 물리치고

公

공평할 공
公(公)
八부/4획

공석(空席) : 빈자리.	공용(公用) : 공동으로 씀.
공기(空器) : 빈그릇.	공개(公開) : 여러 사람이 알도록
공적(空寂) : 텅 비고 쓸쓸함.	널리 터놓음.

바로잡을 광
匡(匡)
匚부/6획

천하를 바로잡아(匡合) 맹약을 지키게 했듯이, 유비도 나라를 바로세우는 일에 매진하고 있었다.

합할 합
合(合)
口부/6획

광정(匡定) : 도와서 정함.	합일(合一) : 여럿이 합쳐 하나가 됨.
광정(匡正) : 바로잡아 고침.	규합(糾合) : 어떤 일을 꾸미려고 세
광려(匡勵) : 바르게 고쳐 장려함.	력이나 사람 등을 한데 끌어모음.

환공광합 : 제나라 환공(桓公)은 작은 나라들을 규합해 천하를 바로잡았으며(匡合)

146

건널/건질 제  濟(济) 水부/17획	비록 자신이 보잘것 없는(弱) 힘을 가지긴 했지만 가난에 찌든 백성들을 구제(濟)하고 	4급2 **濟世安民** 제세안민 세상을 구제하고 백성을 편안하게 함.
약할 약 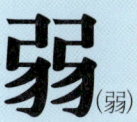 弱(弱) 弓부/10획	제승(濟勝) : 명승지를 돌아다님. 구제(求濟) : 어려운 지경에 빠진 사람을 구하여 냄. 취약(脆弱) : 무르고 약함. 나약(懦弱) : 의지가 굳세지 못함. 빈약(貧弱) : 가난하고 힘이 없음.	6급 **弱肉强食** 약육강식 약한 자는 강한 자에게 먹힌다는 뜻. 생존경쟁의 살벌함을 이름.
도울/붙들 부  扶(扶) 手부/7획	기울어가는(傾) 나라를 붙들고(扶) 재건을 위해 환공의 전례를 따르고자 애썼다. 	3급2 **扶老携幼** 부로휴유 노인은 부축하고 어린아이는 이끌고 감.
기울 경  傾(倾) 人부/13획	부양(扶養) : 도와서 기름. 부조(扶助) : 남의 큰일에 돈이나 물건을 도와줌. 경주(傾注) : 기울여 쏟음. 경향(傾向) : 마음이나 형세 따위가 어떤 방향으로 기울어 쏠림.	4급 **傾國之色** 경국지색 나라를 기울일 만한 여자라는 뜻. 미모를 지닌 여자를 말함.

제약부경 : 약한(弱) 나라를 구제(濟)하고 기우는(傾) 나라를 도와주었다(扶). 제나라 환공의 업적을 찬미하고 있다.

혜제(惠帝, BC 210~188) : 한고조의 아들. 태자이다.
한고조(漢高祖, BC 247~195) : 항우를 격파하고 천하통일을 이룩한 유방을 일컬음.
기리계(綺里季) : 한고조가 태자를 폐위하려 할 때, 한고조의 마음을 돌리게 해 태자를 황제에 오르게 한 일등공신이다.

1급
綺紈公子
기환공자
재산이 많고 지위가 높은 집안의 자제.

비단 기
綺(绮)
糸부/14획

4급2
回天之力
회천지력
임금의 마음을 바른 길로 돌이키게 하는 힘. 국가의 쇠운이나 형세를 일변시키는 힘.

돌아올 회
回(回)
口부/6획

한고조가 태자를 폐위시키려 하자, 기리계(綺)가 이를 말려 한고조의 마음을 돌려놓았다(回).

기환(綺紈) : 곱고 값진 옷.
기라성(綺羅星) : 훌륭한 사람들이 죽 늘어서 있는 것을 비유한 말.

매회(每回) : 한 회 한 회 모두.
기사회생(起死回生) : 죽을 뻔하다가 살아남.

7급
漢江投石
한강투석
한강에 돌을 던져도 다 메울 수 없다는 뜻. 어리석은 행동을 이름.

한수/ 한나라 한
漢(汉)
水부/14획

4급2
惠而不費
혜이불비
위정자는 백성에게 은혜를 베풀되 낭비는 하지 말아야 한다는 뜻.

은혜 혜
惠(惠)
心부/12획

태자는 마침내 한나라(漢)의 제2대 황제인 혜제(惠)가 된다.

한양(漢陽) : 서울의 옛 이름.
한문(漢文) : 한자만으로 쓰여진 문장이나 문학.

특혜(特惠) : 특별한 은혜나 혜택.
은혜(恩惠) : 자연이나 남에게서 받은 고마운 혜택.

기회한혜 : 기리계(綺)가 기사회생(回)시킨 사람은 한나라(漢)의 혜제(惠)이며

부열(傳說) : 은나라 고종 때의 명재상이다.
무정(武丁) : 은나라 왕으로 중흥을 꾀하다 꿈에 성인으로부터 부열을 소개받았다 한다.

말씀 **설**/기쁠 **열**  **說**(设) 言부/14획	꿈 속에서 부열(說)을 보고 감동(感)한 임금은 부열을 재상으로 삼았다. 

5급
說往說來
설왕설래
서로 변론을 주고받으며 옥신각신함.

느낄 **감**  **感**(感) 心부/13획	설문(說問) : 문제나 물음을 냄. 설명(說明) : 어떤 일이나 대상의 내용을 잘 알 수 있도록 밝혀 말함. · 교감(交感) : 서로 맞대어 느낌. 감동(感動) : 깊이 느끼어 마음이 움직임.

6급
感之德之
감지덕지
분에 넘치는 듯싶어 매우 고맙게 여기는 모양.

호반/무사 **무**  **武**(武) 止부/8획	그 임금은 무정(武丁)이라고 하며, 부열과 비교되는 재상으로는 제갈량을 꼽을 수 있다. 

4급2
武陵桃源
무릉도원
도연명의에 나오는 말로 이상향, 이 세앙을 떠난 별천지를 이름.

고무래/장정 **정** 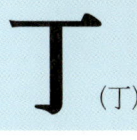 **丁**(丁) 一부/2획	무력(武力) : 군사상의 힘. 무공(武功) : 전쟁에서 세운 공. 무용(武勇) : 무예와 용맹을 이름. · 정녕(丁寧) : 추측컨대 틀림없이. 장정(壯丁) : 나이가 젊고 한창 힘을 쓰는 건강한 남자.

4급
丁公被戮
정공피륙
한나라의 고조가 초나라 장수 정공을 죽여 죄를 밝힘.

열감무정 : 부열(說)이 감화(感)시킨 사람은 은나라의 왕 무정(武丁)이다.
기리계와 부열의 공적을 찬미하고 있다.

3급 **俊傑**	준걸 **준** **俊**(俊) 人부/9획	촉나라에는 재상인 제갈량의 휘하에 관우, 장비, 조자룡을 비롯한 많은 준예들(俊乂)이 있어서

준걸
재주와 지혜가 뛰어남, 또는 그런 사람.

俊乂密勿

준예밀물
준걸과 재사가 조정에 모여 빽빽함.

어질 **예**

乂(乂)

ノ부/2획

준걸(俊傑) : 재주와 지혜가 뛰어남.
준수(俊秀) : 재주, 지혜, 풍채가 남달리 뛰어남.

준예(俊乂) : 1천 명 중에 뛰어난 사람은 '俊'. 1백 명 중에 뛰어난 사람은 '乂'이므로 매우 훌륭한 인재를 이름.

4급2
密雲不雨

밀운불우
짙은 구름이 끼었지만 비는 오지 않듯 징조만 보이고 성사는 안 됨.

빽빽할 **밀**

密(密)

宀부/11획

나라 경영은 물론(勿) 세밀한(密) 살림살이까지 잘 꾸려 나갔다.

3급2
勿失好機

물실호기
좋은 기회를 놓치지 않음.

말 **물**

勿(勿)

勹부/4획

정밀(精密) : 가늘고 촘촘함.
치밀(緻密) : 자세하고 꼼꼼함.
세밀(細密) : 자세하고 빈틈이 없음.

물론(勿論) : 말할 필요가 없음.
물경(勿驚) : '놀랍게도'의 뜻으로 엄청난 것을 말할 때 쓰는 말.

준예밀물 : 나라를 다스리는 데 있어 준예들(俊乂)의 빽빽하게(密) 많음은 물론(勿)이고,

많을 다
 多 (多)
夕부/6획

선비 사
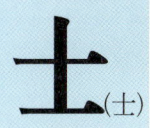 土 (土)
土부/3획

오호대장군을 비롯하여 다재다능(多)한 신하들과 명사(土)들이 힘을 모아 변방을 제압하고

허다(許多) : 매우 많음.
다재다능(多才多能) : 재주와 능력이 여러 가지로 많음.

명사(名土) : 이름난 선비.
사관(土官) : 병사를 지휘하는 무관. 장교.

진실로 식
 寔 (寔)
宀부/12획

편안할 녕
 寧 (宁)
宀부/14획

백성들의 안녕(寧)을 걱정하니 진실로(寔) 나라가 평화롭고 반석 위에 서는 듯했다.

寧

식경(寔景) : 매우 좋은 경치.
대남실록(大南寔錄) : 월남 최후의 왕조인 원조의 실록.

영일(寧日) : 편안한 날.
안녕(安寧) : 몸이 건강하고 마음이 편안함.

다사식녕 : 다재다능(多)한 명사(土)들이 많으면 진실로(寔) 나라가 편안(寧)해진다. 전장에서 열거한 인물 중에 이윤. 주공. 기리계. 부열 등 다재다능한 인재들이 많으면 나라가 편안해진다는 말이다.

151

진문공(晉文公) : 춘추시대 진나라 임금으로 천하를 제패한 맹주 중의 한 사람이다.

2급 **秦晉之誼** **진진지의** 혼인을 한 두 집 사이의 아주 가까운 정의(情誼).	진나라 진 **晉**(晉) 日부/10획	춘추시대의 진나라(晉) 문공이 초재진용(楚材晉用)으로 초나라(楚) 성왕을 누르고 패자가 되었다.  진주시(晉州市) : 경상남도 남서부에 위치하고 있는 도시.
2급 **楚材晉用** **초재진용** 초나라 재목을 진나라 사람들이 사용함. 남의 것을 자기 것으로 삼음.	초나라 초 **楚**(楚) 木부/13획	초(楚) : 중국의 옛 나라 중의 하나. 초달(楚撻) : 회초리로 종아리를 때림. 초패왕(楚覇王) : 항우를 달리 이름.
4급 **更無道理** **갱무도리** 다시는 어찌할 도리가 없음.	다시 갱 **更**(更) 日부/7획	영공 때에 이르러 초장왕에게 패권(覇)을 빼앗겨 두 나라가 번갈아(更) 패자가 됐다.
2급 **覇王之資** **패왕지자** 패자나 왕자가 될 자질을 일컬음.	으뜸 패 **覇**(覇) 襾부/19획	갱생(更生) : 다시 살아남. 갱신(更新) : 이미 있는 제도나 기구 따위를 고쳐 새롭게 함. 패권(覇權) : 패자의 권력. 패자(覇者) : 패권을 차지한 사람. 제후의 우두머리. 춘추 전국시대의 패왕.

진초갱패 : 춘추시대에 진나라(晉)와 초나라(楚)가 번갈아(更) 패권(覇)을 잡았고,

연횡설(連橫說) : 전국시대에 약소국 6국을 연합해 진나라에 복종하는 것이 이득임을 강조한 책사 장의의 책략을 말한다.
장의(張儀) : 중국 전국 시대 위나라의 정치가. 귀곡 선생에게서 종횡의 술책을 배우고 뒤에 진나라의 재상이 되어 연횡책을 사용하여 많은 나라가 진나라에 복종하도록 했다.

나라 이름 **조**  趙(赵) 走부/14획	전국시대에 진나라 책사 장의가 6국이 강대국을 섬겨야 이득을 본다고 설득하자, 조나라(趙)와 위나라(魏)가 

나라 이름 조
趙(赵)
走부/14획

나라 이름 위
魏(魏)
鬼부/18획

조윤제(趙潤濟) : 국문학자.
조광조(趙光祖) : 조선시대 11대 중종 때의 성리학자.

위위(魏魏) : 높고 큰 모양.
위서(魏書) : 중국 역대 왕조의 정사인 25사의 하나.

곤할 곤
困(困)
口부/7획

진나라의 연횡(橫)책(策) 때문에 곤경(困)에 처했듯이 조조도 촉과 오의 연횡책 때문에 곤란을 겪었다.

가로 횡
橫(橫)
木부/16획

곤경(困境) : 곤란한 처지.
피곤(疲困) : 몸이나 마음이 지치어 고달픔.

횡단(橫斷) : 가로지르거나 가로건넘.
횡령(橫領) : 남의 물건을 가로채거나 불법으로 가짐.

2급
完璧歸趙
완벽귀조
'구슬을 온전히 조나라로 돌려보내'라는 뜻. 빌렸던 물건을 온전히 반환함.

2급
魏闕
위궐
높고 큰 문이란 뜻. 대궐의 정문을 말하며 뜻이 바뀌어 조정을 이름.

4급
困窮而通
곤궁이통
궁하면 통함. 손쓸 도리가 없으면 오히려 활로가 생김.

3급2
橫說竪設
횡설수설
조리가 없이 되는 대로 말을 지껄임.

조위곤횡 : 조나라(趙)와 위나라(魏)는 진나라의 연횡설(橫)에 곤욕(困)을 치렀다. 춘추시대와 전국시대의 흐름을 설명하고 있다.

153

4급2 **假虎威狐** 가호위호 여우가 범의 위세를 빌어 다른 짐승들을 위협한 우화. 신하가 군주의 힘을 힘입어 경쟁자를 제압함.	빌릴 가  假(假) 人부/11획	주유가 가도멸괵(虢) 계략을 이용해 길(途)을 빌려 (假) 익주를 치는 척하며 실제로는 형주를 치려다가 

3급2
途不拾遺
도불습유
나라가 잘 다스려져
백성의 풍속이 돈후
함을 비유해 이름.

길 도

途(途)

辵부/11획

가장(假裝) : 거짓으로 꾸밈.
가면(假面) : 얼굴 모양을 본떠 만든 탈.

환도(宦途) : 벼슬길.
도중(途中) : 길을 가고 있는 동안.
별도(別途) : 딴 방도나 방면.

3급2
滅私奉公
멸사봉공
사를 버리고 공을
위해 힘써 일함.

멸할 멸

滅(灭)

水부/13획

이를 간파한 제갈량에게 오히려 공격을 당해, 오나라가 멸망(滅) 당할 뻔했다.

假途滅虢
가도멸괵
진헌공이 우국길을
빌려 괵국을 멸함.

나라 이름 괵

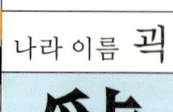

虢(虢)

虍부/15획

멸망(滅亡) : 망하여 없어짐.
파멸(破滅) : 파괴되어 없어짐.
전멸(全滅) : 모조리 죽거나 망해 없어짐.

괵주(虢州) : 중국 수나라 당나라 때의 행정구역. 지금의 허난성 루스 현.

가도멸괵 : 진나라 헌공이 우나라에 괵나라를 치고자 길(途)을 빌려달라고(假) 하고는 괵(虢)을 멸(滅)하고 돌아오는 길에 우나라를 멸했고

밟을 **천**   足부/15획	진문공이 천자를 등에 업고 제후들을 천토(踐土)로

흙 **토** 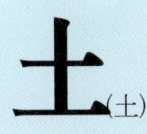 土부/3획	

천토(踐土) : 지역 이름.
실천(實踐) : 생각한 바를 실제로 행함.

토사(土沙) : 흙과 모래.
토인(土人) : 토착 원주민.
토기(土器) : 흙으로 만든 그릇.

8급

土牛木馬

토우목마

흙으로 만든 소와 나무로 만든 말. 문벌은 있으나 재주가 없음.

모일 **회**  日부/13획	불러모아(會) 맹약(盟)을 받은 것처럼 조조도 문공을 흉내내어 유비, 손권 등을 불러 충성을 맹약토록 했다.

6급

會者定離

회자정리

만나면 언젠가는 헤어진다는 뜻. 인생의 무상함을 이름.

맹세 **맹**  皿부/13획	

회담(會談) : 모여서 이야기함.
회의(會議) : 여럿이 모여 의논함. 또는 그런 모임.

맹약(盟約) : 굳게 맺은 약속.
동맹(同盟) : 공동 행동을 취하기로 맹약함.

3급2

盟山誓海

맹산서해

영구히 존재하는 산과 바다에 맹세함. 매우 굳게 맹세함을 이름.

천토회맹 : 진(晉)나라 문공은 천토(踐土)에서 제후들과 회의(會)를 열어 동맹(盟)을 맺었다. 춘추 전국시대 국가간의 끝없는 약육강식과 생존전략을 볼 수 있다.

소하(蕭何, ?~193) : 대장군 한신과 더불어 유방의 일등공신이며 명참모로 한나라의 기틀을
세웠고, 율구장(律九章)이라는 법률을 만들었다.
약법(約法) : 한고조가 당시 백성들이 번거롭게 여겼던 법을 간단명료하게 만든 일명 약법 3
장이다.

3급2	어찌 하	한고조가 소하(何)에게 백성들이 잘 준수(遵)할 법을 만들게 했다. 그 법이란 약법(約法) 3장으로,
何待明年	**何**(何)	
하대명년		
'어찌 명년까지 기다리랴' 의 뜻. 기다리기가 매우 지루함을 이름.	人부/7획	

3급	좇을 준
遵養時晦	**遵**(遵)
준양시회	
도를 좇아 뜻을 기르고 때에 따라선 어리석은 체하며 언행을 삼감.	辶부/16획

하등(何等) : 아무런. 조금도.	준신(遵信) : 좇아 믿음.
하필(何必) : 다른 방도를 취하지 않고 어찌 꼭.	준수(遵守) : 그대로 좇아 지킴.
	준법(遵法) : 법법령을 좇음.

5급	맺을 약	번잡하지 않고 간단명료하여 제갈량도 이 약법을 좋아했다.
約禮	**約**(約)	
약례		
예법에 따라 조심성 있게 몸가짐을 바로 하는 일.	糸부/9획	

5급	법 법
法遠拳近	**法**(法)
법원권근	
법은 멀고 주먹은 가까움.	水부/8획

절약(節約) : 아껴 씀.	형법(刑法) : 형벌의 법칙.
약속(約束) : 언약하여 정함. 서로 언약한 내용.	법식(法式) : 법도와 양식. 방식. 불전에 재를 올리는 의식.

하준약법 : 소하(何)는 한나라 고조가 만든 약법(約法) 3장을 준수(遵)했으며,

156

한비자(韓非子) : 한비자의 생애는 거의 알려진 바가 없고, 단지 전국시대의 약소국인 한나라 귀족 출신이라는 것과 그가 만든 냉혹하면서도 지극히 현실적인 법에 크게 감명을 받은 진시황제에 의해 크게 두각을 나타냈다. 그를 시기한 이각에게 암살당함으로써 냉혹한 그의 법이론을 입증했다.

나라 **한** 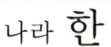	약법 이전의 한비자(韓)가 만든 법은 냉혹하여 오히려 병폐(弊)가 많았다. 	

韓(韩)

韋부/17획

해질 **폐**

弊(弊)

艹부/15획

韓信匍匐
한신포복
큰 뜻을 가진 자는 눈앞의 부끄러움을 참고 이겨냄.

弊衣破冠
폐의파관
해진 옷과 부서진 갓이란 뜻. 너절하고 구차한 차림새를 이름.

한복(韓服) : 우리나라의 고유한 옷.
한옥(韓屋) : 우리나라 고유의 형식으로 지은 집.

폐해(弊害) : 폐단과 해악.
병폐(病弊) : 병통과 폐단.
폐단(弊端) : 괴롭고 번거로운 일.

번거로울 **번**

煩(煩)

火부/13획

형벌 **형**

刑(刑)

刀부/6획

형벌(刑)이 냉혹하고 번거로웠기(煩) 때문에 조조 역시 이 법을 싫어했다.

煩言碎辭
번언쇄사
번거롭고 자질구레한 말. 또는 그런 말을 함.

刑不厭輕
형불염경
형벌은 가벼운 것을 싫어하지 않음. 즉 관대할수록 좋음.

번뇌(煩惱) : 마음이 시달려 괴로움.
번잡(煩雜) : 번거롭게 뒤섞여 어수선함.

형장(刑場) : 사형을 집행하는 곳.
형벌(刑罰) : 죄를 지은 사람에게 주는 벌.

한폐번영 : 한비자(韓)는 냉혹하고 번거로운(煩) 형벌(刑)로 다스렸는데 폐해(弊)가 많았다. 같은 법이라도 한비자보다 소하처럼 형불염경(刑不厭輕)에 따르는 것이 좋다는 것을 강조하고 있다.

왕전(王剪, ?~?) : 중국 전국시대 진나라의 장수로 조나라와 초나라 등을 점령해 진나라의 천하통일에 큰 공을 세웠다.

4급2 **起死回生** **기사회생** 거의 죽을 뻔하다가 도로 살아남.	일어날 **기** **起**(起) 走부/10획	진나라의 맹장 중에 백기(起)는 조나라를 격파했고, 왕전(剪)은 초나라를 정벌해 두각을 나타냈다.
剪草除根 **전초제건** 풀을 베고 뿌리를 캐내다는 뜻. 즉 미 리 폐단의 근본을 없애 버림.	자를 **전** **剪**(剪) 羽부/15획	기립(起立) : 일어섬.　　전모(剪毛) : 털깎기. 기소(起訴) : 공소를 제기함.　전재(剪裁) : 옷감을 마름질함. 기동(起動) : 몸을 일으켜 움직임.　전제(剪除) : 잘라서 없애버림.
3급 **阿諛偏頗** **아유편파** 아첨하여 한쪽으로 치우침.	자못 **파** **頗**(頗) 頁부/14획	조나라의 맹장으로는 제나라를 공격해 공을 세운 염파(頗)와 이목(牧)을 꼽을 수 있다.
4급2 **牧民之官** **목민지관** 백성을 기르는 벼슬 아치라는 뜻. 원이 나 수령 등 외직 문 관을 통칭함.	칠/기를 **목** **牧**(牧) 牛부/8획	파다(頗多) : 매우 많음.　　목단화(牧丹花) : 모란꽃. 편파(偏頗) : 어느 한쪽으로 치우쳐　목장(牧場) : 소나 말 등을 기르는 곳. 공평하지 못함.　　　목초(牧草) : 가축에게 먹이는 풀.

기전파목 : 백기(起)와 왕전(王剪)은 진나라 장수이고, 염파(頗)와 이목(牧)은 조나라 장수인데,

158

쓸  **용** **用**(用) 用부/5획	그들의 용병술(用), 즉 병법을 제대로 아는 군인 (軍) 중의 군인, 장수 중의 장수로서 전략전술은 
군사 **군** **軍**(軍) 車부/9획	용건(用件) : 볼 일. 용병술(用兵術) : 군사를 부리는 기술. 용처(用處) : 돈이나 물품 따위의 쓸 곳.　　군오(軍伍) : 군대의 대오. 장군(將軍) : 군의 우두머리로 군 을 지휘하고 통솔하는 무관.
가장 **최** **最**(最) 日부/12획	최고(最)로 정밀(精)했다. 그렇지만 제갈량의 장수 들을 다루는 전략전술이 더 뛰어나다고 회자된다. 
정할 **정** **精**(精) 米부/14획	최고(最高) : 가장 높음. 최근(最近) : 얼마 안 되는 지난간 날. 최단(最短) : 가장 짧음.　　정밀(精密) : 정교하고 치밀함. 정성(精誠) : 온갖 성의를 다하려는, 참되고 거짓이 없는 성실한 마음.

6급

用武之地

용무지지

군사를 쓸 만한 곳. 또는 무력을 쓸 만한 곳.

8급

軍令泰山

군령태산

군대의 명령은 태산 같이 무거움.

5급

最後一刻

최후일각

마지막 순간.

4급2

精金美玉

정금미옥

정제된 금과 아름다운 옥처럼 인격이나 글이 아름답고 깨끗함을 이름.

용군최정 : 이 네 장수는 장군(軍)으로서 용병술(用)이 최고(最)로 정밀
(精)했다. 장수 백기, 왕전, 염파, 이목의 용병술을 칭찬하고 있다.

159

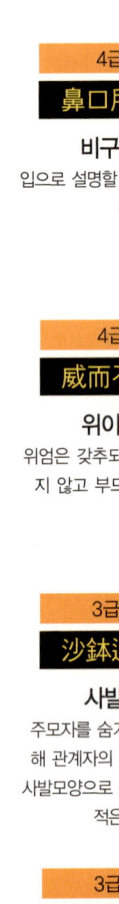

4급	베풀 **선**
鼻口所宣	
비구소선 입으로 설명할 수 없 는 일.	**宣**(宣) ⼧부/9획

4급	위엄 **위**
威而不猛	
위이불맹 위엄은 갖추되 사납 지 않고 부드러움.	**威**(威) 女부/9획

3급2	모래 **사**
沙鉢通文	
사발통문 주모자를 숨기기 위 해 관계자의 이름을 사발모양으로 둥글게 적은 통문.	**沙**(沙) 水부/7획

3급2	넓을/사막 **막**
漠然不知	
막연부지 뚜렷하지 못하고 어 렴풋하여 알지 못함.	**漠**(漠) 水부/14획

이러한 한나라의 전략가나 장수들의 위세(威)가 널리 국내는 물론

선포(宣布) : 세상에 널리 알림.
선양(宣揚) : 권위나 명성 등을 드러내어 널리 떨치게 함.

맹위(猛威) : 맹렬한 위세.
위세(威勢) : 위엄이 있는 기세.
위력(威力) : 강대한 힘이나 권력.

북방 오랑캐들이 사는 사막(沙漠)에까지 알려(宣)지면서, 그들을 쉽게 평정시킬 수 있었다.

황사(黃沙) : 누런 모래.
사막(沙漠) : 모래나 자갈 따위로 뒤덮인 불모지 벌판.

막막(漠漠) : 아주 넓거나 멀어 아득함.
막연(漠然) : 아득하여 분명하지 않은 모양.

선위사막 : 이들 장수들의 위세(威)가 널리 북방 사막(沙漠)에까지 알려 졌고(宣),

달릴 치	
馳(馳)	
馬부/13획	

기릴 예	
譽(譽)	
言부/21획	

이에 한나라 선제는 그 영웅들의 명예(譽)를 영원히 전하기(馳) 위해 그들의 활약상을 기린각에

상치(相馳) : 서로 어긋나는 것.
치구(馳驅) : 말이나 수레를 타고 달림.

영예(榮譽) : 빛나는 명예.
명예(名譽) : 세상에서 인정 받는 좋은 이름이나 자랑.

1급
假譽馳聲
가예치성
재능이 없는 사람들끼리 서로 치켜 세워 명성을 높임.

3급2
無毁無譽
무훼무예
훼방도 없고 칭찬도 없음.

붉을 단	
丹(丹)	
丶부/4획	

푸를 청	
靑(靑)	
靑부/8획	

단청(丹靑)으로 그렸다. 이를 본받아 삼국시대 영웅들의 무용담도 단청으로 그려 전해온다.

단청(丹靑) : 채색하여 그린 그림.
단풍(丹楓) : 기후의 변화로 식물의 잎이 붉거나 누렇게 변하는 현상.

청산(靑山) : 푸른 산.
청년(靑年) : 심신이 한창 성장하거나 무르익은 시기에 있는 사람.

3급2
丹脣皓齒
단순호치
붉은 입술과 흰 이. 아름다운 미인을 형용할 때 이름.

8급
靑山流水
청산유수
푸른 산과 흐르는 물이라는 뜻. 말을 막힘없이 잘함을 비유하는 말.

치예단청 : 한나라 선제는 이들 영웅들의 얼굴을 기린각에 단청(丹靑)으로 그려 그 명예(譽)를 전하고(馳) 있다.

주(州) : 구역의 명칭. 순임금 때 영토를 12주로 나누고, 우임금은 9주로 나눴다.
구주(九州) : 우왕이 산을 따라 나무를 베어 길을 만들어 9주를 분별했다 해서 '우왕의 행
적'이라 말한다.

8급	아홉 구	중국 9주(九州)의 땅은 기주, 연주, 청주, 서주,
九曲肝腸	九(九)	양주, 형주, 예주, 양주, 옹주를 말하고
구곡간장	乙부/2획	

아홉 번 구부러진
간과 창자란 뜻. 굽
이굽이 사무친 마음
속을 이름.

5급	고을 주
竝州之情	州(州)
병주지정	巛부/6획

오래 살던 타향을
고향에 견주어 이름.

구만리(九萬里) : 아주 먼 거리.
구절판(九折坂) : 구절판 찬합에 담는 음식.

전주(全州) : 전라북도 도청소재지.
경주(慶州) : 경상북도에 있는 관광도시로 옛 신라의 수도.

2급	임금 우	하나라 우왕(禹)이 이렇게 구주를 구분했으므로
禹行舜趨	禹(禹)	우왕의 업적(跡) 중의 하나로 일컫는다.
우행순추	内부/9획	

겉으로만 우와 순
같은 성인의 흉내를
내고 학식과 인격이
없음.

3급2	자취 적
人跡未踏	跡(迹)
인적미답	足부/13획

지금까지 아무도 발
을 들여놓아 밟은 적
이 없음.

우왕(禹王) : 중국 고대의 임금으로
순임금과 더불어 성군으로 불림.

행적(行跡) : 평생에 한 일.
기적(奇跡) : 상식으로는 생각할 수 없는 기이한 일.

구주우적 : 중국 9주(九州)는 하나라 우왕(禹)의 행적(跡)이며

백군(百郡) : 진시황이 천하를 통일하면서 흡수한 103군의 행정구획을 말한다.

일백 백  (百) 白부/6획	진시황은 천하를 통일하고 36군을 합병하여 다시 백군(百郡)으로 아우르어 다스렸다.

7급

百戰老將

백전노장
수많은 전투를 치른 노장, 모든 일에 노련한 사람을 이름.

고을 군

(郡)

邑부/10획

백방(百方) : 온갖 방법. 갖은 방법.
백성(百姓) : 일반 국민을 예스럽게 이르는 말.

군민(郡民) : 군 안에 사는 사람.
군수(郡守) : 군의 행정을 맡아보는 으뜸 직위에 있는 사람.

6급

屢典郡邑

누전군읍
여러 고을의 원을 지냄.

나라 이름 진

(秦)

禾부/10획

진나라(秦)에 이어 한고조가 천하를 통일했다가 삼국시대부터 병합(并)은 거듭됐다.

2급

秦晉之好

진진지호
혼인을 한, 두 집 사이가 서로 사귀어 친해진 정.

아우를 병

(并)

干부/8획

진시황(秦始皇) : 중국 최초로 중앙집권제 통일제국 진나라를 건설한 전제군주.

병합(并合) : 아우르어 하나로 만듦.
합병(合并) : 단체나 여러가지를 하나로 만듦.

輻輳并臻

폭주병진
바퀴의 살이 바퀴통에 모이듯 한다는 뜻. 한곳으로 많이 몰려듦.

백군진병 : 일백(百) 고을(郡)로 아우른(并) 임금은 진시황(秦)이었다. 우 임금과 진시황의 업적과 행적을 설명하고 있다.

責重山岳 **책중산악** 지워진 책임이 산보 다도 무거움.	큰 산 **악** **嶽**(岳) 山部/17획	중국의 신령스런 5대 큰 산(嶽) 중에 우두머리 (宗)로 여기는 산은
4급2 **宗易復始** **종이부시** 한번 끝내어 마쳤다 가 다시 시작함.	마루 **종** **宗**(宗) 宀部/8획	산악(山嶽) : 높고 험준하게 솟은 산. 5악(五嶽) : 중국의 5대 명산. 곧 태산, 화산, 형산, 항산, 숭산.　개종(開宗) : 교파를 새로 엶. 종가(宗家) : 한 문중에서 족보 상 으로 맏이로만 내려온 큰 집.
3급2 **恒河沙** **항하사** 항하(갠지스강)의 모 래라는 뜻. 무한히 많은 수량을 일컬음.	항상 **항** **恒**(恒) 心部/9획	북쪽의 큰 산 항산(恒)과 동쪽에 위치한 큰 산인 태산(岱)이지만,
岱宗 **대종** 태산의 다른 이름.	대산 **대** **岱**(岱) 山部/8획	항상(恒常) : 내내 변함없이. 항구(恒久) : 변치 않고 오래 감. 항산(恒산) : 중국 5악(五嶽)의 하나.　대종(岱宗) : 태산의 다른 이름. 대산(岱山) : 중국 5악(五嶽)의 하나.

악종항대 : 중국의 5악(嶽)은 항산(恒)과 태산(岱)을 종주(宗)로 삼았고,

운운산(云云山)과 정정산(亭亭山) : 태산 아래에 있는 작은 산을 가리킨다.
봉선(封禪)의식 : 옛날 중국의 천자가 하늘에 제사를 지내던 의식을 말한다.

봉선 선  禪(禅) 示부/17획	황제가 12년에 한 번씩 하늘에 제사를 지내는 봉선(禪)의식을 치른 산은 주(主)로

3급2
禪悅爲食
선열위식
선정으로 심신을 도우며 침식마저 잊고 즐겁게 생활함.

주인 주 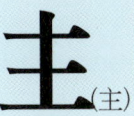 主(主) 丶부/5획	

선방(禪房) : 참선하는 방.
참선(參禪) : 좌선해 불도를 닦음.
좌선(坐禪) : 조용히 앉아서 참선함.

주인(主人) : 한 집안의 책임자.
주동(主動) : 어떤 일의 주장이 되어 움직임.

7급
主酒客飯
주주객반
주인은 손에게 술을 권하고 손은 주인에게 밥을 권하며 다정히 먹음.

이를 운  云(云) 二부/4획	운운산(云)과 정정산(亭)이었다. 조조도 황제처럼 봉선의식을 거행해 나라의 안녕을 빌었다.

3급
不知所云
부지소운
뭐라고 말해야 좋을지 모름.

정자 정  亭(亭) 亠부/9획	

운운(云爲) : 말과 행동. 언행.
운위(云謂) : 입에 올려 말하는 것.
혹운(或云) : 어떤 사람이 말하는 바.

요정(料亭) : 요릿집.
팔각정(八角亭) : 기분을 여덟 모가 지도록 지은 정자.

3급2
表表亭亭
표표정정
눈에 띄도록 우뚝하여 두드러짐.

선주운정 : 봉선(禪)의식은 운운산(云)과 정정산(亭)에서 주(主)로 했다.
옛부터 전해내려온 봉선의식을 설명하고 있다.

자새(紫塞) : 만리장성의 다른 이름이다.
안문관(鴈門關) : 만리장성에 있는 중요한 관문의 하나이다.

3급 **鴈足書** **안족서** 기러기의 발목에 묶어 보낸 글. 즉 편지를 이름.	기러기 **안** **鴈**(鴈) 鳥부/15획	산서성 다이현 북방에는 기러기가 쉬어가는 안문관(鴈門)이 있고,

안서(鴈書) : 먼 곳에서 온 편지.
안항(鴈行) : 기러기의 행렬이라는 뜻. 남의 형제를 높여 이름.

문하(門下) : 문하에서 배우는 제자.
문중(門中) : 성과 본이 같은 가까운 집안.

8급 **門前成市** **문전성시** 문전에 방문객이 많아 시장처럼 붐빈다는 말.	문 **문** **門**(门) 門부/8획	

3급2 **萬紫千紅** **만자천홍** 울긋불긋한 빛깔이란 뜻. 가지각색의 꽃이 만발한 것을 이름.	자줏빛 **자** **紫**(紫) 糸부/11획	동서로는 흙빛이 자주색인 자새(紫塞)가 있으며

3급2 **塞翁之馬** **새옹지마** 변방에 사는 노인의 말이란 뜻. 운명은 늘 바뀌어 예측할 수 없다는 말.	변방 **새** **塞**(塞) 土부/13획	

자색(紫色) : 자주색.
자외선(紫外線) : 파장이 엑스선보다 길고 가시광선보다 짧은 전자파.

궁색(窮塞) : 아주 가난함.
요새(要塞) : 군사적 요충지에 만들어 놓은 방어시설.

안문자새 : 산서성 북방에는 기러기가 쉬어가는 안문관(鴈門)이, 동서로는 만리장성(紫塞)이 있으며

166

계전(鷄田) : 중국 산서성 회락현 경계에 있는 지명이다.
만리장성(萬里長城) : 중국 본토의 북변, 몽골 사이에 축조된 성벽이다.
적성(赤城) : 붉은 돌이 많아 이름 붙여진 옛 지명이며 안문관과 만리장성, 계전, 적성은 중국 경계 변두리에 있다.

닭 계	옹주에는 주나라 문왕이 암탉을 얻고 왕자가 되었다는 계전(鷄田)이,	4급

鷄(鸡)

鳥部/21획

4급

鷄肋

계륵
닭갈비. 취하지도 버리지도 못함.

옹주에는 주나라 문왕이 암탉을 얻고 왕자가 되었다는 계전(鷄田)이,

밭 전

田(田)

田部/5획

4급2

田舍翁

전사옹
견문이 좁고 고집스러운 시골 늙은이.

투계(鬪鷄) : 싸움닭.
양계(養鷄) : 닭을 먹여 기름.
계관(鷄冠) : 닭의 벼슬. 맨드라미.

전원(田園) : 논밭과 동산. 시골.
염전(鹽田) : 바닷물을 끌어들여 소금을 만드는 곳.

붉을 적

赤(赤)

赤部/7획

기주에는 초나라가 성하지맹으로 접수한 적성(赤城)이 있다.

5급

赤手成家

적수성가
아무것도 없는 가난한 사람이 맨손으로 가산을 이룸.

성 성

城(城)

土部/10획

4급2

城下之盟

성하지맹
성 아래에서 맺은 굴욕적인 강화나 항복을 이룸.

적심(赤心) : 정성스럽고 참된 마음.
적성(赤城) : 붉은 돌이 많아 이름 붙여진 옛 지명.

성벽(城壁) : 성곽의 벽.
성역(城役) : 성을 새로 쌓거나 또는 고쳐 쌓는 일.

계전적성 : 북쪽에는 계전(鷄田)이 있고, 남쪽에는 적성(赤城)이 있다.

갈석(碣石) : 중국 하북성 창려현 북쪽에 있는 큰 산 이름이다.
곤지(昆池) : 한무제 때 수군을 훈련시키기 위해 장안 서남쪽에 판 큰 못이다.

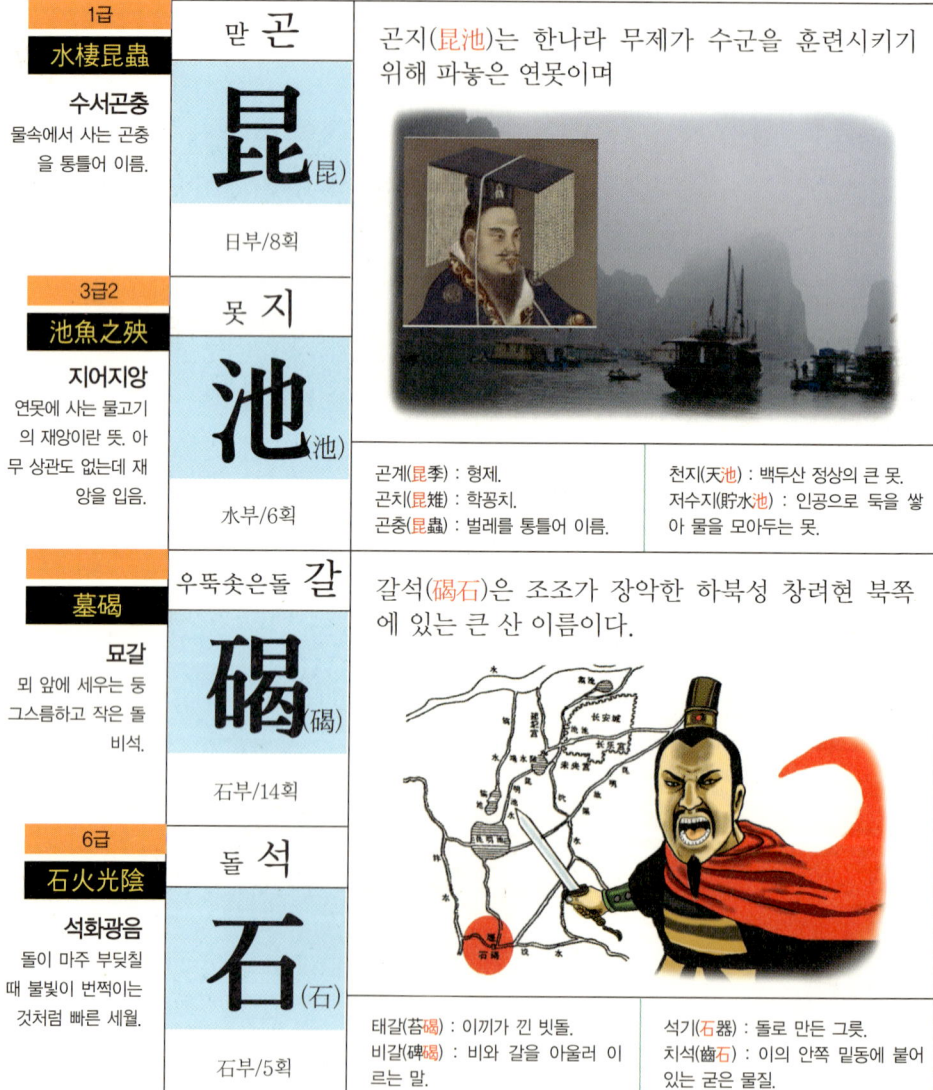

1급	맏 곤	곤지(昆池)는 한나라 무제가 수군을 훈련시키기 위해 파놓은 연못이며
水棲昆蟲	**昆**(昆)	
수서곤충		
물속에서 사는 곤충을 통틀어 이름.	日부/8획	

곤계(昆季) : 형제.
곤치(昆雉) : 학꽁치.
곤충(昆蟲) : 벌레를 통틀어 이름.

천지(天池) : 백두산 정상의 큰 못.
저수지(貯水池) : 인공으로 둑을 쌓아 물을 모아두는 못.

3급2	못 지
池魚之殃	**池**(池)
지어지앙	
연못에 사는 물고기의 재앙이란 뜻. 아무 상관도 없는데 재앙을 입음.	水부/6획

갈석(碣石)은 조조가 장악한 하북성 창려현 북쪽에 있는 큰 산 이름이다.

墓碣	우뚝솟은돌 갈
묘갈	**碣**(碣)
뫼 앞에 세우는 둥그스름하고 작은 돌비석.	石부/14획

태갈(苔碣) : 이끼가 낀 빗돌.
비갈(碑碣) : 비와 갈을 아울러 이르는 말.

석기(石器) : 돌로 만든 그릇.
치석(齒石) : 이의 안쪽 밑동에 붙어 있는 굳은 물질.

6급	돌 석
石火光陰	**石**(石)
석화광음	
돌이 마주 부딪칠 때 불빛이 번쩍이는 것처럼 빠른 세월.	石부/5획

곤지갈석 : 곤지(昆池)는 한나라 무제가 수군을 훈련시키기 위해 파놓은 연못이며, 갈석(碣石)은 동해에 있는 산이고

거야(鉅野) : 중국 산동성에 있는 큰 들판을 말한다.
동정호(洞庭湖) : 중국 호남성에 있는 큰 호수 이름이다.

| 클 거
 鉅(鉅)
 金부/13획 | 거야(鉅野)는 옛부터 크고 작은 전투가 많이 벌어졌던 광활한 들판이며,
  | 鉅公
 거공
 천자를 일컫는 말. |

6급
野無遺賢
야무유현
현명한 사람이 모두 등용되어 민간에 인물이 없음.

| 들 야
 野(野)
 里부/11획 | 거교(鉅狡) : 세력 있는 악한.
 거공(鉅公) : 천자를 일컫는 말.
 거비(鉅費) : 많은 비용. 거액의 비용. | 임야(林野) : 나무가 무성한 들.
 야생(野生) : 산이나 들에서 저절로 나서 자람. |

동정호(洞庭湖)는 호남성에 위치한 중국 제일의 호수로 관광지이기도 하지만 많은 해전이 벌어진 곳이다.

| 고을 동
 洞(洞)
 水부/9획 | | 7급
 洞房華燭
 동방화촉
 부인의 방에 촛불이 아름답게 비친다는 데서 혼례를 뜻함. |

6급
門庭若市
문정약시
대문 안 뜰이 시장과 같음. 집안에 모여드는 사람이 많다는 뜻.

| 뜰 정
 庭(庭)
 广부/10획 | 동리(洞里) : 마을.
 동구(洞口) : 동네 어귀.
 동굴(洞窟) : 깊고 넓은 굴. | 정원(庭園) : 집안의 뜰.
 친정(親庭) : 시집 간 여자의 본집.
 가정(家庭) : 한 가족으로서의 집안. |

거야동정 : 거야(鉅野)는 산동성에 있는 광활한 들이며, 동정호(洞庭)는 호남성에 위치한 중국 제일의 호수이다.

1급	넓을 광	중국 대륙은 한없이 넓고(曠) 원대해(遠) 원교근공
曠世之才		과 같은 역사와 군웅활거가 되풀이되어 왔으며
광세지재 넓은 세상에 보기 드물게 비범한 재주 나 그런 재주를 지 닌 인재.	**曠**(旷) 日부/19획	

6급	멀 원	
遠交近攻		
원교근공 먼나라와 친하게 교 제하고 가까운 나라 는 쳐서 점차 영토 를 넓힘.	**遠**(远) 辶부/14획	

광야(曠野) : 허허벌판, 황야.	원근(遠近) : 멀고 가까움.		
광원(曠原) : 텅비고 너른 들판.	원대(遠大) : 계획이나 희망 따위의		
고광(高曠) : 마음이 높고 넓음.	규모가 큼.		

3급2	솜 면	모든 면에서 면밀하게(綿) 다루지 않으면 대궐의
綿裏藏針		길도 막연할(邈)수밖에 없다.
면리장침 솜 속에 바늘을 감 춤. 겉으로는 솜처럼 부드러우나 속으로 는 흉악함.	**綿**(绵) 糸부/14획	

	멀 막	
邈邈調		
막막조 강직하고 고집이 센 사람을 비유하여 이르 는 말.	**邈**(邈) 辶부/18획	

면화(綿花) : 목화.	막원(邈遠) : 멀고 아득함.		
면밀(綿密) : 자세하여 빈틈이 없음.	막연(邈然) : 짐작할 수 없음.		
면사(綿絲) : 솜을 자아 만든 실.	면막(綿邈) : 매우 멀고 아득함.		

과원면막 : 이처럼 9주 내에 있는 중국 대륙은 원대하고(遠) 넓으며(曠), 멀면서도(邈) 이어져 있다(綿).

바위 **암**	
巖(岩)	
山部/23획	

산굴 **수**	
岫(岫)	
山部/8획	

그것은 마치 바위 동굴(巖岫)에 숨어 있는 영웅들이
천하 제패를 노리기 위해 대륙을 바라보며

암석(巖石) : 부피가 썩 큰 돌.　　암수(巖岫) : 바위 동굴.
암벽(巖壁) : 깎아지른 듯이 험하
게 솟은 바위.

3급2
巖下之電

암하지전
눈빛이 번쩍번쩍 빛
나는 모양을 번갯불
에 비유함.

巖岫杳冥

암수묘명
큰 바위와 메 뿌리
가 묘연하고 아득함.

아득할 **묘**	
杳(杳)	
木부/8획	

어두울 **명**	
冥(冥)	
一부/10획	

꿈을 키우고 생각에 잠겨(冥) 있는 것처럼 보이니
천하는 그저 묘연할(杳) 뿐이었다.

묘명(杳冥) : 어둠침침하고 아득함.　　명복(冥福) : 죽은 후 저승에서 받는 복.
묘연(杳然) : 그윽하고 멀어서 눈에　　명상(冥想) : 고요히 눈을 감고 깊이
아물아물함.　　　　　　　　　　　　생각함.

1급
無

3급
冥冥之志

명명지지
마음속에 깊이 간직
하여 외부에 드러내
지 않고 힘을 씀.

암수묘명 : 또한 심산유곡은 암수(巖岫)와 같아 어둡고(冥) 아득하다(杳).
중국 대륙은 너무 크고도 광활해 그 깊이를 알 수 없음을 강조하고 있다.

4급2	다스릴 치

治亂存亡

치란존망
천하의 태평함과 어지러움, 존재함과 망함을 이름.

治(治)

水부/8획

이때의 조조와 유비, 그리고 손권도 정치(治)의 근본(本)을

정치(政治) : 나라를 다스리는 일.
치안(治安) : 국가와 사회의 안녕 질서를 유지 보전함.

본위(本位) : 기본으로 삼는 표준.
본연(本然) : 자연 그대로의 상태.
근본(根本) : 사물의 본질이나 본바탕.

6급

本來面目

본래면목
자기의 본디 모습. 중생이 본디 지니고 있는 순수한 심성.

근본 본

本(本)

木부/5획

3급

於異阿異

어이아이
어 다르고 아 다르다는 뜻. 같은 내용의 말이라도 하기 따라 다름.

어조사 어

於(於)

方부/8획

농사(農)에(於) 두었다. 농자천하지대본(農者天下之大本)인 셈이었다.

심지어(甚至於) : 심하게는.
어중간(於中間) : 거의 중간쯤 되는 곳. 또는 그런 상태.

농민(農民) : 농업에 종사하는 사람.
농사(農事) : 곡류 따위의 씨나 모종을 심어 기르고 거두는 일.

7급

農不失時

농불실시
농사를 짓는 일은 시기를 놓치지 말아야 함.

농사 농

農(農)

辰부/13획

치본어농 : 군주가 정치(治)할 때에는 반드시 농사(農)를(於) 근본(本)으로 삼았고,

둔전제(屯田制) : 후한 말의 전쟁 때에는 약탈과 현지 조달로 식량을 충당했기 때문에 농촌은 황폐해지고 유랑민이 급증했다. 이때 조조는 백성을 모집해 토지는 물론 농사에 필요한 소와 모든 농기구를 대여해 허창 주변에 둔전시키고 각 지역마다 전농부를 설치해 식량 수송을 해결했으므로 삼국지 최대 강국으로 발전할 수 있었다.

힘쓸 무	군주는 백성을 하늘로 여겨야 하며 백성은 먹는 곡물, 바로 이것(玆)을 거둬(穡)들이기 위해

務(务)

力부/11획

4급2

務實力行

무실역행
참되고 실속 있도록 힘써 실행함.

이 자	

玆(兹)

玄부/10획

3급

念玆在玆

염자재자
그 자리에 앉힐 사람으로는 적임자임.

임무(任務) : 맡은 일.
휴무(休務) : 직무를 보지 않고 하루나 한동안 쉬는 것.

금자(今玆) : 금년.
염념재자(念念在玆) : 자꾸 생각나서 잊지 못함.

심을 가	힘써(務) 곡식을 심고(稼) 가꾸어야 한다. 조조의 둔전제도 이를 빨리 진작시키기 위해 만든 것이다.

稼(稼)

禾부/15획

1급

務玆稼穡

무자가색
때맞춰 심고 힘써 일하며 많은 수익을 거둠.

거둘 색	

穡(穡)

禾부/18획

稼穡之艱難

가색지간난
농사짓기의 어려움을 일컬음.

가기(稼器) : 농사에 쓰이는 기구.
가동(稼動) : 사람이나 기계 따위가 움직여 일함.

가색(稼穡) : 곡식을 심고 거둠.
이색(李穡) : 고려 시대 문신, 학자. 삼은의 한 사람.

무자가색 : 이(玆)를 따르는 백성들의 임무(務)는 시기에 따라 곡식을 심고(稼) 거두는(穡) 것이다. 군주는 백성을 하늘로 여기고 백성은 먹을 것을 하늘로 여기기 때문에 정치의 근본은 농사에 있다는 것을 강조하고 있다.

173

	비로소 **숙**
숙재남묘 비로소 남양의 밭에서 농작물을 배양함.	 俶(俶) 人부/10획

봄이 오면 농부는 비로소(俶) 농기구를 마차나 가축 등에 싣고(載) 나가

3급2 	실을 **재**
재도지기 문학, 또는 시를 정의하는 말. 문학은 도를 실현하는 도구.	載(載) 車부/13획

숙장(俶裝) : 채비를 차림.
숙헌(俶獻) : 처음으로 바침.

적재(積載) : 물건을 실음.
연재(連載) : 신문이나 잡지 등에 긴 글이나 만화 따위를 계속해서 실음.

8급 	남녘 **남**
남귤북지 강남의 귤을 강북에 옮겨 심으면 탱자나무가 되듯 사람도 처지에 따라 변함.	南(南) 十부/9획

양지바른 남향(南) 밭이랑(畝)부터 농사일을 시작했다.

1급 	이랑 **무/묘**
묘구 고랑, 두둑한 땅과 땅 사이에 길고 좁게 들어간 곳.	畝(畝) 田부/10획

남하(南下) : 남쪽으로 내려감.
남향(南向) : 남쪽으로 향함. 또는 그 방향.

전묘(田畝) : 밭이랑. 밭의 고랑 사이에 흙을 높게 올려서 두둑하게 만든 두둔한 곳.

숙재남묘 : 봄이 오면 농부가 비로소(俶) 농기구를 적재(載)하고 남향(南)의 밭이랑(畝)에 나가 일을 하는데

174

나 아  戈부/7획	이때는 위, 촉, 오 나라들도 나(我) 너를 가리지 않고 곡식을 심었다(藝).

재주/심을 예  艸부/19획

아군(我軍) : 우리 편 군사.
아집(我執) : 자기 중심의 좁은 생
각이나 고집.

예능(藝能) : 재주와 기능.
문예(文藝) : 문학과 예술. 여기서
는 '심다'로 쓰임.

기장 서  黍부/12획	조상께 바치고 먹고 살기 위한 것으로, 주된 곡식 은 벼와 서직(黍稷) 등이었다.

피 직  禾부/15획

서직(黍稷) : 찰기장과 메기장.
서곡(黍穀) : 조, 수수, 옥수수 따위
의 잡곡.

직당(稷唐) : 옥수수.
국직(國稷) : 작은 나라의 태직.
직신(稷神) : 곡식을 맡아본다는 신.

아예서직 : 이때 우리(我)는 기장(黍)과 피(稷)를 심는다(藝).

4급2 納稅義務 **납세의무** 국민으로서 세금을 낼 의무.	거둘 세 **稅**(稅) 禾부/12획
3급2 熟慮斷行 **숙려단행** 곰곰히 심사숙고한 후에 단행함.	익을 숙 **熟**(熟) 火부/15획
3급2 朝貢 **조공** 옛날 종주국에 속국 이 때맞추어 예물로 물건을 바치는 일.	바칠 공 **貢**(贡) 貝부/10획
6급 送舊迎新 **송구영신** 묵은 해를 보내고, 새해를 맞이함.	새 신 **新**(新) 斤부/13획

후한시대나 삼국이 정립되어 있던 시대의 세금(稅)은 잘 익은(熟) 곡식으로 하고

세리(稅吏) : 세금을 받는 관리.
세금(稅金) : 국가나 지방 공공 단체가 조세로 징수하는 돈.

숙련(稅練) : 연습을 많이 하여 익힘.
성숙(成熟) : 생물의 발육이 완전히 이루어짐.

공물(貢)은 반드시 그 해 재배한 햇곡식(新)으로 종묘에 올려야 했다.

공헌(貢獻) : 힘써 이바지함.
공물(貢物) : 나라에 세금으로 바치던 지방 특산물.

신곡(新穀) : 햇곡식.
신문(新聞) : 새로운 소식이나 비판을 신속하게 보도하는 정기 간행물.

세숙공신 : 나라에 바칠 세금(稅)은 반드시 익은(熟) 곡식을, 공물(貢)은 햇곡식(新)을 바쳐야 한다.

176

권할 권	그리고 정무를 잘 수행하는 사람에게는 상(賞)을 주어 권면했고(勸),	

<table>
<tr>
<td>

권할 권

勸(劝)

力부/20획

상줄 상

賞(賞)

貝부/15획
</td>
<td>

그리고 정무를 잘 수행하는 사람에게는 상(賞)을 주어 권면했고(勸),

권고(勸告) : 어떤 일을 하도록 권함.
권면(勸勉) : 알아듣도록 권장(勸獎) 하고 격려해 힘쓰게 함.

상벌(賞罰) : 상과 벌.
상품(賞品) : 상으로 주는 물품.
상금(賞金) : 상금으로 주는 돈.
</td>
<td>

4급

勸善懲惡

권선징악
선행은 권장하고 악 행은 징벌함.

5급

賞善罰惡

상선벌악
착한 사람은 칭찬하 고 악한 사람은 벌 을 주는 일.
</td>
</tr>
<tr>
<td>

물리칠 출

黜(黜)

黑부/17획

오를 척

陟(陟)

阜부/10획
</td>
<td>

부패한 관리는 신상필벌에 따라 내쫓거나(黜) 진 급 대상에 못 오르도록(陟) 했다.

폐출(廢黜) : 벼슬을 없애고 내어 보냄.
출척(黜陟) : 무능한 사람을 물리치 고 유능한 사람을 등용함.

삼척(三陟) : 강원도의 한 시(市).
척강(陟絳) : 오르락내리락함.
진척(進陟) : 일이 진행되어 나아감.
</td>
<td>

1급

黜陟幽明

출척유명
성적에 따라 승진시 키거나 내쫓음.

2급

陟岵之情

척호지정
고향에 있는 부모를 그리워하는 마음.
</td>
</tr>
</table>

권상출척 : 이를 충실히 이행하는 자에게는 상(賞)을 주어 권면하고(勸), 게으른 자는 물리쳐(黜) 직위를 오르지(陟) 못하게 했다.

돈소(敦素) : 하늘이 내린 소성(素性)을 온전히 하려고 자기의 마음을 돈독하게 기르는 것.
맹자(孟子, BC 372~289) : 맹모삼천지교로 잘 알려져 있는 인물. 이름은 가(軻)이며 중국
전국시대의 유교 사상가로 공자의 사상을 이어 발전시켰다.

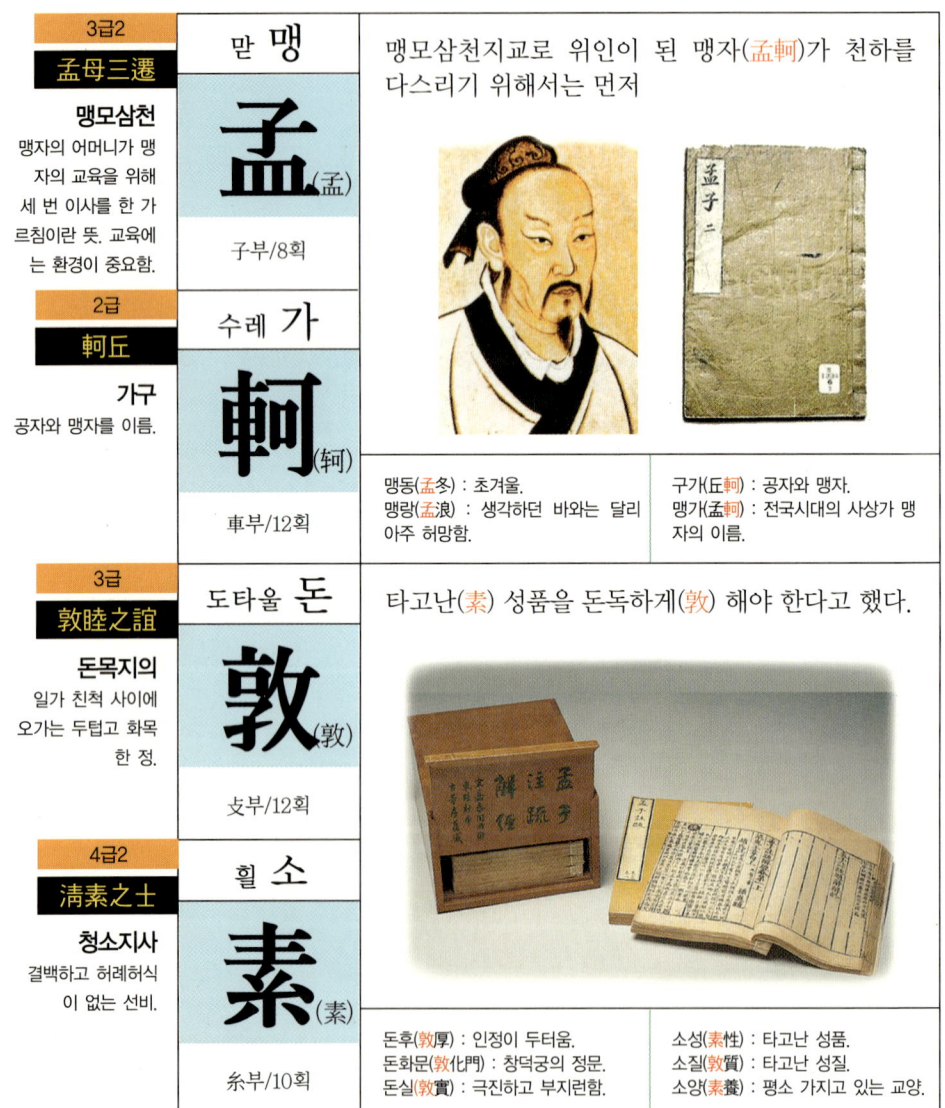

3급2	맏 맹	맹모삼천지교로 위인이 된 맹자(孟軻)가 천하를 다스리기 위해서는 먼저
孟母三遷		
맹모삼천	孟(孟)	
맹자의 어머니가 맹자의 교육을 위해 세 번 이사를 한 가르침이란 뜻. 교육에는 환경이 중요함.	子부/8획	
2급	수레 가	
軻丘		
가구	軻(軻)	
공자와 맹자를 이름.	車부/12획	맹동(孟冬) : 초겨울. / 맹랑(孟浪) : 생각하던 바와는 달리 아주 허망함. / 구가(丘軻) : 공자와 맹자. / 맹가(孟軻) : 전국시대의 사상가 맹자의 이름.
3급	도타울 돈	타고난(素) 성품을 돈독하게(敦) 해야 한다고 했다.
敦睦之誼		
돈목지의	敦(敦)	
일가 친척 사이에 오가는 두텁고 화목한 정.	攴부/12획	
4급2	흴 소	
淸素之士		
청소지사	素(素)	
결백하고 허례허식이 없는 선비.	糸부/10획	돈후(敦厚) : 인정이 두터움. / 돈화문(敦化門) : 창덕궁의 정문. / 돈실(敦實) : 극진하고 부지런함. / 소성(素性) : 타고난 성품. / 소질(素質) : 타고난 성질. / 소양(素養) : 평소 가지고 있는 교양.

맹가돈소 : 전국시대에 맹자(孟軻)는 돈소설(敦素)을 주창했고,

사어(史魚) : 춘추시대 위나라의 태부. 공자가 "곧기도 해라 사어여! 나라에 도가 있을 때에도 화살처럼 곧았으며 나라에 도가 없을 때에도 화살처럼 곧았다."고 말했을 만큼 정직했다.

사기 사  **史**(史) 口부/5획	춘추전국시대의 위나라에서 정직함(直)으로 소문난 태부 사어(史魚)처럼	5급 **才如史遷** **재여사천** 재주가 뛰어남이 사마천과 같음.

사기(史記) : 역사적 사실을 적은 책.
사료(史料) : 역사 연구에 필요한 책이나 유물 등의 자료.

어물(魚物) : 생선을 가공해서 말린 것.
어류(魚類) : 바다나 민물에서 사는 물고기를 통틀어서 이름.

물고기 어  **魚**(魚) 魚부/11획		5급 **魚頭肉尾** **어두육미** 물고기는 머리쪽이, 짐승고기는 꼬리쪽이 맛있다는 말.

잡을 병  **秉**(秉) 禾부/8획	공융도 정직하기 위하여(秉) 혼신의 힘을 다했다. 그러다 조조한테 처형되기는 했지만…….	2급 **秉燭夜行** **병촉야행** 촛불을 들고 밤길을 간다는 뜻. 시기에 늦음을 비유.

병권(秉權) : 권력을 잡음.
병정(秉政) : 정권을 잡음. 여기서는 '지키다'로 쓰임.

정직(正直) : 마음이 바르고 곧음.
직고(直告) : 바른 대로 알리거나 고해 바침.

곧을 직  **直**(直) 目부/8획		7급 **直木先伐** **직목선벌** 곧은 나무가 먼저 벌목된다는 데서 강자는 강한 만큼 적도 많음.

사어병직 : 사어(史魚)는 정직(直)하기가 그지없었다(秉). 맹자의 사상과 사어의 정직함을 강조하고 있다.

중용(中庸) : 지나치거나 모자라지도 않으며 한쪽으로 치우치지 않은 상태를 말한다.

3급 **庶幾之望** **서기지망** 거의 될 듯한 희망.	무리 **서** **庶**(庶) 广부/11획	여러(庶) 사람들이 대부분(幾) 원하기도 했지만 대권을 향해 뛰는 유비로서는 
3급 **幾死之境** **기사지경** 거의 다 죽게 된 경우나 상황.	몇/거의 **기** **幾**(几) 幺부/12획	서기(庶幾) : 바라건대. 거의. 서민(庶民) : 경제적으로 넉넉하지 못한 생활을 하는 사람.　　기하(幾何) : 얼마. 기하급수(幾何級數) : 등비급수와 같은 말.
8급 **五里霧中** **오리무중** 일의 갈피를 잡기 어려움.	가운데 **중** **中**(中) 丨부/4획	모든 일에 중용(中庸)을 지키려고 애씀으로써 대권을 향해 한걸음 더 나아갈 수 있었다.
3급 **中庸之道** **중용지도** 마땅하고 떳떳한 중용의 도리.	떳떳할 **용** **庸**(庸) 广부/11획	중간(中間) : 두 사물의 사이. 중년(中年) : 청년과 노년의 중간을 이름.　　등용(登庸) : 인재를 골라 뽑아 씀. 용렬(庸劣) : 못생기고 재주가 남만 못하며 어리석음. 변변하지 못함.

서기중용 : 모름지기(庶幾) 중용(中庸)을 바라면,

180

수고할 로	중용을 지키기 위해서는 열심히 일하고(勞) 겸손(謙)하게 살며	5급

勞(劳)

力부/12획

勞心焦思

노심초사
마음으로 애를 쓰고
속을 태움.

겸손할 겸

謙(谦)

言부/17획

근로(勤勞) : 부지런히 일함.
노동(勞動) : 심신을 서서 일을 함.
노사(勞使) : 노동자와 사용자.

3급2

謙讓之德

겸양지덕
겸손하게 사양하는
미덕.

겸양(謙讓) : 겸손한 태도로 사양함.
겸손(謙遜) : 남을 높이고 자기를 낮추는 태도.

삼갈 근

謹(谨)

言부/18획

삼가하고(謹) 경계해야(勅) 했다. 조조의 권모술수와는 많은 대조를 이룬다.

3급

謹賀新年

근하신년
삼가 새해를 축하한
다는 인사말.

칙서 칙

勅(敕)

力부/9획

근조(謹弔) : 삼가 조상함.
근엄(謹嚴) : 매우 점잖고 엄함.
근신(謹愼) : 언행을 삼가고 조심함.

1급

勞謙謹勅

노겸근칙
근로하고 겸손하며
삼가고 신칙하면 중
용의 도에 이름.

칙명(勅命) : 임금의 명령.
신칙(申勅) : 단단히 타일러서 경계하게 함.

노겸근칙 : 수고하고(勞) 겸손하며(謙), 삼가하고(謹) 경계(勅)해야 한다.
정직을 근본으로 중용에 힘써야 함을 설명하고 있다.

聆音察理 **영음찰리** 소리를 듣고 말하는 바의 이치를 살핌.	들을 **령** 聆(聆) 耳부/11획

명참모로서 제갈량은 상대방의 말소리(音)를 듣고 (聆), 그의 심중을 헤아려

6급 **不協和音** **불협화음** 서로 뜻이 맞지 않아 일어나는 충돌.	소리 **음** 音(音) 音부/9획

영음(聆音) : 소리를 듣는 일.
첨령(瞻聆) : 여러 사람의 보고 듣는 일.

음반(音盤) : 축음기의 레코드.
부음(訃音) : 사람이 죽었다고 알리는 말이나 글.

4급2 **觀形察色** **관형찰색** 잘 모르는 사물을 자세히 관찰함.	살필 **찰** 察(察) ᄼ부/14획

말하는 것이 이치(理)에 맞는지, 그렇지 않은지 꼼꼼히 관찰(察)했다.

6급 **萬不近理** **만불근리** 전혀 이치에 맞지 않음.	이치 **리** 理(理) 玉부/11획

성찰(省察) : 반성하여 살핌.
관찰(觀察) : 사물의 동태 따위를 주의 깊게 살펴봄.

합리(合理) : 이치에 맞음.
이유(理由) : 까닭. 사유. 내력.
이치(理致) : 사물의 정당한 조리.

영음찰리 : 군자는 사람의 음성(音)을 듣고(聆) 말하는 바의 이치(理)를 살펴 알고(察),

거울 감
鑑(鉴)
金부/22획

또한 그 사람의 용모(貌)를 살핀(鑑) 다음,

감별(鑑別) : 보고 식별함.
감정(鑑定) : 사물의 특성이나 참과 거짓, 좋고 나쁨을 분별하여 판정함.

모양(貌樣) : 꼴, 모습.
용모(容貌) : 사람의 얼굴 모양.
미모(美貌) : 아름다운 얼굴 모습.

모양 모
貌(貌)
豸부/14획

분별할 변
辨(辨)
辛부/16획

안색(色)에 따라 변별(辨)하는 능력을 지녔으므로 모든 사람들에게 귀신같다는 말을 들었다.

변별(辨別) : 서로 다른 점을 구별함.
변명(辨明) : 옳고 그름을 가리어 사리를 밝힘.

안색(顔色) : 얼굴빛.
기색(氣色) : 마음의 작용으로 얼굴에 드러나는 빛.

빛 색
色(色)
色부/6획

3급2
以古爲鑑
이고위감
옛것을 오늘의 거울로 삼음.

3급2
貌合心離
모합심리
교제하는 데 겉으로만 친한 척할 뿐이고, 마음은 딴 데 있음.

3급
魚魯不辨
어로불변
어(魚)자와 로(魯)자를 구별하지 못한다는 뜻. 매우 무식함을 비유해 이름.

7급
草綠同色
초록동색
처지가 같은 사람들끼리 한패가 되는 경우를 비유적으로 이름.

감모변색 : 사람의 용모(貌)를 보고도(鑑) 기색(色)을 분별(辨)할 줄 안다.

貽厥嘉猷 **이궐가유** 도리를 지키고 착함으로 자손에 좋은 것을 끼쳐야 함.	끼칠 **이** 貽(貽) 貝부/12획	유비는 제갈량에게는 훌륭한(嘉) 계책(猷)을 마련하도록 하고, 그것(厥)을 잘 실현(貽)하도록 하여

유비는 제갈량에게는 훌륭한(嘉) 계책(猷)을 마련하도록 하고, 그것(厥)을 잘 실현(貽)하도록 하여

3급 **究厥心腸** **구궐심장** 남의 마음을 속속들이 헤아림.	그 **궐** 厥(厥) 厂부/12획	

증이(贈貽) : 물품을 보냄.
이우(貽憂) : 남에게 걱정을 끼침.
이소(貽笑) : 남에게 비웃음을 당함.

궐자(厥者) : 그 사람의 낮은 말.
궐각(厥角) : 이마를 땅에 대고 절을 함.

1급 **嘉平月** **가평월** 음력 12월을 달리 일컬음.	아름다울 **가** 嘉(嘉) 口부/14획	위나라와 오나라를 제압하는 데 큰 역할을 하도록 했다.

위나라와 오나라를 제압하는 데 큰 역할을 하도록 했다.

大猷 **대유** 커다란 계획. 사람으로서 지켜야 할 큰 도리.	꾀 **유** 猷(猷) 犬부/13획	

가객(嘉客) : 반갑고 귀한 손님.
가례(嘉禮) : 임금의 성혼. 즉위 때 하던 예식.

광유(光猷) : 밝은 계책.
고유(高猷) : 뛰어난 계책.
대유(大猷) : 큰 계획. 커다란 계획.

이궐가유 : 훌륭한(嘉) 지혜(猷)는 그것(厥)이 후세에까지 끼치도록(貽) 해야 하고

힘쓸 면 勉(勉) 力부/9획	근면(勉)과 인덕으로 무장한 유비의 그(其) 계략들은 아쉽게도 조조의 칼을 당해내지 못하지만

4급

刻苦勉勵

각고면려
심신을 괴롭히고 노력함.

그 기 其(其) 八부/8획	

3급2

不知其數

부지기수
그 수를 알지 못한다는 뜻. 매우 많음.

면학(勉學) : 학문에 힘씀.
근면(勤勉) : 부지런히 일하며 힘씀.
면려(勉勵) : 스스로 애써 노력함.

기실(其實) : 실제의 사정.
기타(其他) : 그것 외에 또 다른 것.
기여(其餘) : 그 나머지. 그 이외.

공경할 지 祗(祗) 示부/10획	백성과 부하 장수에 대한 그의 존중심(祗)만은 깊이 심어져(植) 큰 감동을 주고 있다.

勉其祗植

면기지식
착한 것으로 자손에줄 것을 힘써야 좋은 가정을 이룰 것이라는 뜻.

심을 식 植(植) 木부/12획	

7급

植松望亭

식송망정
솔을 심어 정자를 삼는다는 뜻. 바라는 일이 까마득한 것을 가리킴.

지후(祗候) : 삼가 어른을 모셔 시중 듦.
지송(祗送) : 백관이 임금의 출가를 공경하여 보냄.

식민지(植民地) : 새로 속령이 된 지역.
식목(植木) : 나무를 심음. 또는 그 나무.

면기지식 : 정성을 다해(祗) 몸에 배도록(植) 힘써야(勉) 한다.

유비가 신분이 상승할수록 몸소(躬) 근신하고 스스로를 성찰한(省) 것은

자성(自省) : 스스로 반성함.
반성(反省) : 잘못이나 부족이 없는지 스스로 돌이켜봄.

궁행(躬行) : 몸소 행함.
성궁(聖躬) : 임금의 몸.
궁가(躬稼) : 몸소 곡물을 심음.

혹시라도 있을 부하들의 질타(譏)를 경계하여(誡) 사전에 이를 예방하기 위함이었다.

기롱(譏弄) : 실없는 말로 놀림.
기소(譏笑) : 남을 조롱하여 웃음.
기찰(譏察) : 행동 따위를 넌지시 살핌.

고계(告誡) : 타일러 훈계함.
계명(誡命) : 종교, 도덕상 마땅히 지켜야 할 규범.

성궁기계 : 신하는 지위가 높아질수록 남이 나를 나무랄(譏) 것을 경계해(誡) 몸소(躬) 자신을 반성해야(省) 하고,

십상시의 난 : 후한 189년 8월 25일에 십상시에 의해 발생하여 무려 2,000명에 달하는 환관과 사람들이 죽은 사건으로 동탁이 이 사건을 이용해 권력을 잡았으며, 권력을 휘두르던 대장군 하진이 죽었다.

사랑할 총	
寵(宠)	한때 환관들이 득세하고 그 중에서도 십상시가 황제의 총애(寵)를 받자 그 세력이 자꾸 커져 갔다(增).
宀부/19획	

더할 증	
增(增)	
土부/15획	

총애(寵愛) : 남달리 사랑함.
은총(恩寵) : 높은 사람에게서 받는 특별한 은혜와 사랑.

증가(增加) : 양이나 수치가 늚.
증진(增進) : 기운이나 세력 따위가 점점 더 늘어가고 나아감.

1급
寵辱皆忘
총욕개망
총애와 치욕을 모두 다 잊고 마음에 두지 않음.

4급2
日加月增
일가월증
날이 가고 달이 갈수록 더하고 불어남.

항거할 항	
抗(抗)	권력을 잡기 위해 반란까지 일으키지만 하진을 비롯한 반대파에 의해 제압당한다. 반항(抗)도 극(極)에 달하지만 그들은 떼죽음을 당하고 만다.
手부/7획	

다할 극	
極(极)	
木부/13획	

항의(抗議) : 반대의 뜻을 주장함.
반항심(反抗心) : 순순히 따르지 않고 대들거나 맞서는 마음.

극비(極秘) : 절대적인 극비밀.
극단(極端) : 극도(極度)에 이르러 더 나아갈 수 없는 상태.

4급
不可抗力
불가항력
인간의 힘으로는 도저히 저항해볼 수 없는 힘.

4급2
極樂往生
극락왕생
죽어서 극락세계에 다시 태어남.

총증항극 : 군주의 총애(寵)가 더해지면(增) 주위의 거부감(抗)도 극(極)에 달할 것이니 몸가짐을 조심해야 한다. 신하의 처세술을 설명하고 있다.

3급2	위태할 태

殆哉殆哉
태재태재
아주 몹시 위태로움.

殆(殆)

歹부/9획

3급2	욕될 욕

辱及父兄
욕급부형
자식의 잘못이 부모까지 욕되게 함.

辱(辱)

辰부/10획

유비에게는 욕되고(辱) 위태로운(殆) 일들이 많았다. 평상시나 전쟁중이거나,

태반(殆半) : 거의 절반.
위태(危殆) : 어떤 형세가 마음을 놓을 수 없을 만큼 위험함.

모욕(侮辱) : 깔보고 욕되게 함.
굴욕(屈辱) : 남에게 억눌리어 업신 여김을 받음.

6급	가까울 근

近墨者黑
근묵자흑
먹을 가까이하면 검어진다는 뜻. 나쁜 사람을 가까이하면 그 버릇에 물들기 쉬움.

近(近)

辵부/8획

3급2	부끄러울 치

厚顔無恥
후안무치
뻔뻔스러워 부끄러워할 줄 모름.

恥(恥)

心부/10획

그런 치욕(恥)스런 일들을 당하거나 가까이(近) 다가오면

근처(近處) : 가까운 곳.
근래(近來) : 가까운 요즈음.
친근(親近) : 가깝고 많이 친함.

수치(羞恥) : 부끄러움.
치욕(恥辱) : 수치와 모욕을 아울러 이름.

태욕근치 : 총애를 받는다고 위험(殆)하고 욕(辱)된 일을 하면, 가까운 (近) 시기에 부끄러운(恥) 일을 당하게 될 것이니

수풀 **림** **林**(林) 木부/8획	

숲이 있는 시냇가 언덕 같은 한가한 곳(林皐)으로 달려가 잠시 몸을 피했다.

산림(山林) : 산과 숲.
농림(農林) : 농업과 임업.
임업(林業) : 산림업(山林業)

고월(皐月) : 음력 오월.
고란초(皐蘭草) : 고사리과에 딸린 늘푸른 여러해살이의 고등 은화식물.

언덕 **고** **皐**(皐) 白부/11획	

7급

林深鳥棲

임심조서
숲이 우거져야 새가 깃든다는 뜻.

2급

皐皐天邊

고고천변
판소리 단가의 하나로 중모리 장단에 맞추어 부름.

다행 **행** **幸**(幸) 干부/8획	

그럴 때 다행(幸)스럽게도 복병을 피하거나 바로 (卽) 죽음을 면하는 경우가 많았다.

불행(不幸) : 행복하지 않음.
다행(多幸) : 뜻밖에 일이 잘되어 운이 좋음.

즉각(卽刻) : 곧. 그 시각에.
즉시(卽時) : 그 자리에서. 금방.
즉효(卽效) : 즉시 나타나는 효력.

곧 **즉** **卽**(即) 卩부/9획	

6급

幸災樂禍

행재요화
남이 재화를 입는 것을 보고 기뻐함.

3급2

一觸卽發

일촉즉발
한 번 닿기만 해도 곧 폭발한다는 뜻.

임고행즉 : 그때는 숲이나 시냇가 언덕 같은 한가한 곳(林皐)으로 피신하여 지내면 곧(卽) 행운(幸)이 찾아올 것이다. 치욕을 당하지 않으려면 자연 속으로 물러나 한가롭게 지내는 것이 좋다는 노자의 철학을 인용한 말이다.

189

양소(兩疏) : 한나라 때 청렴결백했던 소광(疏廣)과 소수(疏受)를 말한다.

4급2
兩者擇一
양자택일
두 가지 중에서 한 가지를 택함.

두 량

兩(両)

入부/8획

소광(疏廣)과 소수(疏受) 양(兩) 소(疏) 씨의 행적을 생각하던 관우는

3급2
內疏外親
내소외친
마음속으로는 소홀히 하고 겉으로는 친한 체함.

소통할 소

疏(疏)

疋부/11획

양가(兩家) : 양쪽 집.
양면(兩面) : 사물의 두 면.
양친(兩親) : 부친과 모친.

소통(疏通) : 막히지 않고 잘 통함.
소원(疏遠) : 지내는 사이가 두텁지 않고 서먹서먹함.

5급
見利思義
견리사의
눈앞에 이익이 보여야 의리를 생각함.

볼 견

見(见)

見부/7획

양 소 씨가 기회(機)를 보아(見) 황제로부터 하사받은 재물을 친척과 친구들에게 나누어준 다음,

4급
臨機應變
임기응변
그때그때 처한 일을 재빨리 그 자리에서 알맞게 대처하는 일.

틀 기

機(机)

木부/16획

견학(見學) : 보고 배움.
의견(意見) : 마음에 생각하는 점.
견문(見聞) : 보고 들어서 얻은 지식.

기능(機能) : 하는 구실이나 작용.
기회(機會) : 어떤 일이 이루어지는 데에 알맞은 때.

양소견기 : 한나라 성제 때 태자의 스승이었던 양(兩) 소 씨(疏)가 기회(機)를 보아(見),

인끈 : 벼슬 이름을 새긴 도장을 묶은 끈을 말한다.

풀 **해** **解**(解) 角부/13획	아무도 모르게 인끈(組)을 풀어놓고(解) 귀향했다 는 고사를 생각하고 

4급2

解語花

해어화
말하는 꽃. 천하일
색 양귀비를 이름.

끈 **조**

組(組)

糸부/11획

해빙(解氷) : 얼음이 풀림.
견해(見解) : 어떤 사물이나 현상에
대한 자기의 의견이나 생각.

조성(組成) : 조직하여 성립함.
조합(組合) : 공동 목적을 위해 조직
된 사단법인.

4급

繫頸以組

계경이조
갓이나 머리에 매는
끈을 목에 맨다는
뜻. 항복함을 비유
적으로 이름.

누구 **수**

誰(谁)

言부/15획

이런 그들의 숭고한 정신을 그 누가(誰) 핍박(逼)
할 수 있겠는가? 나도 그들처럼 조조에게서 받은
것들을 모두 남겨두고 떠나야겠다고 결심했다.

3급

誰怨誰咎

수원수구
누구를 원망하고 누
구를 탓하겠는가?

핍박할 **핍**

逼(逼)

辶부/13획

수모(誰某) : 아무개.
수하(誰何) : 어떤 사람. 또는 누구
냐고 불러서 물어보는 일.

능핍(凌逼) : 침범하여 핍박함.
핍박(逼迫) : 바싹 죄어서 몹시 괴롭
게 굶.

1급

狎逼之地

압핍지지
산소나 집터 등의
바로 곁에 이웃하고
있는 땅.

해조수핍 : 스스로 인끈(組)을 풀었거늘(解) 그 누가(誰) 두 사람을 핍박
(逼)하겠는가? 자리에 연연하지 않고 스스로 물러날 때를 알고 물러난 소광과 소수를
칭찬한 말이다.

暗中摸索

암중모색
어림짐작으로 사물
을 알아내려 함. 어
둠 속에서 손을 더
듬어 찾음.

찾을 색/홀로 삭

索(索)

糸부/10획

세 번씩이나 제갈량의 거처(居)를 찾아간(索) 유비
는 그가

삭막(索莫) : 황폐하여 쓸쓸함.
탐색(探索) : 감추어진 사물을 이리
저리 더듬어 찾음.

은거(隱居) : 세상을 피해 숨어 삶.
거실(居室) : 가족이 일상 모여서
생활하는 공간.

4급

居寵思危

거총사위
득의시에는 실의할
때가 있음을 생각해
조심하라는 말.

살 거

居(居)

尸부/8획

4급

閑中眞味

한중진미
한가한 중에 참다운
맛이 있음.

한가할 한

閑(閑)

門부/12획

한가롭게(閑) 낮잠을 자고 있자, 기다림의 처세술
(處)로 그를 감동시켰다.

4급2

處暑

처서
스물네 절기의 하나.
입추와 백로 사이에
있는 절기. 양력 8
월 22일쯤에 듦.

곳 처

處(処)

虍부/11획

한직(閑職) : 한가한 직위나 직무.
농한(農閑) : 농사일이 그다지 바쁘
지 아니함.

처신(處身) : 몸가짐.
처세술(處世術) : 사람들과 사귀며
세상을 살아가는 방법이나 수단.

색거한처 : 관직을 떠나 한가한(閑) 곳(居)을 찾아(索) 살아가니(處),

잠길 **침**  **沈**(沈) 水부/7획	유비는 제갈량이 잠에서 깰 때까지 곁에서 침묵(沈默)하면서

잠잠할 **묵**  **默**(默) 黑부/16획	

침몰(沈沒) : 물에 빠져서 가라앉음.
침묵(沈默) : 잠잠하게 아무 말도 하지 않음.

묵념(默念) : 마음속으로 빎.
과묵(寡默) : 말이 적고 침착함.
묵언(默言) : 말이 없이 잠잠함.

고요할 **적**  **寂**(寂) 宀부/11획	제갈량이 일어나 반겨줄 때까지 적막(寂)하고 쓸쓸함(寥)을 참고 견뎠다.

寂

쓸쓸할 **료**  **寥**(寥) 宀부/14획	

입적(入寂) : 승려의 죽음.
잠적(潛寂) : 고요하고 호젓함.
적막(寂寞) : 적적함. 고요함.

한료(閑寥) : 한가롭고 조용함.
적요(寂寥) : 적적하고 쓸쓸함.
요활(寥闊) : 텅 비고 넓음.

침묵적료 : 고요함(沈默) 속에 고요하고(寂) 또 고요(寥)하다. 벼슬에서 물러난 사람의 처신에 대하여 말하고 있다.

	구할 **구**
구즉득지 무엇을 구하면 이를 얻을 수 있다는 말.	**求**(求) 水부/7획

유비는 옛(古) 성현들의 글에서 진리를 구하고(求) 도리를 찾아(尋) 스스로를 바로 세우고

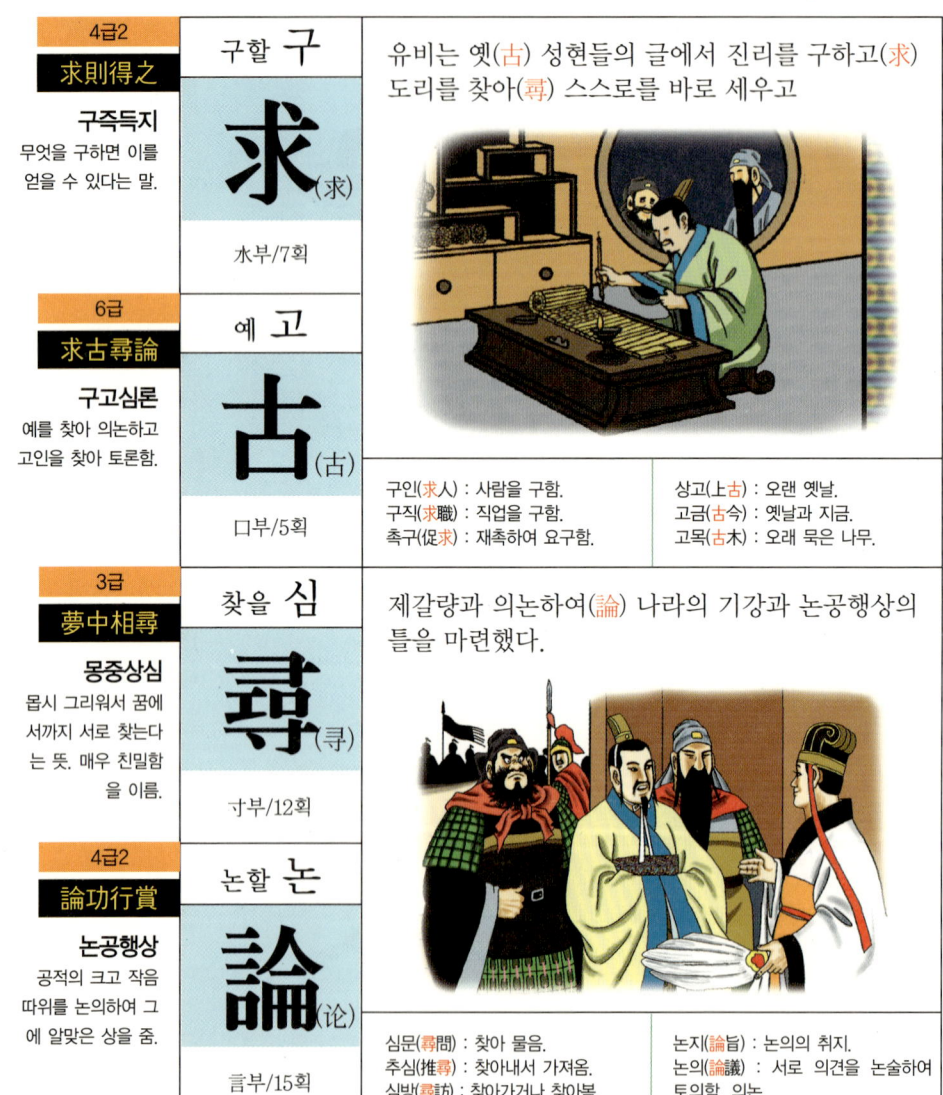

	예 **고**
구고심론 예를 찾아 의논하고 고인을 찾아 토론함.	**古**(古) 口부/5획

구인(求人) : 사람을 구함.　　　상고(上古) : 오랜 옛날.
구직(求職) : 직업을 구함.　　　고금(古今) : 옛날과 지금.
촉구(促求) : 재촉하여 요구함.　고목(古木) : 오래 묵은 나무.

	찾을 **심**
몽중상심 몹시 그리워서 꿈에 서까지 서로 찾는다 는 뜻. 매우 친밀함 을 이름.	**尋**(尋) 寸부/12획

제갈량과 의논하여(論) 나라의 기강과 논공행상의 틀을 마련했다.

	논할 **논**
논공행상 공적의 크고 작음 따위를 의논하여 그 에 알맞은 상을 줌.	**論**(论) 言부/15획

심문(尋問) : 찾아 물음.　　　논지(論旨) : 논의의 취지.
추심(推尋) : 찾아내서 가져옴.　논의(論議) : 서로 의견을 논술하여
심방(尋訪) : 찾아가거나 찾아봄.　　　　　　토의함. 의논.

구고심론 : 고대(古) 성현들의 글에서 진리를 구하고(求) 그 도리를 찾아(尋) 논의하고(論)

흘을 **산** **散**(散) 攴부/12획	그러고는 산만한(散) 국정을 바로잡고 여러가지 심려했던(慮) 것들을 해결했다.

생각할 **려** **慮**(慮) 心부/15획	

분산(分散) : 따로따로 흩어짐.
산책(散策) : 가벼운 기분으로 바람을 쐬며 이리저리 거닒.

심려(心慮) : 근심함.
배려(配慮) : 도와주거나 보살펴주려고 마음을 씀.

거닐 **소** **逍**(逍) 辵부/11획	일련의 이러한 일들을 끝내고는 간혹 정원을 거닐며(逍) 소풍(逍)을 즐기는 여유를 갖기도 했다.

거닐/멀 **요** **遙**(遙) 辵부/14획	

소풍(逍風) : 산책.
소요(逍遙) : 자유롭게 이리저리 슬슬 거닐며 돌아다님.

요원(遙遠) : 아득히 멂.
요망(遙望) : 멀리 바라보거나 멀리서 바람봄.

산려소요 : 염려(慮)되는 세상일을 잊어(散)버리고 자연 속에서 한가하게 즐긴다(逍遙). 옛것에서 진리를 구하면 산만했던 생각이 없어지고 달인의 경지에 도달할 수 있다는 말이다.

195

기뻐할 **흔**

흔흔낙락

매우 기뻐하며 즐거
워함.

欣(欣)

欠부/8획

아뢸 **주**

선나후주

죄지은 사람을 우선
잡아놓고 나서 임금
에게 아뢰던 일.

奏(奏)

大부/9획

포갤 **루**

누란지위

알을 포개놓듯이 위
태로움.

累(累)

糸부/11획

보낼 **견**

소견세월

하는 일 없이 세월
을 보냄.

遣(遣)

辶부/14획

유비는 적들을 물리치겠다는 제갈량의 주청(奏)에
기쁨(欣)을 감출 수 없었다.

흔쾌(欣快) : 기쁘고도 상쾌함.
흔연(欣然) : 기쁘거나 반가워 기분
이 좋음.

독주(獨奏) : 혼자 악기를 연주하는 것.
연주(演奏) : 악기를 다루어 곡을 표
현하거나 들려주는 일.

외침(外侵)으로 인한 누적(累)된 피로감을 쫓아 보
낼(遣) 수 있는 승전 소식을 기다리며

누적(累積) : 포개져 쌓임.
연루(連累) : 남이 저지른 범죄에
연관됨.

발견(發遣) : 할 일을 맡겨서 보냄.
파견(派遣) : 어떤 일이나 임무에 따
라 어느 곳에 보내짐.

흔주누견 : 기쁜(欣) 일은 아뢰고(奏) 누적(累)된 나쁜 일은 내보내니(遣),

근심할 **척**  **感**(感) 心부/15획	제갈량이 겪을 괴롭고(感) 힘든 일들이 말끔히 물러가고(謝) 평화가 찾아왔으면 했다.

척척하다(感感-) : 근심하는 빛이 있다.
친척(親感) : 친족과 외척을 아울러 이르는 말.

감사(感謝) : 고마움을 나타내는 인사.
사과(謝過) : 자기의 잘못을 인정하고 용서를 빎.

물러날 **사**  **謝**(谢) 言부/17획	

기쁠 **환**  **歡**(欢) 欠부/22획	그래서 승전하고 돌아오는 날, 그를 초대(招)하여 기쁨을 (歡) 함께 하고 싶었다.

환희(歡喜) : 크게 기뻐함.
환영(歡迎) : 오는 사람을 기쁜 마음으로 반갑게 맞음.

초래(招來) : 어떤 결과를 가져오게 함.
초혼(招魂) : 사람이 죽었을 때 그 혼을 소리쳐 부르는 일.

부를 **초**  **招**(招) 手부/8획	

感謝歡招

척사환초
심중의 슬픈 것은 없어지고 즐거움이 다가옴.

4급2
新進代謝

신진대사
묵은 것이 없어지고 새것이 대신 생기거나 들어서는 일.

4급
歡呼雀躍

환호작약
환호성을 지르며 기뻐 날뜀.

4급
招之不來

초지불래
기다리고 불러도 오지 않음.

척사환초 : 슬픈(感) 일은 물러가고(謝) 기쁜(歡) 일이 찾아온다(招). 기쁘게 살아가는 방법을 제시한 말이다.

도랑 **거**

渠 (渠)

水부/12획

수도거성
물이 흐르면 자연히
개천을 이룬다는
뜻. 학문을 열심히
하면 스스로 도를
깨닫게 됨.

연꽃/멜 **하**

荷 (荷)

艸부/12획

적반하장
잘못한 사람이 도리
어 매를 든다는 뜻.
잘못한 사람이 도리
어 잘한 사람을 나
무라는 경우를 이름.

과녁 **적**

的 (的)

白부/8획

궁적상적
활과 과녁이 서로
맞았다는 뜻. 기회가
서로 잘 맞음.

지날 **력**

歷 (历)

止부/16획

역력가지
분명하게 알 수 있음.

제갈량이 돌아온 날, 유비는 연꽃(荷)이 피는 개천(渠)가 정원에 그를 초대했다.

구거(溝渠) : 개골창.
거수(渠帥) : 무리의 우두머리.
차거(車渠) : 보석처럼 아름다운 돌.

하역(荷役) : 짐을 싣고 내리는 일.
하치장(荷置場) : 쓰레기 따위를 거두어 두는 장소.

연꽃은 또렷하고 선명(的歷)한 아름다움을 한껏 뽐냈다.

적력(的歷) : 또렷하고 선명함.
목적(目的) : 실현하려고 하는 일이나 나아가는 방향.

역임(歷任) : 직위를 두루 거쳐 지냄.
역사(歷史) : 인류 사회의 변천과 흥망의 과정. 또는 그 기록.

거하적력 : 개천(渠)에 핀 연꽃(荷)은 활짝 피어 또렷하고 선명(的歷)하게 보이고

동산 **원**  **園**(园) 口부/13획	유비는 마침 관우, 장비와 함께 꽃과 풀(莽)이 무성한 도원(園)에서 결의를 맺던 날이 생각났다.

<table>
6급
</table>

6급

桃園結義

도원결의
서로 다른 사람들이
사욕을 버리고 합심
할 것을 결의함.

동산 **원** **園**(园) 口부/13획	
풀 **망** **莽**(莽) 艸부/12획	

도원(桃園) : 복숭아 밭.
원예(園藝) : 채소, 과일, 화초 따위를 심어서 가꾸는 일이나 기술.

망초(莽草) : 붓순나무. 붓순나무과의 상록 활엽 소교목.

草莽之臣

초망지신
신하가 자기 스스로
를 낮추어 이르는
말. 벼슬하지 않는
백성.

뽑을 **추** **抽**(抽) 手부/8획	그날 복숭아 꽃가지(條)는 세 사람의 결의를 축하하듯 뻗어올라(抽) 춤추듯했다.

3급

園莽抽條

원망추조
동산의 풀은 땅속
양분으로 가지가 뻗
고 크게 자람.

가지 **조** **條**(条) 木부/11획	

추출(抽出) : 뽑아냄.
추상(抽象) : 어떤 것을 무작위로 뽑아 당락이나 차례 등을 결정하는 것.

조약(條約) : 일을 해 가는 도리(道理).
조건(條件) : 어떤 일이 성립되거나 발생하는 데 갖춰야 할 요소.

4급

金科玉條

금과옥조
금옥과 같은 법률이
라는 뜻. 소중히 여
기고 꼭 지켜야 할
법이나 규정.

원망추조 : 동산(園)의 초목(莽)은 가지(條)가 뻗고(抽) 크게 자란다. 개천에 핀 연꽃과 무성하게 자라는 동산의 초목을 통해 자연의 변화를 설명하고 있다.

	비파나무 **비** 枇_(枇) 木부/8획	비취색(翠) 잎사귀를 한 비파(枇杷)나무가 겨울이 되어도 그 빛이 무성하듯이

비파나무 **비**

枇(枇)

木부/8획

비파(枇杷) 잎사귀를 한 비파(枇杷)나무가 겨울이 되어도 그 빛이 무성하듯이

비파나무 **파**

杷(杷)

木부/8획

비파(枇杷) : 비파나무의 열매.
비파주(枇杷酒) : 익은 비파를 발효시켜 만든 술.

파배(杷杯) : 손잡이가 달린 술잔.
파속(杷束) ; 노밭의 결세의 단위인 줌과 못.

늦을 **만**

晚(晚)

日부/11획

만년(晚)이 가까워도 그들의 의리와 충성심의 변함없음에 유비는 늘 감격하고 있었다.

晚

만추(晚秋) : 늦가을.
만찬(晚餐) : 저녁에 먹기 위해 차린 음식.

취광(翠光) : 푸른빛.
취선(翠扇) : 푸른색의 부채.
취옥(翠玉) : 에메랄드. 비취옥.

비취색 **취**

翠(翠)

羽부/14획

비파만취 : 비파(枇杷)나무는 늦게까지(晚) 비취색을 띠고(翠) 있지만

오동나무 **오**  木부/11획	오동(梧桐)잎이 떨어지듯 군웅이 활약하는 전장에서 여포는 떠나갔다.

오동나무 **오**

(梧)

木부/11획

오동나무 **동**

(桐)

木부/10획

오동(梧桐)잎이 떨어지듯 군웅이 활약하는 전장에서 여포는 떠나갔다.

桐

오동(梧桐) : 오동나무의 준말.
오추(梧秋) : 오동나무의 잎이 지는 가을이란 뜻으로, 음력 칠월을 이름.

벽오동(碧梧桐) : 벽오동과에 속하는 오등나무의 일종.

2급
梧桐一葉
오동일엽
오동나무 한 잎이란 뜻. 오동잎 하나가 떨어지는 것을 보고 가을이 왔음을 앎.

2급
梧桐斷角
오동단각
부드러운 것이 능히 강한 것을 이김을 비유.

일찍 **조**

(早)

日부/6획

시들 **조**

(凋)

冫부/10획

군웅의 대열에서 빨리(早) 사라져(凋) 갔지만 그의 무용은 누구보다 뛰어났다.

조조(早朝) : 이른 아침.
조기(早期) : 어떤 기한이 빨리 옴.
조로(早老) : 나이에 비해 빨리 늙음.

조상(凋傷) : 시들어 상함.
조락(凋落) : 초목의 잎이 시들어 떨어짐. 조사(凋謝).

4급2
時期尚早
시기상조
오히려 때가 이르다는 뜻. 아직 때가 되지 않음을 이름.

1급
梧桐早凋
오동조조
오동잎은 가을이면 다른 나무보다 먼저 마름.

오동조조 : 오동(宇宙)나무는 다른 나무보다 일찍(早) 시든다(凋). 앞에서와 마찬가지로 변함없는 자연 현상을 설명하고 있다.

여포를 비롯한 군웅들 중에는 진부하고(陳) 뿌리(根) 없는 철학으로 맡겨진(委) 임무를

新陳代謝

신진대사
묵은 것이 없어지고
새것이 대신 생기거
나 들어서는 일.

陳(陈)

阜부/11획

根

6급

事實無根

사실무근
근거가 없거나 사실
과 전혀 다름.

뿌리 근

根(根)

木부/10획

진술(陳述) : 구두로 자세히 말함.	근본(根本) : 사물이 생겨나는 근원.
진부(陳腐) : 케케묵음. 새롭지 못함.	근원(根源) : 어떤 일이 생겨나는
진정(陳情) : 사정을 아뢰어 부탁함.	본바탕.

4급

陳根委翳

진근위예
가을이 오면 오동뿐
아니라 고목의 뿌리
는 시들어 마름.

맡길 위

委(委)

女부/8획

제대로 수행하지 못하면서도 참 영웅들의 활약을 가려(翳) 빛을 보지 못하게 한 경우가 많았다.

雲翳

운예
햇빛을 가린 구름의
그늘이나 그 그림자.

가릴 예

翳(翳)

羽부/17획

위탁(委託) : 맡기어 부탁함. 의뢰함.	엄예(掩翳) : 가리워 숨김.
위촉(委囑) : 어떤 일을 다른 사람에	흑예(黑翳) : 검은 그림자.
게 부탁하여 맡김.	원예(圓翳) : 눈병의 한 가지.

진근위예 : 가을이 깊어지면 고목(陳)의 뿌리(根)는 시들어(委) 마르고(翳),

떨어질 **락**  **落**(落) 艸부/13획	그들 중에는 낙엽(落葉)처럼 떨어져간 동탁, 원소, 유표 등으로 끝내는

잎 **엽** **葉**(叶) 艸부/13획	

등락(騰落) : 물가의 오르내림.
 낙후(落後) : 문화나 기술 또는 생활 등의 수준이 뒤떨어지는 것.

지엽(枝葉) : 가지와 잎.
 엽서(葉書) : 우편엽서의 준말.
 엽차(葉茶) : 차나무의 잎을 달인 차.

나부낄 **표** **飄**(飘风) 風부/20획	바람에 나부끼듯(飄飆) 역사 속으로 사라져 갔다.

날아오를 **요** **飆**(飘风) 風부/19획	

표박(飄泊) : 흘러 떠돎.
 표연(飄然) : 바람에 가볍게 팔랑 나부끼는 모양.

낙엽표요 : 낙엽(落葉)은 떨어져 이리저리 나부낀다(飄飆). 앞의 페이지에 이어 자연의 섭리를 설명하고 있다.

곤붕(鯤鵬) : 상상 속의 새이며 새 중에서 가장 크다. 어둡고 끝이 보이지 않는 북쪽 바다에 곤(鯤)이라는 큰 물고기가 있었는데 그 크기가 몇천 리가 될 정도였으며 이 물고기가 변해 곤붕이 되었다. 날개 길이가 몇천 리나 되고, 한 번 날면 하늘을 뒤덮은 구름과 같았으며 3천 리를 날갯짓으로 9만 리를 올라가서 6개월을 날고 나서야 한 번 쉬었다고 한다.

4급 優遊自適 **우유자적** 편안하고 한가롭게 마음대로 즐김.	놀 유  遊(游) 辵부/13획	붕새(鯤)는 한 번의 날갯짓으로 3천 리를 날아올라 천하를 유람(遊)한다. 
遊鯤獨運 **유곤독운** 곤어는 북해의 큰 고기이며 홀로 창해 를 헤엄쳐 놂.	곤이 곤  鯤(鯤) 魚부/19획	유람(遊覽) : 돌아다니며 구경함.　곤이(鯤이) : 물고기 알. 유세(遊說) : 자기 의견 또는 자기 소　곤붕(鯤鵬) : 장자에 나오는 상상 속 속 정당의 주장을 선전하며 돌아다님.　의 큰 새.
5급 獨不將軍 **독불장군** 혼자 잘난 체하며 모든 일을 처리하는 사람.	홀로 독 獨(独) 犬부/16획	푸른 하늘에 떠올라 독불장군처럼 홀로(獨) 한 번 움직여(運) 
6급 運到時來 **운도시래** 무슨 일이나 그 일 을 이룰 수 있는 운 수와 때가 옴.	움직일 운 運(运) 辵부/13획	독립(獨立) : 남의 도움 없이 홀로 섬.　운행(運行) : 운전하여 다님. 독선(獨善) : 자기 혼자만 옳다고 믿　운명(運命) : 앞으로의 존망이나 생 으며 행동함.　사에 관한 처지.

유곤독운 : 천하를 유람(遊)하듯 나는 붕새(鯤)는 하늘을 홀로(獨) 운행(運)하며

봉추(鳳雛) : 봉황의 새끼라는 뜻으로 지략이 뛰어난 사람을 비유하는 말이며 유비의 전략가인 방통의 별칭이기도 하다.

업신여길 능  凌(凌) 冫부/10획	9만 리 상공을 단숨에 날아 오른다. 세상을 마음대로 침범하여 핍박(凌摩)하듯이 	1급 凌雲之志 능운지지 높이 세상 밖에 초탈하려거나 속세를 떠나려는 마음.
문지를 마  摩(摩) 手부/15획	능멸(凌蔑) : 업신여겨 깔봄. 능마(凌摩) : 침범하여 핍박함. 같은 말 능핍(凌逼). 마멸(摩滅) : 갈려서 닳아 없어짐. 마찰(摩擦) : 두 물체가 서로 닿아 비벼짐. 또는 그렇게 함.	2급 摩拳擦掌 마권찰장 기운을 모아 돌진할 태세를 갖추고 기회를 엿봄.
깊게 붉을 강  絳(绛) 糸부/12획	노을 빛 붉은(絳) 하늘(霄)을 마음껏 휘젓는다. 제갈량의 대활약에 비유된다. 	凌摩絳霄 능마강소 곤어가 봉새로 변하여 한번 날면 구천에 이름.
하늘 소  霄(霄) 雨부/15획	강포(絳袌) : 교령(敎領)을 내림. 강장(絳帳) : 붉은 빛깔의 휘장. 스승의 자리.	층소(層霄) : 높은 하늘. 단소(丹霄) : 붉게 물든 하늘. 소양(霄壤) : 하늘과 땅, 천지.	霄壤之差 소양지차 하늘과 땅 사이와 같이 엄청난 차이를 이름.

능마강소 : 붉은(絳) 하늘(霄)을 거리낌없이(凌摩) 날아다닌다. 청운의 꿈을 지닌 사람은 각각 때가 있다는 것을 비유한 말이다.

왕충(王充) : 후한의 사상가(27~100?). 자는 중임. 자유주의적 사상을 지녔으며 신비적 사상이나 속된 신앙, 유교적인 권위를 비판하고 언론의 자유를 주장했다. 저서에 논형〈論衡〉이 있다.

2급		
耽美主義	즐길 **탐**	남달리 독서(讀)에 탐닉(耽)했던 왕충은 집이 가난해 책을 사서 볼 수 없자,
탐미주의 19세기 후반에 유럽에 나타난 문예사조.	**耽**(耽) 耳부/10획	
6급		
讀書三昧	읽을 **독**	
독서삼매 다른 생각은 전혀 하지 않고 오직 책 읽기에만 골몰하는 경지.	**讀**(読) 言부/22획	탐독(耽讀) : 글읽기에 빠짐. 탐닉(耽溺) : 어떤 일에 지나치게 빠짐. / 독서(讀書) : 책을 읽음. 독본(讀本) : 글을 읽어서 익히기 위한 책.
	갖고 놀 **완**	집에서 먼 낙양의 시장(市)까지 걸어가 서점 앞에 서 놀며(翫) 책을 읽었다.
耽讀翫市		
탐독완시 독서하기 위해 시내 서점에 가서 탐독함.	**翫**(翫) 羽부/15획	
7급	저자 **시**	
市井之徒		
시정지도 시가에 사는 방탕한 무리.	**市**(市) 巾부/5획	전완(展翫) : 펼쳐서 보고 즐김. 완롱(翫弄) : 장난감이나 놀림감처럼 희롱함. / 시민(市民) : 도시의 주민. 시장(市場) : 여러 가지 상품을 팔고 사는 장소.

탐독완시 : 왕충이 독서(讀)를 즐겨(耽) 시내(市) 서점에서 책을 갖고 놀며(翫)

부칠 우  寓(寓) ⌂부/12획	한 번 책에 눈을 붙여(寓) 주목(目)한 내용은 절대로 잊지 않았고

| 눈 목  目(目) 目부/5획 | |

우화(寓話) : 동식물 등에 풍자적으로 빗대어 엮은 이야기.
*여기서는 '붙이다'로 쓰임.

목전(目前) : 눈앞. 지금.
목적(目的) : 이루려 하는 일.
주목(注目) : 시선을 모아 봄.

| 주머니 낭  囊(囊) 口부/22획 | 주머니(囊)나 상자(箱)에 넣어두듯했다. 관우도 왕충 못지 않은 독서가였다. |

| 상자 상  箱(箱) 竹부/15획 | |

심낭(心囊) : 염통 주머니.
배낭(背囊) : 물건을 넣어 등에 질 수 있도록 주머니처럼 만든 것.

피상(皮箱) : 책을 넣는 상자.
상자(箱子) : 나무나 판자 따위로 만든 그릇.

1급
寓目囊箱
우목낭상
글을 주머니나 상자에 둠과 같다고 하였음.

6급
目不識丁
목불식정
고무래를 보고도 정(丁)자를 알지 못함. 낫놓고 기억자를 모른다는 말.

1급
囊中之錐
낭중지추
주머니 속에 있는 송곳이 주머니를 뚫고 나오듯 역량이 있는 사람은 곧 알게 됨.

2급
箱子褶曲
상자습곡
상자 모양으로 된 땅주름.

우목낭상 : 주목(目)한 책에 눈이 가면(寓) 잊지 않게 되어 글을 주머니(囊)나 상자(箱)에 넣어두는 것과 같았다.

4급 易如反掌 **이여반장** 손바닥을 뒤집듯이 매우 쉽다는 뜻.	바꿀 **역**/쉬울 **이**  易(易) 日부/8획	군자가 가볍게(輶) 움직이고 손바닥을 뒤집듯 쉽게(易) 말하면,
易輶攸畏 **이유유외** 쉽고 가볍게 움직이는 바를 두려워함.	가벼울 **유**  輶(輶) 車부/16획	용이(容易) : 아주 쉬움. 역경(易經) : 주역을 삼경(三經)의 하나로서 일컫는 말.
攸好德 **유호덕** 오복의 하나. 도덕을 지키는 것을 낙으로 삼는 일.	바 **유** 攸(攸) 支부/7획	군자로서의 자격이 없는 바(攸) 그것을 두려워(畏)해야 한다. 
3급 後生可畏 **후생가외** 후학들이 큰 인물이 될 수 있으므로 참 으로 두렵다는 뜻.	두려워할 **외** 畏(畏) 田부/9획	유사(攸司) : 그 관청. 유호덕(攸好德) : 오복의 하나. 도덕을 지키기를 낙으로 삼는 일.	무외(無畏) : 두려움이 없음. 외복(畏伏) : 두려워 엎드림. 경외(敬畏) : 공경하고 두려워함.

이유유외 : 군자는 쉽고(易) 가볍게(輶) 움직이는 바(攸)를 두려워(畏)해야 하는데

붙을 **속**  屬(属) 尸부/21획	발 없는 말이 천 리를 가듯 귀(耳)는 사방에 깔려 있다. 그 속성(屬)을 알고 있는

귀 **이**  耳(耳.) 耳부/6획	

속성(屬性) : 사물의 특징이나 성질.   이목(耳目) : 귀와 눈. 남들의 주의.
소속(所屬) : 일정한 기관이나 단체   이순(耳順) : 나이 60세를 이름.
에 속함.

담 **원**  垣(垣) 土부/9획	조조는 담(垣)이나 울타리(墻)까지에도 정보망을 두어 은밀히 엿들었다.

墻

담 **장**  墻(墙) 土부/16획	

원장(垣墻) : 울타리, 토담.   단장(短墻) : 낮은 담.
원의(垣衣) : 담쟁이. 이끼.   월장(越墻) : 담을 넘음.
                           장벽(墻壁) : 담과 벽을 아울러 이름.

4급

耳屬于垣

이속우원

남이 듣지 않는 곳 에서도 말을 삼가라 는 뜻.

5급

耳目收拾

이목수습

남들이 관심을 가지 고 보는 여론이나 상태 따위를 좋게 수습함.

屬耳垣墻

속이원장

담장에도 귀가 있다 는 말과 같이 경솔 히 말하는 것을 조 심함.

3급

隔墻之隣

격장지린

담을 사이에 둔 가 까운 이웃.

속이원장 : 담장(垣墻)에도 귀(耳)가 붙어(屬) 있기 때문이다. "군자는 말을 함부로 하지 말라. 사람들의 귀가 담장에 붙어 있다."는 시경의 말을 인용한 말이다.

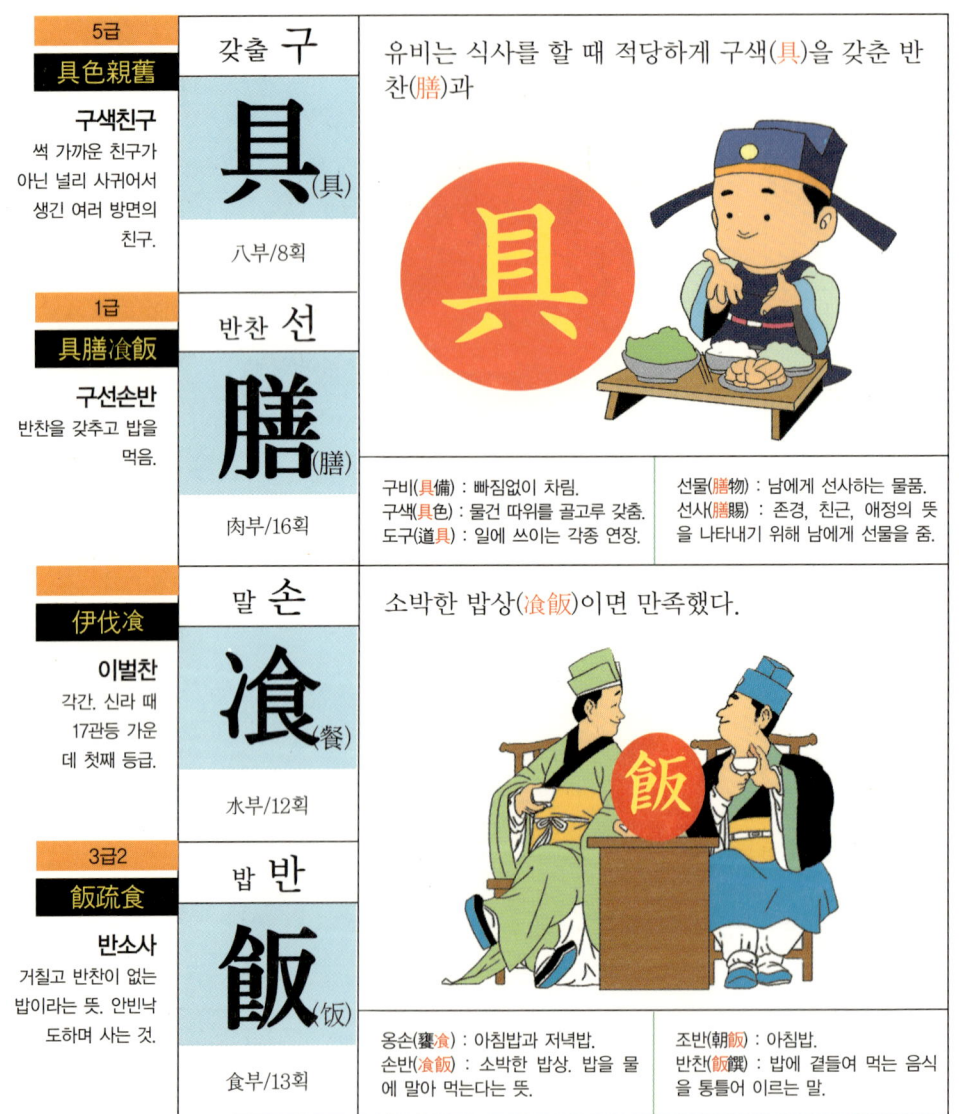

	갖출 **구** **具**(具) 八부/8획

유비는 식사를 할 때 적당하게 구색(具)을 갖춘 반찬(膳)과

구비(具備) : 빠짐없이 차림.
구색(具色) : 물건 따위를 골고루 갖춤.
도구(道具) : 일에 쓰이는 각종 연장.

선물(膳物) : 남에게 선사하는 물품.
선사(膳賜) : 존경, 친근, 애정의 뜻을 나타내기 위해 남에게 선물을 줌.

반찬 **선**
膳(膳)
肉부/16획

말 **손**
飡(餐)
水부/12획

소박한 밥상(飡飯)이면 만족했다.

밥 **반**
飯(饭)
食부/13획

옹손(饔飡) : 아침밥과 저녁밥.
손반(飡飯) : 소박한 밥상. 밥을 물에 말아 먹는다는 뜻.

조반(朝飯) : 아침밥.
반찬(飯饌) : 밥에 곁들여 먹는 음식을 통틀어 이르는 말.

구선손반 : 반찬(膳)을 갖추고(具) 밥(飯)을 먹으니(飡),

맞을 적 	구미(口)에 맞는 적당한(適) 양의 음식을 먹고	4급

適(适)

足부/15획

4급

適者生存

적자생존

생존경쟁의 결과 그 환경에 맞는 것만이 살아남고 그렇지 못한 것은 쇠퇴해가는 자연 도태의 현상.

입 구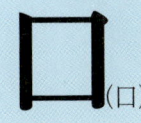

口(口)

口부/3획

7급

口密腹劍

구밀복검

겉으로는 달콤한 말을 하면서 속으로는 음험함.

적절(適切) : 꼭 알맞음.
적합(適合) : 일이나 조건 따위에 꼭 알맞음.

구미(口味) : 입맛.
식구(食口) : 한집에서 함께 살면서 끼니를 같이하는 사람.

채울 충

창자(腸)를 채우면(充) 그만인 셈이었다.

充(充)

八부/6획

3급

充然有得

충연유득

마음에 부족함이 없어 흐뭇함.

창자 장

腸(肠)

肉부/13획

4급

腸肚相連

장두상련

창자와 밥통이 잇닿았다는 뜻. 어떤 생각과 배짱이 서로 맞음.

충족(充足) : 넉넉하게 채움.
충분(充分) : 모자람이 없이 넉넉함.
보충(補充) : 모자람을 보태어 채움.

대장(大腸) : 큰 창자.
직장(直腸) : 곧은 창자. 대장의 끝에 있는 창자.

적구충장 : 좋은 음식이 아니어도 입(口)에 맞으면(適) 창자(腸)를 만족(充)시킨다. 식사는 사치스럽게 해서는 안 된다는 뜻이다.

211

飽食暖衣

포식난의

배불리 먹고 따뜻하게 입는다는 뜻. 의식(衣食)이 넉넉하게 지냄.

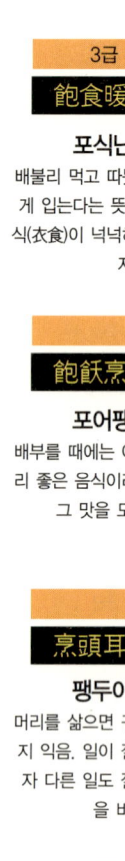

배부를 **포**

飽(饱)

食부/14획

飽飫烹宰

포어팽재

배부를 때에는 아무리 좋은 음식이라도 그 맛을 모름.

배부를 **어**

飫(饫)

食부/13획

烹頭耳熟

팽두이숙

머리를 삶으면 귀까지 익음. 일이 잘되자 다른 일도 잘됨을 비유.

삶을 **팽**

烹(烹)

火부/11획

三可宰相

삼가재상

이러하든 저러하든 모두 옳다고 함.

재상 **재**

宰(宰)

宀부/10획

맛있는 음식이라고 배부르게(飽飫) 먹는다든지

포식(飽食) : 배부르게 먹음.
포만감(飽滿感) : 넘치도록 가득 차 있는 느낌.

어문(飫聞) : 싫증이 나도록 들음.

육식요리(烹宰)를 가까이 하는 것은

팽멸(烹滅) : 죽여 멸함.
팽재(烹宰) : 동물을 죽여 삶은 것으로 '좋은 요리'를 뜻함.

재목(宰木) : 무덤가에 심는 나무.
재상(宰相) : 임금을 보필해 모든 관원을 지휘 감독하는 벼슬 이름.

포어팽재 : 음식을 배부를(飽飫) 때까지 먹으면 아무리 좋은 요리(烹宰)라도 싫증이 나고,

주릴 **기**  飢(饥) 食부/11획	3급

전쟁에 염증(厭)을 느끼고 기아(飢)에 허덕이며

飢渴滋甚
기갈자심
굶주림이 점점 더 심해짐.

無厭之慾
무염지욕
만족할 줄 모르는 끝없는 욕심.

주릴 **기**	飢(饥)	食부/11획
싫어할 **염**	厭(厌)	厂부/14획

기아(飢餓) : 굶주림.
기갈(飢渴) : 배고픔과 목마름을 아울러 이르는 말.

염증(厭症) : 싫은 생각이나 느낌.
염세(厭世) : 세상을 괴롭고 귀찮은 것으로 여겨 비관함.

보잘 것 없는 음식(糟糠)으로 살아가는 백성들에 대한 예의가 아니었다.

糟糠之妻
조강지처
지게미와 쌀겨를 함께 먹던 아내, 즉 고생을 함께 겪은 아내.

糟糠不飽
조강불포
가난하여 술찌끼와 쌀겨조차 배부르게 먹을 수 없음.

술지게미 **조**	糟(糟)	米부/17획
쌀겨 **강**	糠(糠)	米부/17획

조강(糟糠) : 지게미와 쌀겨. 가난한 사람들이 먹는 변변치 못한 음식을 이르는 말.

미강(米糠) : 쌀겨.
맥강(麥糠) : 보릿겨.
강하(糠蝦) : 젓새우.

기염조강 : 기아(飢)에 허덕이게 되면 싫어도(厭) 조강(糟糠)을 맛있게 먹게 된다. 음식은 적당하게 먹는 것이 좋다는 말이다.

<table>
<tr><td>

6급

燈火可親

등화가친
등불을 가까이 할
수 있다는 뜻, 즉 글
읽기에 좋음을 이름.

</td><td>

친할 **친**

親(亲)

見부/16획

</td><td colspan="2">

유비는 친척(親戚)과

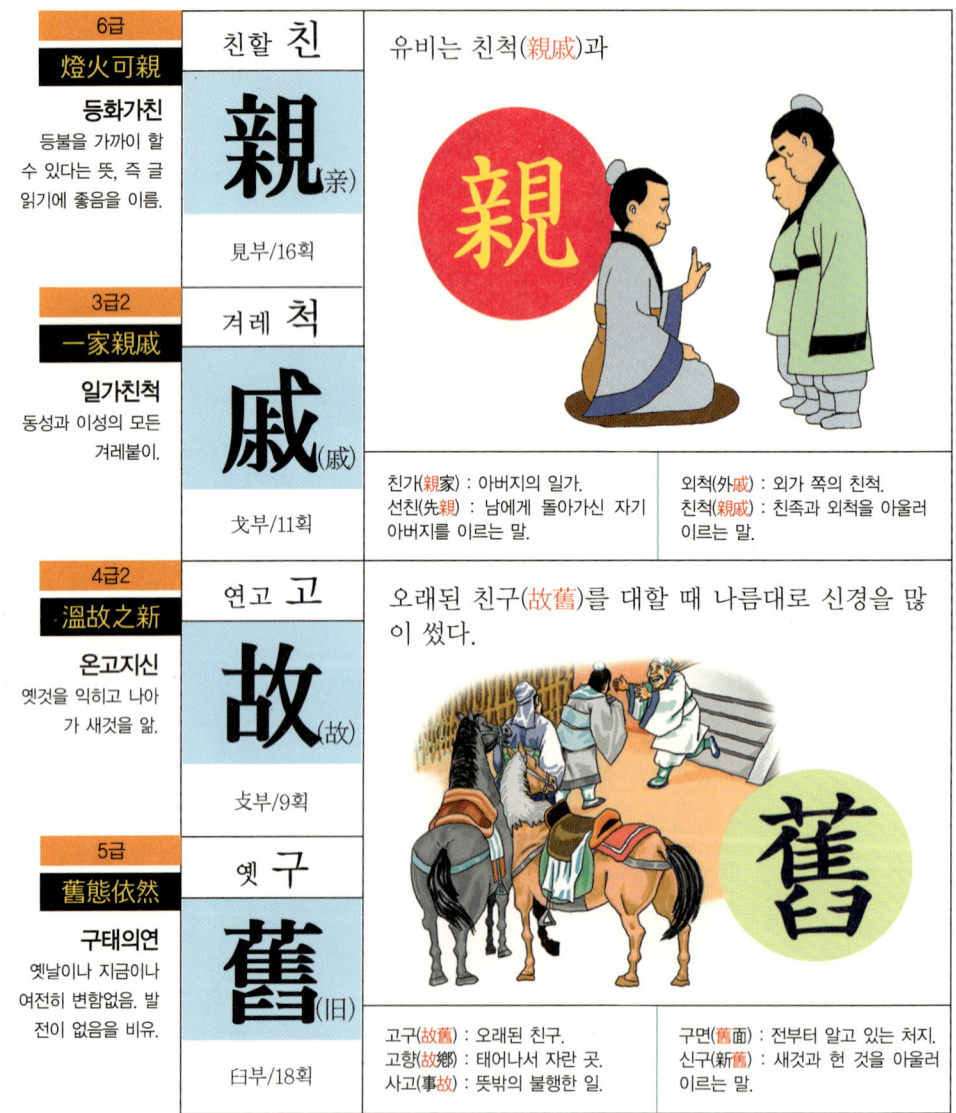

</td></tr>
<tr><td>

3급2

一家親戚

일가친척
동성과 이성의 모든
겨레붙이.

</td><td>

겨레 **척**

戚(戚)

戈부/11획

</td><td>

친가(親家) : 아버지의 일가.
선친(先親) : 남에게 돌아가신 자기
아버지를 이르는 말.

</td><td>

외척(外戚) : 외가 쪽의 친척.
친척(親戚) : 친족과 외척을 아울러
이르는 말.

</td></tr>
<tr><td>

4급2

溫故之新

온고지신
옛것을 익히고 나아
가 새것을 앎.

</td><td>

연고 **고**

故(故)

攴부/9획

</td><td colspan="2">

오래된 친구(故舊)를 대할 때 나름대로 신경을 많
이 썼다.

</td></tr>
<tr><td>

5급

舊態依然

구태의연
옛날이나 지금이나
여전히 변함없음. 발
전이 없음을 비유.

</td><td>

옛 **구**

舊(旧)

臼부/18획

</td><td>

고구(故舊) : 오래된 친구.
고향(故鄕) : 태어나서 자란 곳.
사고(事故) : 뜻밖의 불행한 일.

</td><td>

구면(舊面) : 전부터 알고 있는 처지.
신구(新舊) : 새것과 헌 것을 아울러
이르는 말.

</td></tr>
</table>

친척고구 : 친척(親戚)과 오래된(故) 친구(舊)를 소중히 여기고

늙을 로 **老**(老) 老부/6획	특히 노인(老)이 먹을 것과 소년(少)의 먹을 것을 달리하고 

7급

老益壯

노익장

늙었어도 기운이 더욱 씩씩함.

7급

少不如意

소불여의

조금도 뜻과 같지 않음.

젊을 소 **少**(少) 小부/4획	

노후(老後) : 늙어진 뒤.
노인(老人) : 나이가 들어 늙은 사람.
노모(老母) : 늙은 어머니.

소수(少數) : 적은 수효.
소년(少年) : 아주 어리지도 않고 성숙한 청년도 아닌 남자아이.

다를 이 **異**(异) 田부/11획	노인에게는 소화가 잘되는 양식(糧)을, 소년에게는 발육에 좋은 다른(異) 음식을 먹게 했다. 

4급

異路同歸

이로동귀

길은 달라도 도착하는 곳은 같음, 곧 방법은 다르지만 목표는 같다는 말.

4급

老少異糧

노소이량

늙은이와 젊은이의 식사가 다름.

양식 량 **糧**(粮) 米부/18획	

이국(異國) : 다른 나라.
이변(異變) : 예상치 못한 사태나 괴이한 변고.

양곡(糧穀) : 양식으로 쓰는 곡식.
양식(糧食) : 살아가는 데 있어 절대적으로 필요한 먹을거리.

노소이량 : 노인(老)과 소년(少)이 먹는 양식(糧)은 달리(異)해야 한다. 친척과 옛 친구를 소중히 여기고 노인에게는 소화가 잘되는 음식을, 소년에게는 발육에 좋은 음식을 먹여야 한다는 말이다.

3급	첩 **첩**	유비의 애첩(妾)인 손부인은 남편을 황제로 모시면서(御) 여장부였던 때를 잊고,
女中丈夫		
여중장부	**妾**(妾)	
여자 가운데 남자 못지 않은 여장부라는 뜻.		
	女부/8획	
3급2	모실 **어**	
御史雨		
어사우	**御**(御)	
학정에 시달린 백성들이 어사를 기다리는 마음을 말함.		
	彳부/11획	애첩(愛妾) : 사랑해 아끼는 첩. 어명(御命) : 임금의 명령. 신첩(臣妾) : 여자가 임금에게 자기를 낮추어 이르던 말. 어사(御史) : 왕명으로 특별한 사명을 띠고 지방에 파견되던 임시 벼슬.
4급	길쌈할 **적**	손수 길쌈(績紡)까지 했으며
考績幽明		
고적유명	**績**(绩)	
관리의 성적을 보고 우수한 자는 올리어 쓰는 일.		
	糸부/17획	
2급	길쌈 **방**	
妾御績紡		
첩어적방	**紡**(纺)	
남자는 밖에서 일하고, 여자는 안에서 길쌈을 함.		
	糸부/10획	성적(成績) : 일의 결과로 얻은 실적. 방적(紡績) : 실을 뽑는 일. 실적(實績) : 어떤 일을 이룬 공적이나 업적. 방직(紡織) : 실을 만드는 일과 피륙을 짜는 일.

첩어적방 : 아내(妾)는 남편을 모시고(御) 길쌈(績紡)을 하며

216

모실 시  **侍**(侍) 人부/8획	유비가 퇴청하면 수건(巾) 준비며 시중(侍)드는 것을 소홀히 하지 않았다.

3급2

層層侍下

층층시하
부모와 조부모가 다 살아계셔 모시고 사 는 것을 말함.

1급

葛巾野服

갈건야복
은사의 두건과 옷.

시녀(侍女) : 지체 높은 사람 곁에 서 시중을 들던 여자.

수건(手巾) : 얼굴이나 손이나 몸 을 씻은 뒤에 물기를 닦기 위해 만든 천.

수건 건 **巾**(巾) 巾부/3획	

휘장 유 **帷**(帷) 巾부/11획	침실(帷房)에서의 예절 또한 깍듯했다.

恃巾帷房

시건유방
유방에서 모시고 수 건을 받드니 처첩이 하는 일임.

4급2

獨守空房

독수공방
빈 방에서 혼자 잠. 부부가 별거하여 여 자가 남편 없이 혼자 지냄.

방 방 **房**(房) 戶부/8획	

유막(帷幕) : 기밀을 의논하는 곳.
유방(帷房) : 부녀자가 거처하는 방. 규방.

책방(册房) : 서점.
다방(茶房) : 찻집.
독방(獨房) : 혼자서 쓰는 방.

시건유방 : 규방(帷房)에서 수건(巾)을 들고 시중(侍)을 든다. 아내의 행동거 지가 어떠해야 하는지를 말한다.

기환자제 재산이 많고 지위가 높은 집안의 자제.	흰 비단 **환** **紈**(纨) 糸부/9획	손부인이 사용하는 흰 비단으로 만든 둥근(圓) 부채(紈扇)는 유비를 위한 것이기도 했다. 
1급 冬扇夏爐 **동선하로** 겨울의 부채, 여름의 화로. 즉 시기에 맞지 않음을 비유함.	부채 **선** **扇**(扇) 戶부/10획	기환(綺紈) : 고운 비단. 환선(紈扇) : 흰 비단으로 만든 둥근 부채. / 선상지(扇狀地) : 골짜기 어귀에서 하천에 의해 운반된 자갈과 모래가 부채 모양으로 퇴적해 이루어진 지형.
4급2 圓頭方足 **원두방족** 둥근 머리에 모난 발이라는 뜻. 곧 사람을 이름.	둥글 **원** **圓**(圆) 口부/13획	청결하고(潔) 원만한(圓) 마음씨는 유비에게 영향을 받은 것이기도 했다.
4급2 淸廉潔白 **청렴결백** 마음이 맑고 깨끗하며 탐욕이 없음.	깨끗할 **결** **潔**(洁) 水부/15획	원형(圓形) : 둥근 모양. 원만(圓滿) : 성격이나 행동이 모나지 않고 너그러움. / 청결(淸潔) : 맑고 깨끗함. 순결(純潔) : 잡된 것이 섞이지 않고 깨끗함.

환선원결 : 흰 비단으로 만든 부채(紈扇)는 둥글고(圓) 청결(潔)했으며

은 은  銀(银) 金부/14획	은은한 촛불(銀燭)을 밝히자 아름다운 손 부인의 얼굴과

銀

촛불 촉  燭(烛) 火부/17획	은행(銀杏) : 은행나무의 열매. 은색(銀色) : 은의 빛깔과 같이 번쩍이는 색. / 촉대(燭臺) : 초를 세워 놓는 기구. 촉루(燭淚) : 초가 탈 때 녹아내리는 기름.

빛날 위  煒(炜) 火부/13획	잘 꾸며진 방안이 아름답게 빛났다(煒煌).

빛날 황  煌(煌) 火부/13획	돈황(敦煌) : 중국에 있는 지명. 황황(煌煌) : 번쩍번쩍 밝게 빛나는 모양.

6급
銀河鵲橋
은하작교
7월 칠석에 은하수에 놓는다는 까막까치의 다리.

3급
燭刻場中
촉각장중
초에 금을 새겨 글을 짓게 하는 과거 시험장 안이라는 뜻. 정한 기한이 바싹 다가옴을 이름.

銀燭煒煌
은촉위황
은촛대의 촛불은 빛나서 휘황찬란함.

1급
輝煌燦爛
휘황찬란
광채가 나서 눈부시게 반짝임.

은촉위황 : 은빛(銀) 촛대(燭)의 촛불은 아름답게 빛났다(煒煌). 중국 가정에서 흔히 볼 수 있는 가재도구인 둥근 부채와 은촛대의 아름다움을 설명하고 있다.

주경야독
낮에는 농사를 짓고
밤에는 공부함.

晝(昼)

日부/11획

조조는 늙어서 두통으로 잠(眠)을 못 이루어 밤낮(晝)으로 고생했다.

3급2	잘 면
猫鼠同眠	

묘서동면
쥐와 고양이가 함께
잔다는 뜻. 상하가
부정하게 결탁하여
나쁜 짓을 함.

眠(眠)

目부/10획

백주(白晝) : 대낮.
주야(晝夜) : 밤낮.
주간(晝間) : 낮 동안.

숙면(熟眠) : 잠이 깊이 듦.
불면(不眠) : 잠을 자지 못함.
영면(永眠) : 영원히 잠듦. 죽음.

7급	저녁 석
朝變夕改	

조변석개
계획이나 결정 따위
를 자주 바꾸는 것.

夕(夕)

夕부/3획

저녁(夕)에 잠잘 때 심한 잠꼬대(寐)로 시종들을 불안하게 하기도 했다.

1급	잘 매
寤寐不忘	

오매불망
자나깨나 잊지 못함.

寐(寐)

宀부/12획

추석(秋夕) : 한가위.
조석(朝夕) : 아침 저녁.
석양(夕陽) : 저녁때의 햇빛.

매어(寐語) : 잠꼬대.
오매(寤寐) : 자나 깨나.
몽매(夢寐) : 잠을 자며 꿈을 꿈.

주면석매 : 주간(晝)에는 낮잠(眠)을 자고 저녁(夕)에는 긴 잠을 자는데(寐),

쪽 **람**
**藍**(蓝)
艸부/18획

죽순 **순**
筍(笋)
竹부/12획

코끼리 **상**
象(象)
豕부/12획

평상 **상**
床(床)
广부/7획

그래서 쪽빛(藍)나는 대자리(筍)에서 잠을 자보기도 했지만 허사였다.

남포(藍袍) : 남빛의 내의.
남색(藍色) : 파랑과 보라의 중간색.
남청(藍靑) : 짙은 검 푸른 빛. 쪽빛.

순피(筍皮) : 죽순의 껍질.
죽순(竹筍) : 대나무의 땅속 줄기에서 돋아나는 어리고 연한 싹.

마침내 조조는 상아(象)로 만든 아름다운 침상(床)에 누워 한많은 생을 마감했다.

표상(表象) : 본보기.
상아(象牙) : 코끼리의 엄니.
상형(象形) : 사물의 형상을 본뜸.

침상(寢床) : 누울 수 있는 평상.
책상(冊床) : 책을 읽거나 글씨를 쓰는 데 받치고 쓰는 상.

2급
藍田出玉

남전출옥
용모가 아름다움.

1급
雨後竹筍

우후죽순
어떤 일이 일시에 많이 일어남.

4급
有象無象

유상무상
형체가 있는 것과 없는 것을 이름. 천지간에 있는 모든 물체.

4급2
同床異夢

동상이몽
겉으로는 같이 행동하면서 속으로는 딴 생각을 함.

남순상상 : 침실에는 푸른(藍) 대쪽을 엮어 만든 대자리(筍)와 상아(象)로 만든 아름다운 침상(床)도 있다. 중국인 특유의 여유작작한 침실 문화를 설명하고 있다.

朝歌夜絃	줄 **현**

조가야현

밤낮을 가리지 않고 음악을 즐기면서 노는 것.

絃(弦)

糸부/11획

동탁은 초선이에게 거문고처럼 생긴 현악기(絃)에 맞춰 노래(歌)를 부르게 하는가 하면

四面楚歌 노래 **가**

사면초가

사방에서 들리는 초나라의 노래라는 뜻. 누구의 도움도 받을 수 없는 고립된 상태에 빠짐.

歌(歌)

欠부/14획

현삭(絃索) : 가야금, 거문고 등의 줄.
관현악(管絃樂) : 관악기, 타악기, 현악기 따위로 함께 연주하는 음악.

가창(歌唱) : 노래를 부름.
가수(歌手) : 노래를 부르는 일이 직업인 사람.

酒池肉林 술 **주**

주지육림

술이 못을 이루고 고기가 수풀을 이룬다는 뜻. 매우 호화스럽고 방탕한 생활을 이름.

酒(酒)

酉부/10획

잔치(讌)를 열어 술(酒)을 마시며 미녀들을 희롱하기도 했다.

絃歌酒讌 잔치 **연**

현가주연

거문고를 타며 술과 노래로 잔치함.

讌(讌)

言부/23획

음주(飮酒) : 술을 마심.
주량(酒量) : 견딜 수 있을 만큼 마시는 술의 분량.

연음(讌飮) : 연석에서 술을 마심.

현가주연 : 현(絃)을 뜯고 노래(歌)를 부르며 주연(酒讌)을 베풀면

접할 접 	동탁은 미녀가 바치는(接) 술잔(杯)과 교태에 국정은 제대로 돌보지 않고

破器相接

파기상접
깨어진 그릇 조각을
서로 맞춤.

接(接)

手部/11획

잔 배

杯(杯)

木部/8획

3급

杯中蛇影

배중사영
술잔 속에 비친 뱀
의 그림자를 보고
놀라 병을 얻게 됨.

접대(接待) : 손님을 맞아서 대접함.
간접(間接) : 중간에 매개물을 통해서 접촉됨.

건배(乾杯) : 서로 경사를 축하하거나 행운을 기원하면서 잔을 높이 들어 마시는 일.

들 거

舉(举)

手部/18획

잔 상

觴(觞)

角부/18 획

술잔(觴)을 높이 쳐들고(舉) 유흥을 위한 건배 제의에 바빴다.

5급

舉案齊眉

거안제미
밥상을 눈썹 높이로
들어 공손히 남편
앞에 가지고 간다는
뜻. 남편을 깍듯이
공경함을 이름.

1급

一觴一詠

일상일영
한 잔 술을 마시고
한 수의 시를 읊음.

거국(舉國) : 온 나라. 국민 전부.
거수(舉手) : 손을 위로 들어올림.
거동(舉動) : 나서서 움직이는 태도.

옥상(玉觴) : 옥으로 만든 술잔.
남상(藍觴) : 모든 사물의 시발점을
가리키는 말.

접배거상 : 술잔(杯)을 받아(接) 들고(舉) 흥을 돋군다. 연회장에서 흔히 벌어
지는 장면을 설명하고 있다.

3급	
矯枉過直	
교왕과직	
잘못을 바로잡으려 다 지나쳐 오히려 일을 그르침.	

바로잡을 교

矯(矫)

矢부/17획

초선이가 손(手)을 들어(矯) 춤사위를 갖추면서

교도(矯導) : 바로잡아 인도함.
*여기서는 '들다'의 뜻으로 쓰임.

수중(手中) : 손 안.
수족(手足) : 손과 발.
세수(洗手) : 얼굴을 씻음.

7급
手不釋卷

수불석권
손에서 책을 놓을
사이도 없이 독서함.

손 수

手(手)

手부/4획

2급
頓首再拜

돈수재배
머리를 땅에 닿도록
조아려 절을 두 번
함. 경의를 뜻함.

조아릴 돈

頓(顿)

頁부/13획

발(足)을 사뿐사뿐 움직이며(頓) 춤을 추었다.

정돈(整頓) : 가지런히 바로잡음.
돈족(頓足) : 발을 동동 구름. 제자
리 걸음을 함.

풍족(豊足) : 매우 넉넉함.
족쇄(足鎖) : 죄인의 발목에 채우던
쇠사슬.

7급
足不履地

족불리지
발이 땅에 닿지 않
을 정도로 급하게
도망감.

발 족

足(足)

足부/7획

교수돈족 : 잔치에서 손(手)을 들고(矯) 발(足)을 사뿐사뿐 움직이는(頓)
것은

기쁠 **열** **悅**(悅) 心부/10획	구차(且)스럽게 기쁜(悅) 표정을 짓거나 즐거워 (豫)하는 것은 

미리 **예** **豫**(豫) 豕부/16획	

열애(悅愛) : 즐거이 사랑함.　　예방(豫防) : 미리 막음.
희열(喜悅) : 기쁨과 즐거움.　　예측(豫測) : 앞으로의 일을 미리 짐
열락(悅樂) : 기뻐하고 즐거워함.　　작함. *여기서는 '즐기다'로 쓰임.

또 **차** **且**(且) 一부/5획	동탁의 강녕(康)을 위함이 아니라 충신들처럼 나 라에 대한 충정 때문이었다. 

편안 **강** **康**(康) 广부/11획	

구차(苟且) : 살림이 매우 가난함.　　건강(健康) : 몸과 마음이 튼튼함.
차치(且置) : 내버려두고 문제삼지　　강녕(康寧) : 몸이 건강하고 마음이
않음.　　편안함.

열예차강 : 기쁘고(悅) 즐거우며(豫) 또한(且) 강녕(康)을 위함이다. 잔치 분
위기를 설명하고 있다.

1급 **嫡後嗣續** **적후사속** 적자된 자, 즉 장남 은 뒤를 계승하여 대를 이룸.	정실 적 **嫡**(嫡) 女부/14획	유비의 적자(嫡)인 유선은 후계자(後)로서 유비가 죽자,

적자(嫡子) : 정실이 낳은 자식.
적실(嫡室) : 정실(正室) 아내를 첩에 상대하여 이르는 말.

후사(後嗣) : 대를 잇는 자식.
후계자(後繼者) : 어떤 일이나 사람의 뒤를 잇는 사람.

7급
後生可畏
후생가외
후진들이 선배들보다 학문을 닦음에 따라 앞설수 있으므로 두렵다는 말.

뒤 후

後(後)

彳부/9획

1급
嗣續之望
사속지망
대를 이을 희망.

이을 사

嗣(嗣)

口부/13획

대를 이어(嗣續) 촉나라의 황제에 즉위하면서

4급2
狗尾續貂
구미속초
담비 꼬리가 모자라 개 꼬리로 잇는다는 뜻. 좋은 것 다음에 나쁜 것을 이음.

이을 속

續(续)

糸부/21획

후사(後嗣) : 대를 잇는 자식.
사속(嗣續) : 집안이나 아버지의 대를 이음.

속출(續出) : 계속하여 나옴.
상속(相續) : 다음 차례에 이어주거나 이어받음.

적후사속 : 적자(嫡)는 후사(後)로서 대를 이어야(嗣續)하며

| 제사 제  祭(祭) 示부/11획 | 모든 만조백관들과 함께 유비를 기리는 제사(祭祀)를 지냈는데,  | 4급2 冠婚喪祭 관혼상제 관례, 혼례, 상례, 제례의 네 가지 예. |

모든 만조백관들과 함께 유비를 기리는 제사(祭祀)를 지냈는데,

4급2

冠婚喪祭

관혼상제
관례, 혼례, 상례,
제례의 네 가지 예.

제사 제 祭(祭) — 示부/11획
제사 사  祀(祀) — 示부/8획

제단(祭壇) : 제사를 지내는 단.
제례(祭禮) : 제사를 지내는 예법이나 예절.

제사(祭祀) : 신령이나 죽은 사람의 넋에게 음식을 차려놓고 정성을 나타냄.

3급2

無嗣鬼神

무사귀신
자손이 죽어서 제사를 받들 사람이 없게 된 귀신.

찔 증 蒸(蒸) — 艸부/14획

겨울에는 증(蒸)이라는 제사를, 가을에는 상(嘗)이라는 제사를 지냈다.

3급2

雲蒸龍變

운증용변
물이 증발해 그름이 되고 뱀이 변해 용이 되어 승천한다는 말. 영웅 호걸이 기회를 얻어 흥성함.

훈증(薰蒸) : 찌는 듯이 무더움.
증발(蒸發) : 어떤 물질이 액체 상태에서 기체 상태로 변함.

맛볼 상  嘗(嘗) — 口부/14획

상미(嘗味) : 맛을 봄.

3급

嘗糞之徒

상분지도
똥을 맛보듯 부끄럼 없이 아첨하는 사람이나 무리를 비유.

제사증상 : 제사(祭祀)에는 겨울에 지내는 증(蒸)이 있고, 가을에 지내는 상(嘗)이 있다.

조아릴 **계**

稽(稽)

禾부/16획

학문이 넓고 지식이
많음.

이마 **상**

顙(顙)

頁부/19획

계상배언
머리를 조아려 사
룀. 상제가 편지 첫
머리나 자기 이름
다음에 씀.

제사를 지낼 때의 절은 이마(顙)를 조아려(稽)

계고(稽古) : 옛일을 상고함.
계상(稽顙) : 극진히 존경하여 이
마가 땅에 닿도록 몸을 굽혀 절함.

박상(博顙) : 넓은 이마.
황상어(黃顙魚) : 퉁가릿과의 민물
고기. 자가사리.

다시 **재**

再(再)

冂부/6획

재삼사지
여러 번 재차 되풀
이해 생각함.

한 번 하고 난 뒤 다시(再) 한 번 더 절(拜)하며

절 **배**

拜(拜)

手부/9획

백배치하
여러 번 절하면서
칭찬하여 축하함.

재배(再拜) : 두 번 절을 함.
재고(再考) : 다시 한 번 자세하게
생각함.

참배(參拜) : 신이나 부처에게 배례함.
세배(歲拜) : 섣달 그믐이나 정초에
웃어른께 인사로 하는 절.

계상재배 : 제사를 지낼 때에는 이마(顙)를 조아려(稽) 재배(再拜)하면서

| 두려울 송  悚(悚) 心부/10획 두려워할 구 懼(懼) 心부/21획 | 망자에게 송구(悚懼)스럽고  | 1급 |

망자에게 송구(悚懼)스럽고

죄송(罪悚) : 죄스럽고 송구스러움.
송구(悚懼) : 두려워서 마음이 몹시 거북함.

긍구(兢懼) : 삼가고 두려워하는 것.
의구심(疑懼心) : 의심하고 두려워하는 마음.

1급
毛骨悚然
모골송연
아주 끔찍한 일을 당할 때 두려워 몸이나 털이 곤두섬.

3급
喜懼之心
희구지심
한편으로 기쁘면서 한편으로는 두려운 마음.

황공(惶恐)하게 생각해야 한다.

恐(恐) 心부/10획
두려울 황
惶(惶) 心부/12획

공포(恐怖) : 두렵고 무서움.
공처가(恐妻家) : 아내에게 눌려 지내는 남자를 일컫는 말.

황겁(惶怯) : 겁이 나고 두려움.
황공(惶恐) : 지위나 위엄에 눌려 몸둘 바를 모름.

3급2
可恐可笑
가공가소
두렵기도 하고 우스꽝스럽기도 함.

1급
惶恐無地
황공무지
지위나 위엄에 눌려서 두렵고 무서움.

송구공황 : 고인에게 송구(悚懼)스럽고 황공무지(惶恐)한 마음으로 임해야 한다. 제사를 지내는 의식과 마음가짐을 이르는 말이다.

牋牒簡要 **전첩간요** 글과 편지는 간략함을 요함.	종이 **전** **牋**(牋) 片부/12획

제갈량은 편지(牋)나 공문서(牒)를 보낼 때

*윗사람에게 쓰는 편지를 '전(牋)'이라 하고, 같은 수준의 사람에게 쓰는 편지는 '첩(牒)'이라 함.

이첩(移牒) : 다른 곳으로 다시 알림.
청첩(請牒) : 경사에 손님을 초청하는 글발.

1급 家牒 **가첩** 한 집안의 혈통적 계통을 적은 보첩.	편지 **첩** **牒**(牒) 片부/13획

4급 簡髮而櫛 **간발이즐** 터럭을 한 가닥씩 골라서 빗음. 매우 좀스런 행동을 비유.	간략할 **간** **簡**(簡) 竹부/18획

매우 간결(簡)하면서도 상대방이 궁금한 요점(要)만을 요약해 썼다.

5급 不要不及 **불요불급** 필요하지도 않고 급하지도 않음.	요긴할 **요** **要**(要) 襾부/9획

간결(簡潔) : 간단하고 깨끗함.
간편(簡便) : 간단하고 편리함.
간택(簡擇) : 여럿 중에서 골라냄.

필요(必要) : 꼭 소용이 됨.
요점(要點) : 가장 중요하고 중심이 되는 사실이나 관점.

전첩간요 : 편지(牋牒)는 간결(簡)하게 요점(要)만 쓰고,

230

돌아볼 **고**  **顧**(顾) 頁부/21획	안부(顧)를 묻거나 답장(答)을 보낼 때에는 정중하게 하고, 자세(詳)하게 살펴(審) 상대방이

대답 **답** **答**(答) 竹부/12획	

고려(顧慮) : 이미 지난 일을 다시 돌이켜 생각함.
*안부를 묻는 것을 '顧'라고 함.

문답(問答) : 물음과 대답.
답장(答狀) : 회답하여 보내는 편지.
응답(應答) : 물음에 응하여 대답함.

살필 **심**  **審**(审) 宀부/15획	오해하지 않도록 했다. 심지어 적에게 보내는 편지에도 예의를 다 갖추어 보냈다.

자세할 **상** **詳**(详) 言부/13획	

심의(審議) : 심사하고 토의함.
심사(審査) : 자세하게 조사해 등급이나 당락 따위를 결정함.

상세(詳細) : 자세하고 세밀함.
미상(未詳) : 자세하지 않음.
자상(仔詳) : 자세하고 찬찬함.

고답심상 : 답신(答)을 쓰려고(顧) 할 때에는 자세하게(詳) 살펴야(審) 한다. 편지에 대한 예절을 설명하고 있다.

<table>
<tr><td>

1급

土木形骸

토목형해

흙과 나무로 된 뼈
대. 즉 외형을 장식
하거나 덧붙이지 않
은 상태.

</td><td>

뼈 **해**

骸(骸)

骨부/16획

</td><td colspan="2">

누구나 몸(骸)에 때(垢)가 끼지 않도록 항상 깨끗
이 씻어야 한다. 특히 노인들은

</td></tr>

<tr><td>

1급

純眞無垢

순진무구

마음과 몸이 아주
깨끗하여 조금도 더
러운 때가 없음.

</td><td>

때 **구**

垢(垢)

土부/9획

</td><td>

잔해(殘骸) : 썩거나 타다 남은 뼈.
해골(骸骨) : 죽은 사람의 살이 썩
고 남은 앙상한 뼈.

</td><td>

구의(垢衣) : 때묻은 옷.
신구(身垢) : 몸에 묻은 때.
무구(無垢) : 때가 끼지 않고 순수함.

</td></tr>

<tr><td>

4급2

晝想夜夢

주상야몽

낮에 생각한 바가
꿈으로 나타남.

</td><td>

생각할 **상**

想(想)

心부/13획

</td><td colspan="2">

전염병의 예방을 위해서라도 목욕(浴)은 필수적이
며 늘 생각(想)하고 있어야 한다.

</td></tr>

<tr><td>

5급

鵠不浴而白

곡불욕이백

천성이 착한 사람은
배우지 않아도 착하
고 훌륭함.

</td><td>

목욕할 **욕**

浴(浴)

水부/10획

</td><td>

상상(想像) : 미루어 생각함.
이상(理想) : 생각할 수 있는 가장
완전한 상태.

</td><td>

욕실(浴室) : 목욕시설을 갖춘 방.
욕조(浴槽) : 목욕을 할 수 있도록
물을 담는 용기.

</td></tr>
</table>

해구상욕 : 몸(骸)에 때(垢)가 있으면 누구나 목욕(浴)을 생각(想)하기 마
련이고,

232

잡을 **집**

執(执)

土部/11획

더울 **열**

熱(热)

火部/15획

한때 조조의 권력에 대한 열정(熱)과 그것에 대한 집착(執)은 불꽃처럼 훨훨 타올랐다.

집착(執着) : 어떤 일에 마음이 쏠림.
집념(執念) : 마음에 깊이 새겨 뗄 수 없는 생각.

열정(熱情) : 열렬한 애정.
열기(熱氣) : 뜨거운 기운.
과열(過熱) : 지나치게 뜨거워짐.

3급2

執熱不濯

집열불탁
적은 수고를 아껴 큰 일을 이루지 못함을 비유함.

5급

以熱治熱

이열치열
열에는 열로, 힘에는 힘으로써 다스림.

원할 **원**

願(愿)

頁部/19획

서늘할 **량**

涼(凉)

水部/10획

사람들의 간담을 서늘하게(涼) 할 정도였고 그가 원하면(願) 되지 않는 것이 없었다.

소원(所願) : 원함. 또는 원하는 바.
기원(祈願) : 바라는 일이 이루어지기를 빎.

납량(納涼) : 여름철에 더위를 피하여 서늘한 기운을 느낌.
'凉'은 속자임.

5급

願乞終養

원걸종양
부모에 대한 지극한 효성.

3급2

炎涼世態

염량세태
권세가 있을 때와 없을 때 달라지는 인심.

집열원량 : 뜨거운(熱) 것을 갖게(執) 되면 서늘한(涼) 것을 원한다(願).
사람이라면 남녀노소를 막론하고 인지상정에 따라 원하는 것이 있음을 설명하고 있다.

233

	당나귀 **려**	당나귀(驢)와 노새(騾)처럼 큰 귀를 가진 유비는
기려멱려 나귀를 타고 나귀를 찾아다님. 가까이 있는 것을 먼 데서 구함.	**驢**(驴) 馬부/26획	

당나귀(驢)와 노새(騾)처럼 큰 귀를 가진 유비는

나려(騾驢) : 노새와 당나귀. 여마(驢馬) : 꺼당나귀. 말과의 포 유동물.	*노새 : 암말과 수나귀의 사이에서 난 변종.

	노새 **라**	
여라독특 나귀와 노새와 송아 지, 즉 가축을 말함.	**騾**(骡) 馬부/21획	

	송아지 **독**	어린 송아지(犢)처럼 양순하다가 경우에 따라서는 성난 황소(特) 같았다.
제독 옛날 제사에 쓰던 송아지.	**犢**(犊) 牛부/19획	

어린 송아지(犢)처럼 양순하다가 경우에 따라서는
성난 황소(特) 같았다.

	특별할, 수소 **특**	
특립독행 세속을 따르지 않고 스스로 믿는 바에 따라 행동함.	**特**(特) 牛부/10획	

독우(犢牛) : 송아지. 독거(犢車) : 송아지가 끄는 수레.	특수(特殊) : 특별히 다름. 특별(特別) : 보통과 아주 다름. 特은 여기서는 '황소'로 쓰임.

여라독특 : 노새(驢)와 나귀(騾), 그리고 송아지(犢)와 황소(特)가

놀랄 해	유비가 관우와 장비를 대동하고 돌격 약진해(躍) 가면 적이 놀라(駭) 후퇴하고 도망쳤다.	1급

駭(骇)

馬부/16획

躍(跃)

뛸 약

足부/21획

1급
影駭響震
영해향진
잘 놀람을 일컬음.

3급
暗中飛躍
암중비약
어둠 속에서 날고 뛴다는 뜻. 남모르게 활동함.

해거(駭擧) : 괴이한 짓.
해괴(駭怪) : 야릇하고 괴상함.
해패(駭悖) : 몹시 막되고 괴악함.

약진(躍進) : 빠르게 발전함.
도약(跳躍) : 몸을 위로 솟구쳐 뛰는 것.

또한 그가 적로마로 달리면(驤) 도저히 건널 수 없는 강물도 뛰어넘었다(超).

超(超)

뛰어넘을 초

走부/12획

驤(骧)

달릴 양

馬부/27획

3급2
超性恩惠
초성은혜
인간의 본성을 초월한 은혜를 이름.

龍驤虎視
용양호시
기개가 높고 위엄에 찬 태도를 비유함.

초극(超克) : 난관을 극복함.
초인(超人) : 능력 따위가 보통 사람보다 훨씬 뛰어남.

해약초양 : 놀라(駭) 뛰고(躍) 멀리(超) 달리는(驤) 것은 가축이 잘 크고 있다는 증거이다. 천하가 평화롭고 백성들이 부유하며 가축이 잘 크고 있음을 설명하고 있다.

1급	벨/칠 **주**	

苛斂誅求

가렴주구
가혹하게 세금을 거
두거나 백성의 재물
을 억지로 빼앗음.

誅(誅)

言부/13획

조조는 반대파를 모조리 주살하거나(誅) 참수형
(斬)에 처했다.

2급

벨 **참**

斬草除根

참초제근
걱정과 재앙이 될
만한 일을 모조리
제거함.

斬(斬)

斤부/11획

주살(誅殺) : 죄에 해당시켜 죽임.
주구(誅求) : 관청에서 백성의 재물
을 강제로 빼앗음.

참신(斬新) : 취향이 매우 새로움.
참수형(斬首刑) : 대역 죄인의 목을
베는 형벌.

4급

도둑 **적**

賊出關門

적출관문
도둑이 나가고 난
후에야 문을 잠금.
소 잃고 외양간 고
친다는 말.

賊(賊)

貝부/13획

그 중에는 충신도 있고 역적(賊)도 있고 단순 도적
(盜)도 있었다.

4급

도둑 **도**

盜憎主人

도증주인
도둑은 단지 자기를
해치려는 사람을 미
워한다는 말.

盜(盜)

皿부/12획

의적(義賊) : 의로운 도적.
역적(逆賊) : 제 나라 임금에게 반
역하는 사람.

도용(盜用) : 남의 것을 몰래 씀.
도적(盜賊) : 남의 물건을 빼앗거나
훔치는 따위의 나쁜 짓.

주참적도 : 죄질이 나쁜 도적(盜賊)은 주살하고(誅) 역적(賊)은 참수형
(斬)에 처했으며

236

칠종칠금(七縱七擒) : 마음대로 잡았다 놓아주었다 함을 이르는 말. 제갈량이 맹획을 일곱 번 사로잡았다가 일곱 번 놓아 주었다는 데서 유래한다.

잡을 포  捕(捕) 手부/10획	반면에 공명은 맹획을 생포(捕)해 칠종칠금으로 남만을 얻었고(獲),

3급2

捕風捉影

포풍착영
바람을 잡고 그림자를 붙잡는다는 데서 허망한 언행을 이르는 말.

얻을 획  獲(获) 犬부/17획	

3급2

猶獲石田

유획석전
물건을 얻었으나 쓸모가 없음을 비유.

생포(生捕) : 산 채로 잡음.
포획(捕獲) : 적병을 사로잡거나 짐승, 물고기를 잡음.

획득(獲得) : 얻어 내거나 얻어 가짐.
획(獲) : 화살이 과녁의 복판을 바로 맞힌 것을 이르던 말.

배반할 반  叛(叛) 又부/9획	황충같이 충직한 장군을 주군에게 배반(叛)하고 망명(亡)하도록 하여 오호장군이 되게 했다.

3급

叛服無常

반복무상
배반했다 복종했다 하여 그 태도가 한결같지 않음.

망할 망 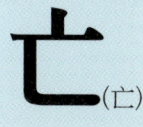 亡(亡) 亠부/3획	

5급

亡羊之歎

망양지탄
잃은 양을 찾으려 했으나 길이 많고 복잡해 어디로 갔는지 몰라 한탄함.

반역(叛逆) : 배반하여 돌아섬.
반란(叛亂) : 정부나 지배자에게 반항하여 내란을 일으킴.

도망(逃亡) : 피하여 달아남.
망명(亡命) : 정치적인 이유로 타국으로 몸을 피하여 옮김.

포획반망 : 반역자(叛)가 도망(亡)하면 잡아들여(捕獲) 처벌했다. 죄질의 경중에 따라 죽이거나 극형에 처했음을 설명하고 있다.

웅의료(熊宜僚) : 전국시대 때 초나라 사람 웅의료는 포환던지기 솜씨가 뛰어나 포환 아홉 개를 공중에 던지면 여덟 개는 공중에 떠 있고 한 개만 손에 남아 있을 정도였다. 송나라와의 전투에서 위기에 몰리자 송나라 진영 앞에서 포환 던지는 솜씨를 발휘했는데 적군은 웅의료의 솜씨에 매료되어 정신을 팔다가 초나라의 기습 공격에 전멸당했다.

4급2	베 포	여포(布)는 명사수(射)로 150보 밖에 있는 창의 작
布衣寒士	布(布)	은 구멍을 명중시켰고,
포의한사		
베옷을 입은 가난한 선비라는 뜻. 벼슬이 없는 가난한 선비.	巾부/5획	

4급	쏠 사	
射石爲虎	射(射)	
사석위호		
돌을 호랑이로 오인해 활을 쏘자 화살이 돌에 꽂힘.	寸부/10획	

공포(公布) : 일반에게 널리 알림.
배포(配布) : 두루 나눠 줌.
분포(分布) : 널리 퍼져 있음.

발사(發射) : 총포, 활 따위를 쏨.
사수(射手) : 총이나 활 따위를 쏘는 사람.

3급	벗 료	초나라의 웅의료(僚)는 포환(丸)던지기 묘기로 적
布射遼丸	僚(僚)	군을 격퇴시켰으며
포사료환		
한나라 여포는 화살을 잘 쐈고, 의료는 탄자를 잘 던졌음.	人부/14획	

3급	알/둥글 환	
死後淸心丸	丸(丸)	
사후청심환		
죽은 뒤의 약이라는 뜻. 시기를 놓친 것을 의미함.	丶부/3획	

관료(官僚) : 정부 관리. 관직의 동료.
동료(同僚) : 같은 곳에서 같은 일을 보는 사람.

탄환(彈丸) : 탄알. 탄자.
포환(砲丸) : 육상 경기에서 투포환에 쓰이는 쇠로 만든 공.

포사료환 : 여포(布)는 명사수(射)로 유명하고, 웅의료(僚)는 포환(丸)던지기로 유명하다.

238

죽림칠현(竹林七賢) : 대나무 숲의 일곱 현인. 중국 진나라 초기에 유교의 형식주의를 무시하고 노장의 허무주의를 주장하며 죽림에서 청담을 나누고 지내던 일곱 선비를 일컫는다. 즉 완적, 완함, 혜강, 산도, 향수, 유영, 왕융을 이른다.

성씨/산 이름 혜  嵇(嵇) 山부/12획	혜강(嵇)은 거문고(琴), 완적(阮)은 휘파람(嘯)으로 사람의 마음을 흔들어 놓듯이 

嵇琴阮嘯

혜금완소
위국 혜강은 거문고를 잘 타고, 완적은 휘파람을 잘 불었음.

거문고 금
琴(琴)
玉부/12획

혜강(嵇康) : 삼국시대 위나라 사상가이며 죽림칠현의 한 사람.

금슬(琴瑟) : 부부 사이의 정.
심금(心琴) : 자극에 따라 미묘하게 움직이는 마음을 비유.

3급2
琴瑟之樂

금실지락
거문고와 비파의 조화로운 화음처럼 부부 사이가 정답고 화목한 것을 이름.

성씨 완

阮(阮)
阜부/7획

유비도 특이한 방법으로 적군을 물리쳤다.

1급
阮丈

완장
남의 삼촌을 높여 이름.

휘파람 불 소
嘯(嘯)
口부/16획

완적(阮籍) : 삼국시대 위나라의 사상가. 혜강과 더불어 죽림칠현의 한 사람임.

소가(嘯歌) : 휘파람을 붐.
소흉(嘯兇) : 악한 무리들.
소취(嘯聚) : 군호를 불러 모음.

嘯風弄月

소풍농월
휘파람을 불고 달을 희롱함.

혜금완소 : 혜강(嵇)은 거문고(琴)를 잘 타고, 완적(阮)은 휘파람(嘯)을 잘 불었다. 각자 지니고 있던 주특기를 설명하고 있다.

채륜(蔡倫) : 후한 때의 환관으로 종이를 발명했다.
몽염(蒙恬) : 만리장성을 수축한 진나라 장군으로 붓을 처음으로 발명했다.

염불위괴 올바르지 못한 일을 하고도 조금도 부끄러워하지 않음.	편안할 **념** **恬**(恬) 心부/9획	진나라의 장수 몽염(恬)은 처음으로 붓(筆)을 발명했으며

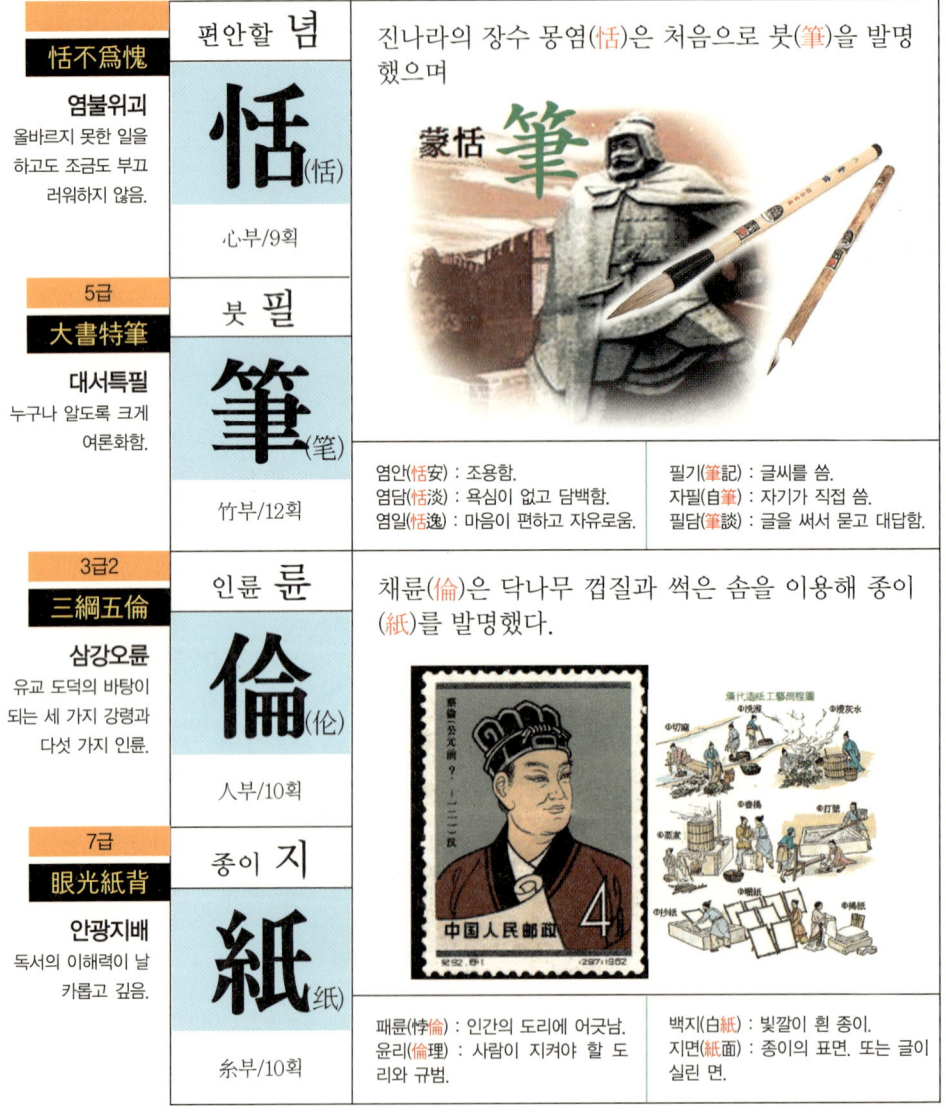

蒙恬 筆

염안(恬安) : 조용함.
염담(恬淡) : 욕심이 없고 담백함.
염일(恬逸) : 마음이 편하고 자유로움.

필기(筆記) : 글씨를 씀.
자필(自筆) : 자기가 직접 씀.
필담(筆談) : 글을 써서 묻고 대답함.

대서특필
누구나 알도록 크게 여론화함.

붓 **필**
筆(笔)
竹부/12획

삼강오륜
유교 도덕의 바탕이 되는 세 가지 강령과 다섯 가지 인륜.

인륜 **륜**
倫(伦)
人부/10획

채륜(倫)은 닥나무 껍질과 썩은 솜을 이용해 종이(紙)를 발명했다.

中国人民郵政
4

안광지배
독서의 이해력이 날카롭고 깊음.

종이 **지**
紙(纸)
糸부/10획

패륜(悖倫) : 인간의 도리에 어긋남.
윤리(倫理) : 사람이 지켜야 할 도리와 규범.

백지(白紙) : 빛깔이 흰 종이.
지면(紙面) : 종이의 표면. 또는 글이 실린 면.

염필윤지 : 몽염(恬)은 붓(筆)을 만들었고 채륜(倫)은 종이(紙)를,

임공자(任公子) : 전국시대 사람으로 낚싯대를 발명했다.
마균(馬鈞) : 삼국시대 위나라 사람으로 지남거(指南車, 방향을 가리키는 수레)를 발명했다.

서른근 **균**  **鈞**(钧) 金부/12획	위나라의 마균(鈞)은 정교(巧)한 지남거를 발명했고, 

3급2

巧言令色

교언영색
교묘한 말과 아첨하
는 얼굴빛.

공교할 **교**  **巧**(巧) 工부/5획	균천(鈞天) : 구천(九天)의 하나. 국균(國鈞) : 권력을 쥐고 나라를 다스림. 　 기교(技巧) : 솜씨가 아주 묘함. 계교(計巧) : 여러 모로 빈틈없이 생각하여 낸 꾀.
맡길 **임**  **任**(任) 人부/6획	임공자(任)는 낚싯대(鈞)를, 공명은 목우유마를 발명했다. 

5급

背任受賂

배임수뢰
뇌물을 받아 재산
상의 이익을 취득하
는 죄 중의 하나.

2급

以蝦釣鯉

이하조리
새우로 잉어를 낚는
다는 뜻. 적은 밑천
을 들여 큰 이익을
얻음.

낚시 **조**  **鈞**(钓) 金부/11획	신임(信任) : 믿고 일을 맡김. 임기(任期) : 임무를 맡아보는 일정한 기한. 　 조어(釣魚) : 물고기를 낚음. 조선(釣船) : 낚싯배. 낚시로 고기잡이하는 데 쓰는 배.

균교임조 : 마균(鈞)은 정교(巧)한 지남거를, 임공자(任)는 낚싯대(鈞)를 발명했다. 중국의 유명한 네 명의 발명가를 소개하고 있다.

3급2 풀 석	이처럼 유용한 기구를 만들어 주는 사람이 있는가 하면, 천하의 분쟁과 분란(紛)을 속시원하게 풀어 주는(釋) 사람도 있었고,

3급2

釋眼儒心

석안유심
석가의 눈과 공자의
마음. 매우 자비스
럽고 인애 깊은 일.

풀 석
釋(释)
采부/20획

3급2

諸說紛紛

제설분분
여러 가지 의견이
뒤섞여 혼란함.

어지러울 분
紛(纷)
糸부/10획

희석(稀釋) : 몹시 묽게 타거나 풂.
석방(釋放) : 법에 의해 구속된 사람을 풀어 자유롭게 함.

분란(紛亂) : 어수선하고 떠들썩함.
분쟁(紛爭) : 말썽을 일으키어 시끄럽고 복잡하게 다툼.

6급

利令智昏

이령지혼
이익만 찾으면 사람
의 지혜가 어두워짐.

이로울 리
利(利)
刀부/7획

평범한(俗) 사람들에게 크고 작은 이익(利)을 있게 해준 사람도 많았다.

4급2

美風良俗

미풍양속
아름답고 좋은 풍속.

풍속 속
俗(俗)
人부/9획

승리(勝利) : 겨루어 이김.
이익(利益) : 물질적으로나 정신적으로 보탬이 된 것.

속인(俗人) : 세상의 일반 사람.
속담(俗談) : 예로부터 민간에 전하여 오는 쉬운 격언이나 잠언.

석분이속 : 이 여덟 사람들은 어지러움(紛)을 풀어(釋) 풍속(俗)을 이롭게 (利) 했으니

아우를 병  **竝**(并) 立부/10획	아울러(竝) 이들은 모두 다(皆) 함께 아름다운(佳) 마음씨와 절묘한(妙) 재주를 지닌 사람들이었다. 

다 개
皆(皆)
白부/9획

병행(竝行) : 나란히 같이 감.
병렬(竝列) : 나란히 벌여 섬.
병기(竝起) : 한꺼번에 나란히 일어남.

거개(擧皆) : 거의 모두. 대부분.
개근(皆勤) : 일정 기간 동안 하루도 빠짐 없이 출석하거나 출근함.

아름다울 가
佳(佳)
人부/8획

특히 귀신같은 제갈공명의 재주는 동남풍이 부는 날 까지 알아맞힐 정도로 천하의 일품이었다.

묘할 묘
妙(妙)
女부/7획

가인(佳人) : 참하고 아름다운 여자.
가연(佳緣) : 아름다운 인연.
가객(佳客) : 반갑고 귀한 손님.

묘안(妙案) : 좋은 생각.
묘기(妙技) : 기묘한 재주와 기술.
묘략(妙略) : 묘한 계략.

병개가묘 : 모두(竝) 다(皆) 아름답고(佳) 재주와 기술(妙)이 있는 사람들이었다. 여포, 웅의료, 혜강, 완적, 몽염, 채륜, 마균, 임공자에 대해 재주 있음을 말해주고 있다.

서시(西施) : 모장과 더불어 미인의 대명사로 불린다.
모장(毛嬙) : 춘추시대 월왕 구천이 사랑했던 절세가인이다.

4급2	터럭 **모**
九牛一毛	**毛**(毛)
구우일모	毛부/4획
아홉 마리의 소 가운데 박힌 하나의 털이란 뜻. 매우 많은 것 가운데 극히 적은 수를 이름.	

4급2	베풀 **시**
倒行逆施	**施**(施)
도행역시	方부/9획
차례를 거꾸로 시행한다는 뜻. 상도를 벗어나서 일을 억지로 함.	

3급2	맑을 **숙**
窈窕淑女	**淑**(淑)
요조숙녀	水부/11획
말과 행동이 품위가 있으며 암전하고 정숙한 여자.	

4급	모양 **자**
氷姿玉質	**姿**(姿)
빙자옥질	女부/9획
용모와 재주가 모두 뛰어남.	

모장(毛)과 서시(施)는 초선이처럼 미인으로 얼굴만 예쁜 것이 아니라,

모포(毛布) : 모직. 담요.
모발(毛髮) : 사람의 몸에 난 온갖 털. 머리카락.

시행(施行) : 실지로 행함.
시설(施設) : 도구 기계 장치 따위를 설치하거나 베풀어 차림.

정숙(淑)한 자태(姿) 또한 일품이었다.

숙명(淑明) : 맑고 깨끗함.
정숙(靜淑) : 여자의 행실이 곱고 마음씨가 맑음.

자태(姿態) : 모양이나 태도.
자품(姿稟) : 사람된 바탕과 타고난 성품.

모시숙자 : 월나라의 미인인 모장(毛)과 서시(施)는 정숙(淑)한 자태(姿)를 뽐냈는데,

장인 공	
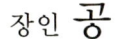工 (工)	
工부/3획	

찡그릴 빈	
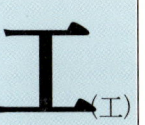嚬 (嚬)	
口부/19획	

그들은 기분이 언짢아 얼굴을 찡그리는(嚬) 것조차 예쁘게 보였다(工)고 한다. 그러나 미인계를 성공시키기 위해

준공(竣工) : 공역을 마침.
공사(工事) : 공장이나 토목, 건축 등에 관한 일.

빈소(嚬笑) : 찡그림과 웃음.
빈축(嚬蹙) : 눈살을 찌푸리고 얼굴을 찡그리는 것.

고울 연	
妍 (妍)	
女부/9획	

웃을 소	
笑 (笑)	
竹부/10획	

마음에 칼을 품고 곱게(妍) 미소(笑) 지으며 동탁과 여포에게 다가가는 초선의 모습을 상상해 보라.

연장(妍粧) : 예쁘게 단장함.
연연(妍妍) : 빛이 산뜻하게 아름답고 고움.

담소(談笑) : 이야기와 웃음.
미소(微笑) : 소리없이 빙긋이 웃음. 또는 그런 웃음.

공빈연소 : 찡그림(嚬)조차 예쁘게 다듬은(工) 듯해 곱게(妍) 미소(笑)를 짓는 것처럼 보였다. 월나라의 미인이며 절세가인의 대명사 같은 모장과 서시의 자태를 설명하고 있다.

8급	해 **년**	해(年)는 마치 시위를 떠난 화살(矢)처럼 빠르게 지나가고
年年歲歲	年(年)	
연년세세 '해마다'의 힘줌말.	干부/6획	

3급	화살 **시**	연간(年間) : 한 해 동안.	궁시(弓矢) : 활과 화살.
中石沒矢	矢(矢)	연배(年輩) : 서로 비슷한 나이.	효시(嚆矢) : 모든 일의 시초.
중석몰시 쏜 화살이 돌에 박힌다는 뜻. 정신을 집중하면 믿을 수 없는 큰 힘이 나올 수 있음.	矢부/5획	연월일(年月日) : 해와 달과 날.	시심(矢心) : 마음속으로 맹세함.

매년(每) 날아드는 철새는 다음 해를 재촉(催)하는 듯하다.

7급	매양 **매**
每人悅之	每(每)
매인열지 각 사람의 마음을 다 기쁘게 함.	母부/7획

3급2	베풀 **최**	매사(每事) : 일마다. 모든 일.	최면(催眠) : 잠이 오게 함.
年矢每催	催(催)	매양(每樣) : 항상 그 모양으로.	최고(催告) : 재촉하기 위한 통지.
연시매최 세월이 빠른 것을 말함. 즉 살같이 매양 재촉함.	人부/13획	매일(每日) : 하루하루의 모든 날.	개최(開催) : 어떤 모임을 주장하여 엶.

연지매최 : 해(年)는 화살(矢)처럼 빨라 매양(每) 다음 해를 재촉(催)하고,

사람 이름 희	그렇게 해가 바뀌고 밝게 비치는 햇살(羲)이 동녘 하늘에 붉게 빛나면(暉)	2급

羲(羲)

羊부/16획

義皇上人

희황상인
세상을 잊고 숨어 사는 사람.

빛날 휘

暉(暉)

日부/13획

복희(伏羲) : 중국 고대 전설상의 제왕
왕희지(王羲之) : 중국 진나라 시대의 서예가.

조휘(朝暉) : 아침의 햇빛.
사휘(斜暉) : 저녁에 비스듬히 비치는 햇빛.

寸草春暉

촌초춘휘
부모의 은혜는 일만 분의 일도 갚기 어려움.

밝을 랑

그 밝은(朗) 햇살이 빛나는(曜) 속으로 삼국시대의 영웅들이 하나둘씩 달려 나온다.

朗(朗)

月부/11획

5급

朗朗細語

낭랑세어
낭랑한 목소리로 소곤거리는 말.

빛날 요

曜(耀)

日부/18획

낭보(朗報) : 기쁜 기별이나 소식.
낭랑(朗朗) : 쇠와 옥이 부딪쳐 나는 소리. 새가 지저귀는 맑은 소리.

요백(曜魄) : 북두성을 달리 이름.
요일(曜日) : 일주일의 각 날을 나타내는 말.

5급

羲暉朗曜

희휘낭요
태양빛과 달빛은 온 세상을 비추어 만물에 혜택을 주고 있음을 이름.

희휘낭요 : 햇빛과 달빛(羲暉)은 밝고(朗) 빛난다(曜).

천선
북두칠성의 둘째 별.

옥 선

璇(璇)

玉부/15획

선기옥형
옛날, 천체의 운행과 위치를 관측하던 기계인 혼천의를 말함.

구슬 기

璣(玑)

玉부/16획

현두자고
상투를 매달고 허벅다리를 찔러 잠을 깨움. 학업에 매우 힘씀.

매달 현

懸(县)

心부/20획

선기현알
선기는 천기를 보는 기구이고, 그 기구가 높이 걸려 도는 것을 말함.

돌 알

斡(斡)

斗부/14획

고대 중국의 천문학자들은 선기(璇璣)라는 관측용 기계를 발명해

선실(璇室) : 옥(玉)으로 꾸민 방.
선기(璇璣) : 천체를 관측하는 데 쓰는 기계.

기(璣) : 북두칠성의 셋째 별.
천기(天璣) : 북두칠성의 하나. 국자 모양의 뒤쪽 아래의 별.

높이 매달아(縣) 놓고 주기적으로 돌고(斡) 있는 천체의 움직임을 관찰했다.

현안(懸案) : 미해결로 있는 안건.
현상(懸賞) : 어떤 목적을 위해 상금을 걸고 찾거나 모집함.

알류(斡流) : 물이 뱅뱅 돌아 흐름.
알선(斡旋) : 남의 일을 잘 되도록 마련해줌.

선기현알 : 선기(璇璣)가 공중에 매달려(縣) 돌아가며(斡) 천체의 움직임을 관측하니,

그믐 회
晦(晦)
日부/11획

넋 백
魄(魄)
鬼부/15획

그믐(晦)이 되면 달(魄)은 이지러지고 보름이 되면 둥근(環) 달무리를 이루며 밝게 비춘다(照).

회백(晦魄) : 달 그림자가 그믐이 되면 밝음이 다해 없어지고, 초하루에 다시 소생함을 이름.

혼백(魂魄) : 넋.
기백(氣魄) : 씩씩하고 굳센 기상과 진취성이 있는 정신.

고리 환
環(环)
玉부/17획

비칠 조
照(照)
火부/13획

제갈량은 이런 과학적 지식을 통해 동남풍이 부는 시기도 알아낸 듯하다.

환형(環形) : 환상.
화환(花環) : 조화나 생화를 모아 고리 모양으로 만든 것.

조명(照明) : 빛으로 밝게 비추는 것.
대조(對照) : 둘을 마주 대서 비추어 비교함.

1급
遵養時晦
준양시회
도를 좇아 살며, 때에 따라 어리석은 체하며 언행을 삼가는 일.

1급
魂飛魄散
혼비백산
넋이 나가고 흩어진다는 뜻. 몹시 놀라 어찌할 바를 모름.

4급
環顧一世
환고일세
세상에 쓸 만한 사람이 없음을 탄식하여 이르는 말.

3급2
肝膽相照
간담상조
간과 쓸개를 내놓고 서로에게 내보인다는 뜻. 서로 마음을 터놓고 친밀히 사귐.

회백환조 : 그믐(晦)에 빛을 잃은 달(魄)이 보름이 되면 둥근(環) 달무리를 이루며 밝은 빛을 비춘다(照). 천체의 움직임을 설명하고 있다.

땔나무(薪)는 타서 없어져도 그 불씨는 남아 있다는 가르침(指)을 따라 제갈량은 유비에게

지적(指摘) : 꼭 집어서 가리킴.
지목(指目) : 사람이나 사물이 어떠하다고 가리키어 정함.

신초(薪樵) : 땔나무.
부신(負薪) : 비천한 태생을 비유적으로 이르는 말.

스스로 낮추고 덕을 쌓아(修) 나라의 안정과 큰 복(祜)이 따르도록 진언했다.

수도(修道) : 도를 닦음.
수양(修養) : 심신을 갈고 닦아 품성이나 지식, 도덕을 닦음.

묵우(墨祜) : 말없이 잠잠히 도움.
천우(天祜) : 하늘의 도움, 또는 신명의 가호.

지신수우 : 땔나무(薪)는 타서 불씨를 남긴다는 가르침(指)을 배워 열심히 수양(修)하면 복(祜)을 누리고,

250

길 영  (永) 水부/5획	또 지신수우(指薪修祐)하면 영원(永)한 안식(綏)까지도 얻을 수 있을 것이며 인덕을 통하여

길 영 永(永) 水부/5획	또 지신수우(指薪修祐)하면 영원(永)한 안식(綏)까지도 얻을 수 있을 것이며 인덕을 통하여
편안할 수 綏(綏) 糸부/13획	

6급

永生不滅

영생불멸
영원한 삶을 누려
사라지지 아니함.

交綏

교수
화해하고 서로 뒤로
물러남.

영생(永生) : 영원한 생명.
영원(永遠) : 앞으로 오래도록 변함
없이 계속됨.

수안(綏安) : 다스리어 평안함.
수회(綏懷) : 평안하게 하여 따르
게 함.

길할 길 吉(吉) 口부/6획	촉나라를 세웠듯이 위상 또한 높아(邵)지고 길운(吉)도 계속될 것이라 했다.
높을/성 소 邵(邵) 邑부/8획	

5급

吉祥善事

길상선사
더할 나위 없이 기
쁘고 매우 좋은 일.

2급

永綏吉邵

영수길소
영구히 편안하고 길
함이 높음.

길운(吉運) : 좋은 운수.
길흉(吉凶) : 좋은 일과 언짢은 일.
대길(大吉) : 크게 길함.

소령(邵齡) : 나이가 많음. 고령.

영수길소 : 영원히(永) 편안할(綏) 것이며, 길(吉)한 일이 또한 크게(邵) 다가올 것이다. "땔나무는 다 타지만 그 불씨는 영원히 없어지지 않는다."는 장자의 가르침(자연철학)을 배움으로써 큰 행운을 가질 수 있음을 설명하고 있다.

絜矩之道	법 **구**	

혈구지도
자기를 척도로 삼아
남을 생각하고 살펴
서 바른길로 향하게
하는 도덕상의 길.

矩(矩)

矢부/10획

신하들은 조정 안에서 법도(矩)에 알맞는 바른 걸음걸이(步)로 걸었고

步步生蓮花

걸음 **보**

보보생연화
미인의 느린 걸음이
아리따움을 비유.

步(步)

止부/7획

구묵(步墨) : 곱자와 먹물.
구규(規矩) : 지름이나 선의 거리를
재는 도구. 그림쇠.

구보(矩步) : 올바른 걸음걸이.
진보(進步) : 더욱 발달함. 차차
더 좋게 되어 나아감.

引而伸之

끌 **인**

인이신지
당기어 늘인다는
뜻. 응용함을 비유
해 이르는 말.

引(引)

弓부/4획

옷깃(領)을 여며(引) 옷차림을 단정히 했으며

要領不得

거느릴/옷깃 **령**

요령부득
사물의 주요한 부분
을 잡을 수 없음.

領(领)

頁부/14획

견인(牽引) : 끌어당김.
인상(引上) : 값을 올림.
인책(引責) : 책임을 스스로 짐.

영유(領有) : 차지하여 가짐.
요령(要領) : 가장 긴요하고 으뜸이
되는 줄거리.

구보인령 : 걸음(步)을 바로(矩) 걷고 옷깃(領)을 여미고(引)

굽어볼 부	
 俯(俯)	
人부/10획	

황제를 대할 때는 부앙(俯仰)하는 자세를 취했고

우러를 앙	
仰(仰)	
人부/6획	

부시(俯視) : 높은 곳에서 내려다봄.
부앙(俯仰) : 아래를 굽어봄과 위를
쳐봄.

앙망(仰望) : 우러러 바람.
추앙(推仰) : 높이 받들어 우러름.
신앙(信仰) : 믿고 받드는 일.

행랑 랑	
 廊(廊)	
广부/13획	

특히 낭묘(廊廟)에서는 황제에게 거스르는 말일지
라도 바른말을 해야 한다.

사당 묘	
廟(庙)	
广부/15획	

낭묘(廊廟) : 정사를 보는 곳.
화랑(畵廊) : 그림을 걸어 놓고 전
람하기 좋게 만든 방.

종묘(宗廟) : 조선시대에 역대 임금과
왕비의 위패를 모시던 왕실의 사당.
가묘(家廟) : 한 집안의 사당(祠堂).

부앙낭묘 : 정사를 보는 곳(廊廟)에서는 법도에 따라 하늘을 우러러 보듯
땅을 굽어 보듯(俯仰) 해야 한다. 신하가 임금 앞에서 취해야 할 법도를 설명하고
있다.

속수무책

뻔히 보면서도 어찌
할 수 없다는 말.

묶을 **속**

束 (束)

木부/7획

관우는 갑옷을 벗고 대(帶)를 묶지(束) 않고 있을
때나

무풍지대

바람이 없는 지대.
평화롭고 조용한 곳.

띠 **대**

帶 (帶)

巾부/11획

속대(束帶) : 관을 쓰고 띠를 맴.	지대(地帶) : 한정된 일정한 구역.
단속(團束) : 규칙이나 법령, 명령 등을 지키도록 통제함.	연대(連帶) : 두 사람 이상이 무슨 일을 하거나 함께 책임을 짐.

속대긍장

의복에 주의하여 단
정히 함으로써 긍지
를 가짐.

자랑할 **긍**

矜 (矜)

矛부/9획

그렇지 않을 때나 군인다운 긍지(矜)가 배여 있는
장(莊)한 군자의 모습이었다.

장주지몽

자아와 외계와 구별
을 잊어버린 경지.
사물과 자신이 한
몸이 된 경지.

씩씩할 **장**

莊 (庄)

艸부/11획

자긍(自矜) : 제 스스로 하는 자랑.	장엄(莊嚴) : 규모가 크고 엄숙함.
긍휼(矜恤) : 가엾게 여겨 돕는 것.	별장(別莊) : 경치 좋은 곳에 따로
긍지(矜持) : 스스로 자랑하는 마음.	지어놓고 때때로 묵으면서 쉬는 집.

속대긍장 : 예복을 입었을 때, 즉 관을 쓰고 띠(束帶)를 묶었을 때는 긍지
(矜)를 갖고 장(莊)한 모습을 해야 하며

배회할 **배**	반면에 여포는 출세와 공명심 때문에 배반을 밥먹
**徘**(徘)	듯 하며 이곳저곳을 배회(徘徊)했으며

배회할 배
徘(徘)
彳부/11획

배회할 회
徊(徊)
彳부/9획

배회(徘徊) : 목적 없이 거닒.

지회(遲徊) : 결단을 못하고 머뭇거림.
저회(低徊) : 머리를 숙이고 사색에
잠기면서 왔다 갔다 함.

볼 첨
瞻(瞻)
目부/18획

바라볼 조
眺(眺)
目부/11획

주군 동탁을 쳐다보는(瞻眺) 것을 잊고 초선이의
미인계에 걸려 그의 양부(養父)인 동탁을 죽인다.

첨조(瞻眺) : 쳐다봄.
첨성대(瞻星臺) : 신라시대 때 천문
을 관측하던 대.

조림(眺臨) : 내려다봄.
조망(眺望) : 똑똑히 살펴봄.
임조(臨眺) : 높은 곳에서 바라봄.

배회첨조 : 함부로 배회(徘徊)하거나 엉뚱한 곳을 쳐다보지(瞻眺) 않아야
한다.

255

4급	외로울 고	천자문을 지은 주흥사는 자신은 스스로 고루(孤陋)하다고 하면서

孤軍弱卒

고군약졸
고립되고 힘없는 군사라는 뜻. 아무도 돌보아줄 사람 없는 외롭고 힘없는 사람.

孤(孤)
子부/8획

| 1급 | 더러울 루 |

獨學孤陋

독학고루
스승이 없이 혼자 배운 사람은 식견이 좁아 몹시 고루함.

陋(陋)
阜부/9획

고적(孤寂) : 쓸쓸하고 외로움.	고루(固陋) : 완고하고 식견이 없음.
고립(孤立) : 남과 어울리지 못하고 외톨이가 되는 것.	박루(朴陋) : 수수하고 허름함.
	비루(鄙陋) : 행실이 더럽고 추저분함.

3급2	적을 과	보고 들은 견문(聞)이 적어(寡) 어리석을 뿐만 아니라,

衆寡不敵

중과부적
적은 수효로 많은 수효를 대적하지 못한다는 뜻.

寡(寡)
宀부/14획

| 6급 | 들을 문 |

前代未聞

전대미문
지금까지 들어본 적이 없음. 매우 놀랍거나 새로운 일.

聞(闻)
耳부/14획

과문(寡聞) : 견문이 좁음.	신문(新聞) : 새로운 소식.
과부(寡婦) : 남편이 죽어서 혼자 사는 여자.	견문(見聞) : 듣거나 보거나 하여 깨달아 얻은 지식.

고루과문 : 고루(孤陋)하고 견문(聞)이 적으면(寡),

어리석을 우

愚(愚)
心부/13획

우둔하고(愚) 몽매하니(蒙) 당연히 사람들로부터

3급2
愚公移山

우공이산
우공이 흙을 조금씩
날라 산을 옮겼다는
데서 유래.

3급2
夢筆生花

몽필생화
시인 이백이 자기
붓에 꽃이 핀 꿈을
꾼 뒤 유명해졌다는
데서 유래.

어릴 몽

蒙(蒙)
艸부/14획

우둔(愚鈍) : 어리석고 둔함.
우매(愚昧) : 어리석고 몽매함.
우직(愚直) : 어리석고 고지식함.

몽매(蒙昧) : 어리석고 어두움.
몽고(蒙古) : 유라시아 대륙 중앙
부에 있는 인민 공화국.

등급 등

等(等)
竹부/12획

등외(等)의 학자로 꾸지람(誚)을 들어도 마땅하다
며 겸손해 했다.

6급
等覺一轉

등각일전
깊은 경지에 이르러
그 길의 한 파를 새
로 엶.

愚蒙等誚

우몽등초
적고 어리석어 몽매
함을 면치 못함.

꾸짖을 초

誚(诮)
言부/14획

평등(平等) : 차별 없이 동등한 등급.
등급(等級) : 높고 낮음이나 좋고 나
쁜 차이를 여러 층으로 구분한 단계.

초책(誚責) : 꾸짖어 나무람.

우몽등초 : 우둔(愚)하고 몽매(蒙)한 등급(等)을 받고 꾸짖음(誚)을 듣게
된다. 이 글을 지은 주흥사(周興嗣)가 스스로 자신을 겸손하게 말한 것으로 풀이된다.

3급2	이를 위	천자(千字)의 글자가 다 사용되기 위해서는 소위 (謂) 어조사(語)가 필요한데

3급2	이를 위	천자(千字)의 글자가 다 사용되기 위해서는 소위 (謂) 어조사(語)가 필요한데
方可謂之 **방가위지** '과연 그렇다고 이를 만하게'라는 뜻.	謂(谓) 言부/16획	
7급 **語不成說** **어불성설** 하는 말이 조금도 사리에 맞지 않음.	말씀 어 語(语) 言부/14획	운위(云謂) : 입에 올려 말하는 것. 소위(所謂) : 이른바. 세상에서 흔히 말하는 바.　용어(用語) : 사용하는 말. 언어(言語) : 사람이 생각이나 느낌을 소리나 글자로 나타내는 수단.
4급2 **拔猫助長** **발묘조장** 급하게 서두르다 오 히려 일을 망침.	도울 조 助(助) 力부/7획	보조(助) 역할을 하는 이 어조사 중에는 대표적인 것(者)으로
6급 **生者必滅** **생자필멸** 생명이 있는 것은 반드시 죽게 마련임.	놈 자 者(者) 老부/9획	구조(救助) : 구원하고 도와줌. 보조(補助) : 물질적으로 보태어 도움. 협조(協助) : 힘을 보태어 서로 도움.　환자(患者) : 병을 앓는 사람. 독자(讀者) : 책, 신문, 잡지 따위의 출판물을 읽는 사람.

위어조자 : 소위(謂) 어조사란 어법(語)을 돕는(助) 것(者)인데

어조사 **언**  **焉** (焉) 火부/11획	언재호야(焉哉乎也)가 있다. 실전한자연구회가 사자성어 삼국지 천자문 편찬을 시작한 지도 어언간(語焉間) 수개월, 이제 끝을 맺게 되니 그 보람에 쾌재(快哉)를 불러본다. 단호(斷乎)한 마음으로 시작했지만 급기야(及其也)는 어려움이 많아 제법 마음고생을 했다. 이제 그 마지막 장을 끝내게 되니 그동안 억눌렸던 감정이 눈 녹듯이 사라짐을 느낀다.

3급
焉敢生心
언감생심
어찌 감히 그런 마음을 품을 수 있겠냐는 뜻. 전혀 그런 마음이 없었음을 이름.

3급
嗚呼痛哉
오호통재
'아, 비통하다'라는 뜻. 슬플 때나 탄식할 때 하는 말.

3급
卓乎難及
탁호난급
아주 뛰어나서 남이 따르기 어려움을 이르는 말.

3급
也無妨
야무방
또한 거리낄 것이 없이 괜찮음.

어조사 **재**

哉
(哉)

口부/9획

어조사 **호**

乎
(乎)

丿부/5획

어조사 **야**

也
(也)

乙부/3획

焉哉乎也

언감(焉敢) : 어찌 감히. 쾌재(快哉) : 마음먹은 대로 잘되어 만족스럽게 여김.	급기야(及其也) : 마침내. 필경에는. 단호(斷乎) : 일단 결심한 것을 과단성 있게 처리하는 모양.

언재호야 : 그 중에는 언재호야(焉哉乎也)가 있다. 이 어조사가 글자 사이에 들어가 완전한 문장을 만들어 준다. '천지현황'으로 시작된 천자문이 '언재호야'로 끝을 맺었다.

부록 ;

급수별 한자능력검정용 3500자

급수별 한자능력검정용 3500자

8급 50자

ㄱ : 敎(가르칠 교), 校(학교 교), 九(아홉 구), 國(나라 국), 軍(군사 군), 金(쇠 금, 성씨 김)

ㄴ : 南(남쪽 남), 女(여자 녀), 年(해 년)

ㄷ : 大(큰 대), 東(동쪽 동)

ㄹ : 六(여섯 륙)

ㅁ : 萬(일만 만), 母(어미 모), 木(나무 목), 門(문 문), 民(백성 민)

ㅂ : 白(흰 백), 父(아비 부), 北(북쪽 북)

ㅅ : 四(넷 사), 山(산 산), 三(셋 삼), 生(날 생), 西(서쪽 서), 先(먼저 선), 小(작을 소), 水(물 수), 室(집 실), 十(열 십)

ㅇ : 五(다섯 오), 王(임금 왕), 外(바깥 외), 月(달 월), 二(두 이), 人(사람 인), 一(한 일), 日(해 일)

ㅈ : 長(길/어른 장), 弟(아우 제), 中(가운데 중)

ㅊ : 靑(푸를 청), 寸(마디 촌), 七(일곱 칠)

ㅌ : 土(흙 토)

ㅍ : 八(여덟 팔)

ㅎ : 學(배울 학), 韓(나라 한), 兄(맏 형), 火(불 화)

7급 100자

ㄱ : 歌(노래 가), 家(집 가), 間(사이 간), 江(강 강), 車(수레 거, 자동차 차), 工(장인 공), 空
(빌 공), 口(입 구), 記(기록할 기), 氣(기운 기), 旗(기 기)

ㄴ : 男(사내 남), 內(안 내), 農(농사 농)

ㄷ : 答(대답 답), 道(길 도), 冬(겨울 동), 同(한가지 동), 洞(골 동, 꿰뚫을 통), 動(움직일 동),
登(오를 등)

ㄹ : 來(올 래), 力(힘 력), 老(늙을 로), 里(마을 리), 林(수풀 림), 立(설 립)

ㅁ : 每(매양 매), 面(낯 면), 名(이름 명), 命(목숨/명령할 명), 文(글월 문), 問(물을 문), 物
(만물 물), 方(모 방)

ㅂ : 百(일백 백), 夫(지아비 부), 不(아니 부, 아닐 불)

ㅅ : 事(일 사), 算(셈할 산), 上(위 상), 色(빛 색), 夕(저녁 석), 姓(성 성), 世(세상 세), 少
(적을 소), 所(바 소), 手(손 수), 數(셀 수), 市(저자 시), 時(때 시), 食(밥 식), 植(심을
식), 心(마음 심)

ㅇ : 安(편안할 안), 語(말씀 어), 然(그러할 연), 午(낮 오), 右(오른쪽 우), 有(있을 유), 育
(기를 육), 邑(고을 읍), 入(들 입)

ㅈ : 子(아들 자), 字(글자 자), 自(스스로 자), 場(마당 장), 全(온전할 전), 前(앞 전), 電(번
개 전), 正(바를 정), 祖(조상 조), 足(발 족), 左(왼쪽 좌), 主(주인 주), 住(살 주), 重(무
거울 중), 地(땅 지), (紙(종이 지), 直(곧을 직)

ㅊ : 川(내 천), 千(일천 천), 天(하늘 천), 草(풀 초), 村(마을 촌), 秋(가을 추), 春(봄 춘), 出
(날 출)

ㅍ : 便(편할 편), 平(평평할 평)

ㅎ : 下(아래 하), 夏(여름 하), 漢(한나라 한), 海(바다 해), 花(꽃 화), 話(말씀 화), 活(살 활),
孝(효도 효) 後(뒤 후), 休(쉴 휴)

6급 150자

ㄱ : 各(각각 각), 角(뿔 각), 感(느낄 감), 强(강할 강), 開(열 개), 京(서울 경), 界(지경 계), 計(셀 계), 古(옛 고), 苦(쓸/괴로울 고), 高(높을 고), 功(공 공), 公(공평할 공), 共(함께 공), 果(실과 과), 科(과목 과), 光(빛 광), 交(사귈 교), 區(구분할 구), 球(공 구), 郡(고을 군), 近(가까울 근), 根(뿌리 근), 今(이제 금), 急(급할 급)

ㄴ : 級(등급 급), 多(많을 다), 短(짧을 단), 堂(집 당), 代(대신할 대), 待(기다릴 대), 對(대답할 대), 度(법도 도), 圖(그림 도), 讀(읽을 독), 童(아이 동), 頭(머리 두), 等(무리/등급 등)

ㄹ : 樂(즐길 락), 例(법식 례), 禮(예도 례), 路(길 로), 綠(푸를 록), 利(이로울 리), 李(오얏/성씨 리), 理(다스릴 리)

ㅁ : 明(밝을 명), 目(눈 목), 聞(들을 문), 米(쌀 미), 美(아름다울 미)

ㅂ : 朴(순박할/성씨 박), 反(돌이킬 반), 半(반 반), 班(나눌 반), 發(필 발), 放(놓을 방), 番(차례 번), 別(다를 별), 病(병 병), 服(옷 복), 本(근본 본), 部(떼/거느릴 부), 分(나눌 분)

ㅅ : 使(하여금 사) 死(죽을 사) 社(모일 사) 書(글 서) 石(돌 석), 席(자리 석), 線(줄 선), 雪(눈 설), 成(이룰 성), 省(살필 성, 덜 생), 消(사라질 소), 速(빠를 속), 孫(손자 손), 樹(나무 수), 術(재주 술), 習(익힐 습), 勝(이길 승), 始(처음 시), 式(법 식), 身(몸 신), 信(믿을 신), 神(귀신 신), 新(새 신), 失(잃을 실)

ㅇ : 愛(사랑 애), 夜(밤 야), 野(들 야), 弱(약할 약), 藥(약 약), 洋(큰바다 양), 陽(볕 양), 言(말씀 언), 業(일 업), 永(길 영), 英(꽃부리 영), 溫(따뜻할 온), 用(쓸 용), 勇(날랠 용), 運(옮길 운), 園(동산 원), 遠(멀 원), 由(말미암을 유), 油(기름 유), 銀(은 은), 音(소리 음), 飮(마실 음), 衣(옷 의), 意(뜻 의), 醫(의원 의)

ㅈ : 者(사람 자), 作(지을 작), 昨(어제 작), 章(글 장), 才(재주 재), 在(있을 재), 戰(싸움 전), 定(정할 정), 庭(뜰 정), 第(차례 제), 題(제목 제), 朝(아침 조), 族(겨레 족), 注(물댈 주), 晝(낮 주), 集(모일 집)

ㅊ : 窓(창 창), 淸(맑을 청), 體(몸 체), 親(친할 친)

ㅌ : 太(클 태), 通(통할 통), 特(특별할 특)

ㅍ : 表(겉 표), 風(바람 풍)

ㅎ : 合(합할 합), 行(다닐 행), 幸(다행 행), 向(향할 향), 現(나타날 현), 形(모양 형), 號(이름 호), 和(화할 화), 畵(그림 화), 黃(누를 황), 會(모일 회), 訓(가르칠 훈)

5급 200자

ㄱ : 可(옳을 가), 加(더할 가), 價(값 가), 改(고칠 개), 客(손 객), 去(갈 거), 擧(들 거), 件(물건 건), 建(세울 건), 健(굳셀 건), 格(격식 격), 見(볼 견), 決(결단할 결), 結(맺을 결), 景(볕 경), 輕(가벼울 경) 敬(공경 경), 競(다툴 경), 固(굳을 고), 考(생각할 고), 告(고할 고), 曲(굽을 곡), 課(과정 과), 過(지날 과), 關(관계할 관), 觀(볼 관), 廣(넓을 광), 橋(다리 교), 救(구원할 구), 具(갖출 구), 舊(옛 구), 局(판 국), 貴(귀할 귀), 規(법 규), 給(줄 급), 汽(김 기), 己(몸 기), 技(재주 기), 基(터 기), 期(기약할 기), 吉(길할 길)

ㄴ : 念(생각 념), 能(능할 능)

ㄷ : 團(둥글 단), 壇(단/제단 단), 談(말씀 담), 當(마땅 당), 德(덕 덕), 到(이를 도), 島(섬 도), 都(도읍 도), 獨(홀로 독), 落(떨어질 락), 朗(밝을 랑), 冷(찰 랭), 良(좋을 량), 量(헤아릴 량), 旅(나그네 려), 歷(지낼 력), 練(익힐 련), 令(명령할 령), 領(거느릴 령) 勞(일할 로), 料(헤아릴 료), 流(흐를 류), 類(무리 류), 陸(육지 륙)

ㅁ : 馬(말 마), 末(끝 말), 亡(망할 망), 望(바랄 망), 買(살 매), 賣(팔 매), 無(없을 무)

ㅂ : 倍(곱 배), 法(법 법), 變(변할 변), 兵(군사 병), 福(복 복), 奉(받들 봉), 比(견줄 비), 費(쓸 비), 鼻(코 비), 氷(얼음 빙)

ㅅ : 士(선비 사), 仕(섬길/벼슬 사), 史(역사 사), 思(생각할 사), 査(조사할 사), 寫(베낄 사), 産(낳을 산), 相(서로 상), 商(장사 상), 賞(상줄 상), 序(차례 서), 仙(신선 선), 船(배 선), 善(착할 선), 選(가릴 선), 鮮(고울 선), 說(말씀 설), 性(성품 성), 洗(씻을 세), 歲(해 세), 束(묶을 속), 首(머리 수), 宿(잘 숙), 順(순할 순), 示(보일 시), 識(알 식), 臣

(신하 신), 實(열매 실)

ㅇ : 兒(아이 아), 惡(악할 악, 미워할 오), 案(책상 안), 約(맺을 약), 養(기를 양), 魚(고기 어), 漁(고기잡을 어), 億(억 억), 熱(더울 열), 葉(잎 엽), 屋(집 옥), 完(완전할 완), 要(중요할/구할 요), 曜(빛날 요), 浴(목욕할 욕), 牛(소 우), 友(벗 우), 雨(비 우), 雲(구름 운), 雄(수컷 웅), 元(으뜸 원), 院(집 원), 原(근원 원), 願(원할 원), 位(자리 위), 偉(훌륭할 위), 以(써 이), 耳(귀 이)

ㅈ : 材(재목 재), 財(재물 재), 再(두 재), 災(재앙 재), 爭(다툴 쟁), 貯(쌓을 저), 赤(붉을 적), 的(과녁 적), 典(법 전), 展(펼 전), 傳(전할 전), 切(끊을 절, 온통 체), 節(마디 절), 店(가게 점), 停(머무를 정) 情(뜻 정), 調(고를 조), 操(잡을 조), 卒(군사/마칠 졸), 終(마칠 종), 種(씨 종), 罪(허물 죄), 州(고을 주), 週(두루/주일 주), 止(그칠 지), 知(알 지), 質(바탕 질)

ㅊ : 着(붙을 착), 參(참여할 참, 석 삼), 唱(노래할 창), 責(꾸짖을 책), 鐵(쇠 철), 初(처음 초), 最(가장 최), 祝(빌 축), 充(찰 충), 致(이를 치), 則(법칙 칙, 곧 즉)

ㅌ : 他(다를 타), 打(칠 타), 卓(높을/책상 탁), 炭(숯 탄), 宅(집 택(댁))

ㅍ : 板(널 판), 敗(패할 패), 品(물건/등급 품), 必(반드시 필), 筆(붓 필)

ㅎ : 河(물 하), 寒(찰 한), 害(해할 해), 許(허락할 허), 湖(호수 호), 化(될 화), 患(근심 환), 效(본받을 효), 凶(흉할 흉), 黑(검을 흑)

4급2 250자

ㄱ : 街(거리 가), 假(거짓 가), 減(덜 감), 監(볼 감), 康(편안할 강), 講(강론할 강), 個(낱 개), 檢(검사할 검), 缺(이지러질 결), 潔(깨끗할 결), 慶(경사 경), 經(세로/지날 경), 境(지경 경), 警(경계할 경), 係(맬 계), 故(연고 고), 攻(칠 공), 官(벼슬 관), 究(연구할 구), 句(글귀 구), 求(구할 구), 宮(집 궁), 權(권세 권) 極(극진할 극), 禁(금할 금), 起(일어날 기), 器(그릇 기)

ㄴ : 暖(따뜻할 난), 難(어려울 난), 努(힘쓸 노), 怒(성낼 노)

ㄷ : 單(홑 단), 端(끝 단), 檀(박달나무 단), 斷(끊을 단), 達(통달할 달), 擔(멜 담), 黨(무리·당), 帶(띠 대), 隊(무리 대), 導(인도할 도), 毒(독할 독), 督(감독할 독), 銅(구리 동), 斗(말 두), 豆(콩 두), 得(얻을 득), 燈(등불 등)

ㄹ : 羅(벌일 라), 兩(두 량), 麗(고울 려), 連(이을 련), 列(벌일 렬), 錄(기록 록), 論(논할 론), 留(머무를 류), 律(법칙 률)

ㅁ : 滿(찰 만), 脈(줄기 맥), 毛(털 모), 牧(칠/기를 목), 武(호반 무), 務(힘쓸 무), 未(아닐 미), 味(맛 미), 密(빽빽할 밀)

ㅂ : 博(넓을 박), 防(막을 방), 房(방 방), 訪(찾을 방), 背(등 배), 拜(절 배), 配(짝/나눌 배), 伐(칠 벌), 罰(벌줄 벌), 壁(벽 벽), 邊(가 변), 步(걸음 보), 保(지킬 보), 報(갚을 보), 寶(보배 보), 復(회복할 복, 다시 부), 府(관청 부), 婦(며느리 부), 副(버금 부), 富(부자 부), 佛(부처 불), 非(아닐 비), 悲(슬플 비), 飛(날 비), 備(갖출 비), 貧(가난할 빈)

ㅅ : 寺(절 사), 舍(집 사), 師(스승 사), 謝(사례할 사), 殺(죽일 살, 감할 쇄), 床(상 상), 狀(모양 상, 문서 장), 想(생각 상), 常(떳떳할 상), 設(베풀 설), 城(성 성), 盛(성할 성), 誠(정성 성), 星(별 성), 聖(성인 성), 聲(소리 성), 細(가늘 세), 稅(세금 세), 勢(형세 세), 素(본디/흴 소), 笑(웃음 소), 掃(쓸 소), 俗(풍속 속), 續(이을 속), 送(보낼 송), 收(거둘 수), 守(지킬 수), 受(받을 수), 授(줄 수), 修(닦을 수), 純(순할 순), 承(이을 승), 視(볼 시), 詩(시 시), 是(옳을 시), 施(베풀 시), 試(시험할 시), 息(쉴 식), 申(납/알릴 신), 深(깊을 심)

ㅇ : 眼(눈 안), 暗(어두울 암), 壓(누를 압), 液(액체 액), 羊(양 양), 如(같을 여), 餘(남을 여), 逆(거스를 역), 硏(갈 연), 煙(연기 연), 演(펼 연), 榮(영화 영), 藝(재주 예), 誤(그르칠 오), 玉(구슬 옥), 往(갈 왕), 謠(노래 요), 容(얼굴 용), 員(인원 원), 圓(둥글 원), 衛(지킬 위), 爲(할 위), 肉(고기 육), 恩(은혜 은), 陰(그늘 음), 應(응할 응), 義(옳을 의), 議(의논할 의), 移(옮길 이), 益(더할 익), 認(알 인), 引(끌 인), 印(도장 인)

ㅈ : 障(막힐 장), 將(장수 장), 低(낮을 저), 敵(대적할 적), 田(밭 전), 絶(끊을 절), 接(접할 접), 政(정사 정), 程(길 정), 精(정할 정), 制(마를 제), 製(지을 제), 除(덜 제), 祭(제사

제), 際(즈음 제), 提(끌 제), 濟(건널 제), 早(일찍 조), 助(도울 조), 造(지을 조), 鳥(새 조), 尊(높을 존), 宗(마루 종), 走(달아날 주), 竹(대나무 죽), 準(준할 준), 衆(무리 중), 增(더할 증), 支(지탱할 지), 至(이를 지), 指(가리킬 지), 志(뜻 지), 職(일할 직), 眞(참 진), 進(나아갈 진)

ㅊ : 次(버금 차), 察(살필 찰), 創(비롯할 창), 處(곳 처), 請(청할 청), 銃(총 총), 總(다 총), 蓄(모을 축), 築(쌓을 축), 忠(충성 충), 蟲(벌레 충) 取(가질 취), 測(헤아릴 측), 治(다스릴 치), 置(둘 치), 齒(이 치), 侵(침노할 침)

ㅋ : 快(쾌할 쾌)

ㅌ : 態(태도 태), 統(거느릴 통), 退(물러날 퇴)

ㅍ : 波(물결 파), 破(깨뜨릴 파), 布(베 포, 보시 보), 包(쌀 포), 砲(대포 포), 暴(사나울 폭, 모질 포), 票(표 표), 豊(풍년 풍)

ㅎ : 限(막을 한), 航(배 항), 港(항구 항), 解(풀 해), 香(향기 향), 鄕(시골 향), 虛(빌 허), 驗(시험 험), 賢(어질 현), 血(피 혈), 協(화할 협), 惠(은혜 혜), 戶(집 호), 呼(부를 호), 護(도울 호), 貨(재물 화), 確(굳을 확), 回(돌아올 회), 吸(마실 흡), 興(일 흥), 希(바랄 희)

4급1 250자

ㄱ : 暇(틈/겨를 가), 刻(새길 각), 覺(깨달을 각), 干(방패 간), 看(볼 간), 簡(대쪽 간), 甘(달 감), 敢(감히 감), 甲(갑옷 갑), 降(내릴 강, 항복할 항), 更(다시 갱, 고칠 경), 巨(클 거), 居(살 거), 拒(막을 거), 據(의거할 거), 傑(뛰어날 걸), 儉(검소할 검), 激(격할 격), 擊(칠 격), 犬(개 견), 堅(굳을 견), 鏡(거울 경), 驚(놀랄 경) 系(계통 계), 季(계절 계), 階(섬돌 계), 戒(경계할 계), 鷄(닭 계), 繼(이을 계), 孤(외로울 고), 庫(곳집 고), 穀(곡식 곡), 困(곤할 곤), 骨(뼈 골), 孔(구멍 공), 管(대롱 관), 鑛(쇳돌 광), 構(얽을 구), 君(임금 군), 群(무리 군), 屈(굽힐 굴), 窮(다할 궁), 券(문서 권), 卷(책 권), 勸(권할 권), 歸(돌아갈 귀), 均(고를 균), 劇(심할 극), 勤(부지런할 근), 筋(힘줄 근), 奇(기이할 기),

紀(벼리 기), 寄(부칠 기), 機(틀 기)

ㄴ : 納(드릴 납)

ㄷ : 段(층계 단), 逃(도망할 도), 徒(무리 도), 盜(도적 도)

ㄹ : 卵(알 란), 亂(어지러울 란), 覽(볼 람), 略(간략할 략), 糧(양식 량), 廬(생각 려), 烈(매울 렬), 龍(용 룡), 柳(버들 류), 輪(바퀴 륜), 離(떠날 리)

ㅁ : 妹(누이 매), 勉(힘쓸 면), 鳴(울 명), 模(본뜰 모), 妙(묘할 묘), 墓(무덤 묘), 舞(춤출 무)

ㅂ : 拍(칠 박), 髮(터럭 발), 妨(방해할 방), 犯(범할 범), 範(모범 범), 辯(말씀 변), 普(넓을 보), 伏(엎드릴 복), 複(겹칠 복), 否(아닐 부), 負(질 부), 粉(가루 분), 憤(분할 분), 批(비평할 비), 碑(비석 비), 秘(숨길 비)

ㅅ : 私(사사로울 사), 射(쏠 사), 絲(실 사), 辭(말씀 사), 散(흩을 산), 象(코끼리 상), 像(형상 상), 宣(베풀 선), 舌(혀 설), 屬(붙일 속), 損(덜 손), 松(소나무 송), 頌(기릴 송), 秀(빼어날 수), 叔(아재비 숙), 肅(엄숙할 숙), 崇(높을 숭), 氏(성 씨)

ㅇ : 額(이마 액), 樣(모양 양), 嚴(엄할 엄), 與(더불 여), 延(늘일 연), 易(바꿀 역, 쉬울 이), 域(지경 역), 鉛(납 연), 燃(불사를 연), 緣(인연 연), 迎(맞을 영), 映(비칠 영), 營(경영 영), 豫(미리 예), 郵(우편 우), 遇(만날 우), 優(뛰어날 우), 怨(원망할 원), 源(근원 원), 援(도울 원), 危(위태할 위), 委(맡길 위), 威(위엄 위), 圍(에워쌀 위), 慰(위로할 위), 乳(젖 유), 遊(놀 유), 遺(남길 유), 儒(선비 유), 隱(숨을 은), 依(의지할 의), 疑(의심 의), 異(다를 이), 仁(어질 인)

ㅈ : 姉(손위누이 자), 姿(모양 자), 資(재물 자), 殘(남을 잔), 雜(섞일 잡), 壯(씩씩할 장) 裝(꾸밀 장), 帳(장막 장), 張(베풀 장), 獎(장려할 장), 腸(창자 장), 底(밑 저), 賊(도적 적), 適(맞을 적), 積(쌓을 적), 績(길쌈 적), 籍(문서 적), 專(오로지 전), 轉(구를 전), 錢(돈 전), 折(꺾을 절), 占(점칠 점), 點(점 점), 丁(고무레 정), 整(가지런할 정), 靜(가지런할 정), 帝(임금 제), 組(짤 조), 條(가지 조), 潮(밀물 조), 存(있을 존), 從(쫓을 종), 鍾(쇠북 종), 座(자리 좌), 朱(붉을 주), 周(두루 주), 酒(술 주), 證(증거 증), 誌(기록 지), 智(지혜 지), 持(가질 지), 織(짤 직), 珍(보배 진), 陳(진칠 진), 盡(다할 진)

ㅊ : 差(어긋날 차), 讚(기릴 찬), 採(캘 채), 冊(책 책), 泉(샘 천), 聽(들을 청), 廳(관청 청),

招(부를 초), 推(밀 추), 縮(줄일 축), 趣(뜻 취), 就(나아갈 취), 層(층 층), 寢(잘 침), 針(바늘 침), 稱(일컬을 칭)

ㅌ : 歎(탄식할 탄), 彈(탄알 탄), 脫(벗을 탈), 探(찾을 탐), 擇(가릴 택), 討(칠 토), 痛(아플 통), 投(던질 투), 鬪(싸움 투)

ㅍ : 派(갈래 파), 判(판단할 판), 篇(책 편), 評(평론할 평), 閉(닫을 폐), 胞(세포 포), 爆(불터질 폭), 標(표할 표), 疲(피곤할 피), 避(피할 피)

ㅎ : 恨(한할 한), 閑(한가할 한), 抗(겨룰 항), 核(씨 핵), 憲(법 헌), 險(험할 험), 革(가죽 혁), 顯(나타날 현), 刑(형벌 형), 好(좋을 호), 或(혹시 혹), 婚(혼인할 혼), 混(섞일 혼), 紅(붉을 홍), 華(빛날 화), 環(고리 환), 歡(기쁠 환), 況(하물며 황), 灰(재 회), 厚(두터울 후), 候(기후 후), 揮(휘두를 휘), 喜(기쁠 희)

3급2 400자

ㄱ : 佳(아름다울 가), 閣(집 각), 脚(다리 각), 刊(간행할 간), 肝(간 간), 幹(줄기 간), 懇(간절할 간), 鑑(거울 감), 剛(굳셀 강), 綱(벼리 강), 介(낄 개), 槪(대개 개), 距(떨어질 거), 乾(하늘 건), 劍(칼 검), 兼(겸할 겸), 謙(겸손할 겸), 耕(밭갈 경), 頃(이랑 경), 械(기계 계), 契(맺을 계, 부족이름 글), 啓(열 계), 溪(시내 계), 姑(시어머니 고), 稿(원고 고), 鼓(북 고), 谷(골 곡), 哭(울 곡), 供(이바지할 공), 恭(공손할 공), 貢(바칠 공), 恐(두려울 공), 誇(자랑할 과), 寡(적을 과), 貫(꿸 관), 慣(익숙할 관), 館(집 관), 冠(갓 관), 寬(너그러울 관), 怪(괴이할 괴), 壞(무너질 괴), 巧(교묘할 교), 較(견줄 교), 拘(잡을 구), 久(오랠 구), 菊(국화 국), 弓(활 궁), 拳(주먹 권), 鬼(귀신 귀), 克(이길 극), 琴(거문고 금), 禽(새 금), 錦(비단 금), 及(미칠 급), 祈(빌 기), 企(바랄 기), 其(그 기), 畿(경기 기), 緊(요긴할 긴)

ㄴ : 諾(허락 낙), 娘(아가씨 낭), 耐(견딜 내), 寧(편안 녕), 奴(종 노), 腦(뇌수 뇌)

ㄷ : 茶(차 다, 차 차), 丹(붉을 단), 旦(아침 단), 但(다만 단), 淡(맑을 담), 踏(밟을 답), 唐

(당나라 당), 臺(집 대), 刀(칼 도), 途(길 도), 陶(질그릇 도), 突(갑자기 돌)

ㄹ : 絡(이을 락), 蘭(난초 란), 欄(난간 란), 浪(물결 랑), 郎(사내 랑), 廊(행랑 랑), 凉(서늘할 량), 勵(힘쓸 려), 曆(책력 력), 鍊(단련할 련), 聯(연이을 련), 戀(그리워할 련), 嶺(고개 령), 靈(신령 령), 露(이슬 로), 爐(화로 로), 弄(희롱할 롱), 賴(의뢰할 뢰), 樓(다락 루), 倫(인륜 륜), 栗(밤 률), 率(비율 률, 거느릴 솔), 隆(높을 륭), 陵(언덕 릉), 吏(아전 리), 裏(속 리), 履(밟을 리), 臨(임할 림)

ㅁ : 莫(말 막), 漠(아득할/사막 막), 幕(장막 막), 妄(망령될 망), 梅(매화 매), 孟(맏 맹), 猛(사나울 맹), 盟(맹세 맹), 盲(눈멀 맹), 眠(잠잘 면), 綿(솜 면), 滅(멸할 멸), 銘(새길 명), 謨(꾀할 모), 慕(사모할 모), 貌(모양 모), 睦(화목할 목), 沒(빠질 몰), 夢(꿈 몽), 蒙(어릴/몽고 몽), 茂(무성할 무), 貿(무역할 무), 默(잠잠할 묵), 勿(말 물, 털 몰), 微(작을 미)

ㅂ : 迫(핍박할/닥칠 박), 薄(엷을 박), 飯(밥 반), 培(북돋울 배), 排(물리칠 배), 輩(무리 배), 伯(맏 백), 繁(번성할 번), 凡(무릇 범), 碧(푸를 벽), 丙(남녘 병), 補(기울 보), 腹(배 복), 覆(엎을 복, 덮을 부), 封(봉할 봉), 峯(봉우리 봉), 逢(만날 봉), 扶(붙들/도울 부), 付(부칠 부), 附(붙을 부), 符(부호 부), 浮(뜰 부), 簿(문서 부), 紛(어지러울 분), 奔(달아날 분), 奮(떨칠 분), 妃(왕비 비), 肥(살찔 비), 卑(낮을 비), 婢(여자종 비)

ㅅ : 巳(뱀 사), 祀(제사 사), 司(맡을 사), 詞(말씀 사), 沙(모래 사), 邪(간사할 사), 森(수풀 삼), 霜(서리 상), 尙(오히려/숭상 상), 常(치마 상), 詳(자세할 상), 喪(잃을 상), 像(형상 상), 索(찾을 색, 새끼줄 삭), 恕(용서 서), 徐(천천할 서), 署(관청 서), 緖(실마리 서), 惜(아낄 석), 釋(풀 석), 旋(돌 선), 訴(호소할 소), 疎(성길 소), 蘇(깨어날 소), 刷(인쇄할 쇄), 衰(쇠할 쇠), 帥(장수 수), 殊(다를 수), 隋(따를 수), 愁(근심 수), 需(쓰일 수) 壽(목숨 수), 輸(굴릴/나를 수), 獸(짐승 수), 淑(맑을 숙), 熟(익을 숙), 旬(열흘 순), 巡(돌 순), 瞬(순간 순), 述(베풀/지을 술), 拾(주울 습), 襲(엄습할 습), 昇(오를 승), 乘(탈 승), 僧(중 승), 侍(모실 시), 飾(꾸밀 식), 愼(삼갈 신), 甚(심할 심), 審(살필 심), 雙(쌍 쌍)

ㅇ : 雅(맑을 아), 亞(버금 아), 我(나 아), 阿(언덕 아), 岸(언덕 안), 顔(얼굴 안), 巖(바위 암), 央(가운데 앙), 仰(우러를 앙), 哀(슬플 애), 若(같을 약, 반야 야), 揚(날릴 양), 壤(흙덩이 양), 讓(사양할 양), 御(모실/임금 어), 抑(누를 억), 憶(생각 억), 亦(또 역), 役(부릴

역), 譯(번역 역), 驛(역 역), 沿(물가 연), 宴(잔치 연), 軟(연할 연), 悅(기쁠 열), 染(물들일 염), 影(그림자 영), 譽(기릴 예), 悟(깨달을 오), 烏(까마귀 오), 獄(옥 옥), 辱(욕될 욕), 欲(하고자할 욕), 慾(욕심 욕), 宇(집 우), 偶(짝 우), 愚(어리석을 우), 憂(근심 우), 韻(운 운), 越(넘을 월), 謂(이를 위), 幼(어릴 유), 猶(오히려 유), 幽(그윽할 유), 柔(부드러울 유), 悠(멀 유), 維(벼리 유), 裕(넉넉할 유), 誘(달랠 유), 潤(윤택할 윤), 乙(새을), 已(이미 이), 翼(날개 익), 忍(참을 인), 逸(편안할 일), 壬(북방 임)

ㅈ : 慈(사랑 자), 暫(잠깐 잠), 潛(잠길 잠), 丈(어른 장), 粧(단장할 장), 莊(장엄할 장), 葬(장사지낼 장), 掌(손바닥 장), 藏(감출 장), 臟(오장 장), 栽(심을 재), 裁(마를 재), 載(실을 재), 抵(막을 저), 著(나타날 저), 跡(발자취 적) 寂(고요할 적), 笛(피리 적), 摘(딸 적), 蹟(자취 적), 漸(점점 점), 井(우물 정), 亭(정자 정), 頂(정수리 정), 征(칠 정), 廷(조정 정), 貞(곧을 정), 淨(깨끗할 정), 齊(가지런할 제), 諸(모든 제), 兆(억조 조), 照(비칠 조), 燥(마를 조), 縱(세로 종), 坐(앉을 좌), 柱(기둥 주), 洲(물가 주), 宙(집 주), 卽(곧 즉), 症(증세 증), 曾(일찍 증), 憎(미울 증), 蒸(찔 증), 之(갈 지), 池(못 지), 唇(별 진, 때 신), 振(떨칠 진), 鎭(진정할 진), 陳(베풀 진), 秩(차례 질), 疾(병 질), 執(잡을 집), 徵(부를 징)

ㅊ : 此(이 차), 贊(도울 찬), 倉(창고 창), 蒼(푸를 창), 昌(창성할 창), 彩(채색 채), 菜(나물 채), 策(꾀 책), 妻(아내 처), 尺(자 척), 戚(친척 척), 拓(개척할 척), 戚(친척 척), 淺(얕을 천), 賤(천할 천), 踐(밟을 천), 哲(밝을 철), 徹(통할 철), 肖(닮을 초), 超(뛰어넘을 초), 礎(주춧돌 초), 促(재촉할 촉), 觸(닿을 촉), 催(재촉할 최), 追(따를 추), 衝(찌를 충), 吹(불 취), 醉(취할 취), 側(곁 측), 恥(부끄러울 치), 値(값 치), 稚(어릴 치), 沈(잠길 침, 성씨 심)

ㅌ : 塔(탑 탑), 泰(클/편안할 태), 殆(위태할 태), 澤(못 택), 兎(토끼 토)

ㅍ : 版(조각 판), 片(조각 편), 肺(허파 폐), 幣(혜질 폐), 浦(물가 포), 楓(단풍나무 풍), 皮(가죽 피), 彼(저 피), 被(입을 피), 畢(마칠 필)

ㅎ : 何(어찌 하), 賀(하례 하), 鶴(학/두루미 학), 割(벨 할), 含(머금을 함), 陷(빠질 함), 項(목 항), 恒(항상 항), 響(울릴 향), 獻(드릴 헌), 玄(검을 현), 懸(매달 현), 脅(위협할 협),

慧(지혜 혜), 虎(범 호), 胡(오랑캐 호), 浩(넓을 호), 豪(호걸 호), 惑(미혹할 혹), 魂(넋 혼), 忽(문득 홀), 洪(넓을 홍), 禍(재앙 화), 換(바꿀 환), 還(돌아올 환), 皇(임금 황), 悔(뉘우칠 회), 懷(품을 회), 劃(그을 획), 獲(얻을 획), 橫(비낄/가로 횡), 稀(드물 희), 戲(희롱할 희)

3급1 407자

ㄱ : 架(시렁 가), 却(물리칠 각), 姦(간음할/간사할 간), 渴(목마를 갈), 鋼(강철 강), 皆(다 개), 蓋(덮을 개), 慨(슬플 개), 憩(쉴 게), 肩(어깨 견), 絹(비단 견), 遣(보낼 견), 庚(별 경), 徑(지름길 경), 竟(마침내 경), 硬(굳을 경), 卿(벼슬 경), 癸(북방 계), 桂(계수나무 계), 枯(마를 고), 顧(돌아볼 고), 坤(땅 곤), 戈(창 과), 瓜(오이 과), 郭(성 곽), 掛(걸 괘), 愧(부끄러울 괴), 塊(덩어리 괴), 郊(들 교), 矯(바로잡을 교), 狗(개 구), 苟(진실로 구), 丘(언덕 구), 俱(함께 구), 驅(몰 구), 鷗(갈매기 구), 懼(두려울 구), 厥(그 궐), 龜(거북 귀, 거북 구, 터질 균), 叫(부르짖을 규), 閨(안방 규), 菌(버섯 균), 僅(겨우 근), 謹(삼갈 근), 斤(도끼 근), 肯(즐길 긍), 忌(꺼릴 기), 欺(속일 기), 豈(어찌 기), 騎(말탈 기), 旣(이미 기), 飢(주릴 기), 棄(버릴기), 幾(몇/기미 기)

ㄴ : 那(어찌 나), 奈(어찌 내), 濃(짙을 농), 惱(번뇌할 뇌), 泥(진흙 니)

ㄷ : 潭(못 담), 畓(논 답), 糖(엿 당), 貸(빌릴 대), 倒(거꾸러질 도), 渡(건널 도), 挑(돋울 도), 桃(복숭아 도), 跳(뛸 도), 稻(벼 도), 篤(도타울 독), 敦(도타울 돈), 豚(돼지 돈), 桐(오동나무 동), 凍(얼 동), 鈍(둔할 둔)

ㄹ : 洛(낙수 락), 爛(찬란할 란), 濫(넘칠 람), 覽(볼 람), 掠(노략질할 략), 諒(헤아릴 량), 梁(들보 량), 蓮(연꽃 련), 憐(불쌍할 련), 劣(못할 렬), 裂(찢을 렬), 廉(청렴할 렴), 零(떨어질 령), 鹿(사슴 록), 祿(녹 록), 雷(우레 뢰), 了(마칠 료), 累(포갤 루), 淚(눈물 루), 漏(샐 루), 屢(여러 루), 梨(배 리), 隣(이웃 린)

ㅁ : 麻(삼 마), 磨(갈 마), 晩(늦을 만), 慢(거만할 만), 漫(퍼질 만), 蠻(오랑캐 만), 忙(바쁠

273

망), 忘(잊을 망), 罔(없을 망), 茫(아득할 망), 埋(묻을 매), 媒(중매 매), 麥(보리 맥), 免(면할 면), 冥(어두울 명), 矛(창 모), 某(아무 모), 募(뽑을/모을 모), 暮(저물 모), 沐(머리감을 목), 卯(토끼 묘), 苗(싹 묘), 廟(사당 묘), 戊(별 무), 霧(안개 무), 墨(먹 묵) 迷(미혹할 미), 尾(꼬리 미), 眉(눈썹 미), 憫(민망할 민), 敏(민첩할 민), 蜜(꿀 밀)

ㅂ : 泊(머무를 박), 返(돌아올 반), 叛(배반할 반), 般(일반 반), 盤(쟁반 반), 拔(뺄 반), 芳(꽃다울 방), 倣(모방할 방), 傍(곁 방), 邦(나라 방), 杯(잔 배), 栢(잣나무 백), 飜(번역할 번), 煩(번거로울 번), 汎(넓을 범), 辨(분별할 변), 竝(나란히 병), 屛(병풍 병), 譜(족보/적을 보), 卜(점 복), 蜂(벌 봉), 鳳(봉새 봉), 腐(썩을 부), 赴(다다를 부), 賦(과할 부), 膚(살갖 부), 墳(무덤 분), 弗(아닐 불), 拂(떨칠 불), 朋(벗 붕), 崩(붕너질 붕), 賓(손 빈), 頻(자주 빈), 聘(부를 빙)

ㅅ : 似(같을 사), 捨(버릴 사), 蛇(뱀 사), 斜(비낄 사), 詐(속일 사), 斯(이 사), 賜(줄 사), 削(깎을 삭), 朔(초하루 삭), 酸(실 산), 嘗(맛볼/일찍 상), 償(갚을 상), 祥(상서 상), 桑(뽕나무 상), 塞(변방 새, 막힐 색), 敍(베풀 서), 庶(무리 서), 暑(더울 서), 析(쪼갤 석), 昔(옛 석), 禪(참선 선), 涉(건널 섭), 召(부를 소), 昭(밝을 소), 蔬(나물 소), 燒(불사를 소), 騷(떠들 소), 粟(조 속), 訟(송사할 송), 誦(외울 송), 鎖(자물쇠 쇄), 囚(가둘 수), 睡(졸음 수), 須(모름지기 수), 遂(드디어/이룰 수), 誰(누구 수), 雖(비록 수), 孰(누구 숙), 殉(따라죽을 순), 盾(방패 순), 循(좇을 순), 脣(입술 순), 戌(개 술), 濕(젖을 습), 升(되 승), 矢(화살 시), 伸(펼 신), 辛(매울 신), 晨(새벽 신), 尋(찾을 심)

ㅇ : 牙(어금니 아), 芽(싹 아), 餓(주릴 아), 岳(큰 산/멧부리 악), 雁(기러기 안), 謁(뵐 알), 殃(재앙 앙), 涯(물가 애), 厄(재앙 액), 也(어조사 야), 耶(어조사 야), 楊(버들 양), 於(어조사 어), 焉(어조사 언), 予(나 여), 汝(너 여), 余(나 여), 輿(수레 여), 疫(전염병 역), 硯(벼루 연), 燕(제비 연), 炎(불꽃 염), 鹽(소금 염), 泳(헤엄칠 영), 詠(읊을 영), 銳(날카로울 예), 吾(나 오), 梧(오동나무 오), 娛(즐길 오), 嗚(슬플 오), 汚(더러울 오), 傲(거만할 오), 翁(늙은이 옹), 瓦(기와 와), 臥(누울 와), 緩(느릴 완), 曰(가로 왈), 畏(두려울 외), 腰(허리 요), 搖(흔들 요), 遙(멀 요), 傭(떳떳할 용), 又(또 우), 尤(더욱 우), 于(어조사 우), 羽(깃 우), 云(이를 운), 胃(밥통 위), 違(어길 위), 緯(씨 위), 僞(거짓 위), 酉

(닭 유), 愈(나을 유), 唯(오직 유), 惟(생각 유), 閏(윤달 윤), 吟(읊을 음), 淫(음란할 음), 泣(울 읍), 矣(어조사 의), 宜(마땅 의), 貳(두 이), 而(말이을 이), 夷(큰 활, 오랑캐 이), 刃(칼날 인) 姻(혼인 인), 寅(동방/범 인), 壹(한 일), 賃(품삯 임)

ㅈ : 刺(찌를 자), 恣(방자할 자), 玆(이 자), 紫(자줏빛 자), 雌(암컷 자), 酌(술부을 작), 爵(버슬 작), 蠶(누에 잠), 墙(담 장), 哉(어조사 재), 滴(물방울 적), 蝶(나비 접), 訂(바로잡을 정), 堤(둑 제), 弔(조상할 조), 租(조세 조), 拙(못날 졸), 佐(도울 좌), 舟(배 주), 株(그루 주), 俊(준걸 준), 遵(좇을 준), 仲(버금 중), 贈(줄 증), 枝(가지 지), 只(다만 지) 遲(더딜 지), 姪(조카 질), 懲(징계할 징)

ㅊ : 且(또 차), 借(빌릴 차), 捉(잡을 착), 錯(섞일 착), 慘(참혹할 참), 慙(부끄러울 참), 滄(바다 창), 暢(화창할 창), 債(빚 채), 悽(슬플 처), 斥(물리칠 척), 遷(옮길 천), 薦(천거할 천), 尖(뾰족할 첨), 添(더할 첨), 妾(첩 첩), 晴(갤 청), 替(바꿀 체), 抄(뽑을 초), 燭(촛불 촉), 聰(귀밝을 총), 抽(뽑을 추), 醜(더러울 추), 丑(소 축), 畜(기를 축), 逐(쫓을 축), 臭(냄새 취), 漆(옻 칠), 枕(베개 침), 浸(젖을 침)

ㅌ : 妥(타당할 타), 墮(떨어질 타), 托(맡길 탁), 琢(쪼을 탁), 濁(흐릴 탁), 濯(씻을 탁), 奪(빼앗을 탈), 貪(탐할 탐), 湯(끓을 탕), 怠(게으를 태), 吐(토할 토), 透(통할/사무칠 투)

ㅍ : 頗(자못 파), 罷(파할 파), 播(뿌릴 파), 販(팔 판), 貝(조개 패), 遍(두루 편), 編(엮을 편), 廢(폐할 폐), 幣(폐백 폐), 蔽(가릴 폐), 抱(안을 포), 飽(배부를 포), 捕(잡을 포), 幅(폭/너비 폭), 漂(뜰 표), 匹(짝 필)

ㅎ : 荷(멜/연 하), 汗(땀 한), 旱(가물 한), 咸(다 함), 巷(거리 항), 奚(어찌 해), 亥(돼지 해), 該(해당할 해), 享(누릴 향), 軒(집/추녀 헌), 弦(활시위 현), 絃(줄 현), 縣(고을 현), 穴(구멍 혈), 亨(형통할 형), 螢(반딧불 형), 兮(어조사 혜), 互(서로 호), 乎(어조사 호), 毫(터럭 호), 昏(어두울 혼), 弘(클/넓을 홍), 鴻(기러기 홍), 禾(벼 화), 穫(거둘 확), 擴(넓힐 확), 丸(둥글 환), 荒(거칠 황), 曉(새벽/깨달을 효), 侯(임금/제후 후), 喉(목구멍 후), 毁(헐 훼), 輝(빛날 휘), 携(끌 휴), 胸(가슴 흉), 熙(빛날 희), 噫(슬플 희)

2급 543자

ㄱ : 柯(가지 가), 軻(수레/사람이름 가), 伽(절 가), 迦(부처이름 가), 賈(성씨 가, 장사 고),
珏(쌍옥 각), 杆(몽둥이 간), 艮(괘이름/어긋날 간), 葛(칡 갈), 鞨(오랑캐이름 갈), 邯(사
람이름 감, 나라서울 한), 憾(섭섭할 감), 鉀(갑옷 갑), 岡(언덕/산등성이 강), 姜(성씨 강),
崗(산등성이/언덕 강), 彊(굳셀 강), 疆(지경 강), 价(클/착할 개), 塏(높은땅 개), 坑(구
덩이 갱), 鍵(열쇠/자물쇠 건), 乞(빌 걸), 桀(하왕이름 걸), 杰(뛰어날 걸), 揭(걸/들 게),
隔(사이뜰 격), 牽(이끌/끌 견) 甄(질그릇 견), 炅(빛날 경), 璟(옥빛 경), 儆(경계할 경),
瓊(구슬 경), 繫(맬 계), 皐(언덕 고), 雇(품팔 고), 串(땅이름 곶, 꿸 관), 菓(과자/실과
과), 琯(옥피리 관), 款(항 목, 정성 관), 狂(미칠 광), 傀(허수아비 괴), 槐(회나무 괴), 絞
(목맬 교), 僑(더부살이 교), 膠(아교 교), 玖(옥돌 구), 邱(땅이름 구), 歐(구라파/칠 구), 購
(살 구), 鞠(성 국), 掘(팔 굴), 窟(굴 굴), 圈(우리 권), 闕(대궐/빠질 궐), 軌(수레바퀴 궤),
糾(얽힐 규), 圭(서옥/쌍토 규), 珪(홀 규), 奎(별 규), 揆(헤아릴 규), 槿(무궁화 근), 瑾(아
름다운옥 근), 兢(떨릴 긍), 沂(물이름 기), 岐(갈림길 기), 淇(물이름 기), 棋(바둑/장기
기), 琪(아름다운 옥 기), 箕(키 기), 騏(준마 기), 麒(기린 기), 琦(옥이름 기), 耆(늙은이
기), 璣(구슬 기), 冀(바랄 기), 驥(천리마 기)

ㄴ : 尿(오줌 뇨(요)), 尼(여승 니(이)), 溺(빠질 닉(익))

ㄷ : 鍛(쇠부릴 단), 湍(여울 단), 膽(쓸개 담), 塘(못 당), 垈(집터 대), 戴(일 대), 悳(큰 덕),
塗(진흙 도), 悼(슬퍼할 도), 燾(비칠 도), 惇(도타울 돈), 燉(불빛 돈), 頓(조아릴 돈), 乭
(이름 돌), 棟(마룻대 동), 董(바를 동), 杜(막을 두), 屯(진칠 둔), 鄧(나라이름 등), 謄
(베낄 등), 騰(오를 등), 藤(등나무 등)

ㄹ : 裸(벗을 라(나)), 拉(끌어갈 랍(납)), 萊(명아주 래), 輛(수레 량(양)), 亮(밝을 량(양)),
樑(들보 량(양)), 呂(성씨/법칙 려(여)), 廬(농막집 려(여)), 礪(숫돌 려(여)), 驪(검은말
려(여)), 漣(잔물결 련(연)), 煉(달굴 련(연)), 濂(물이름 렴(염)), 獵(사냥 렵(엽)), 玲(옥
소리 령(영)), 醴(단술 례(예)), 鷺(해오라기 로(노)), 魯(노나라, 노둔할 로(노)), 盧(검을
로(노)), 蘆(갈대 로(노)), 籠(대바구니 롱(농)), 僚(동료 료(요)), 遼(멀 료(요)), 療(병고

칠 료(요)), 硫(유황 류(유)), 劉(죽일/묘금도 류(유)), 謬(그릇될 류(유)), 崙(산이름 륜(윤)), 楞(네모질 릉(능)), 麟(기린 린(인))

ㅁ : 摩(문지를 마), 魔(마귀 마), 痲(저릴 마), 膜(막/꺼풀 막), 娩(낳을 만), 灣(물굽이 만), 靺(말갈족 말), 網(그물 망), 枚(낱 매), 魅(매혹할 매), 貊(맥국 맥), 覓(찾을 멱), 俛(구부릴 면), 冕(면류관 면), 沔(물이름 면), 蔑(업신여길 멸), 侮(업신여길 모), 茅(띠 모), 牟(보리 모), 帽(모자 모), 謨(꾀 모), 穆(화목할 목), 昴(별이름묘), 汶(물이름 문), 紊(문란할 문), 彌(미륵/오랠 미), 玟(아름다운돌 민), 旻(하늘 민), 旼(화할 민), 閔(성씨 민), 珉(옥돌 민)

ㅂ : 舶(큰배 박), 搬(운반할 반), 伴(짝 반), 潘(뜨물 반), 磻(반계 반/번), 渤(바다이름 발), 鉢(바리때 발), 紡(길쌈 방), 旁(곁 방), 龐(높은집 방), 賠(물어줄 배), 俳(배우 배), 裵(옷치렁거릴 배), 筏(뗏목 벌), 閥(문벌 벌), 范(성 범), 僻(궁벽할 벽), 卞(조급할 변), 弁(고깔 변), 炳(불꽃 병), 昞(밝을 병), 昺(밝을 병), 柄(자루 병), 秉(잡을 병), 倂(아우를 병), 甫(클 보), 輔(도울 보), 潽(물이름 보), 覆(덮을 복), 馥(향기 복), 俸(녹 봉), 蓬(쑥 봉), 縫(꿰맬 봉), 釜(가마 부), 阜(언덕 부), 傅(스승 부), 敷(펼 부), 芬(향기로울 분), 鵬(붕새 붕), 毘(도울 비), 毖(삼갈 비), 조(클 비), 匪(비적/도적 비), 彬(빛날 빈)

ㅅ : 泗(물이름 사), 飼(먹일/기를 사), 唆(부추길 사), 赦(용서할 사), 傘(우산 산), 蔘(삼 삼), 揷(꽂을/끼울 삽), 箱(상자 상), 庠(학교 상), 舒(펄 서), 瑞(상서로울 서), 誓(맹세할 서), 碩(클 석), 晳(밝을 석), 奭(클/쌍백 석), 錫(주석 석), 瑄(도리옥 선), 璇(옥 선), 繕(기울 선), 璿(아름다운옥 선), 卨(사람이름 설), 薛(대쑥 설), 陝(땅이름 섬), 暹(해돋을 섬), 蟾(두꺼비 섬), 纖(가늘 섬), 燮(불꽃 섭), 攝(다스릴/잡을 섭), 晟(밝을 성), 貰(세놓을 세), 沼(못 소), 邵(땅이름 소), 紹(이을 소), 巢(집 소), 宋(송나라 송), 垂(드리울 수), 洙(물가 수), 銖(저울눈 수), 隋(수나라 수), 搜(찾을 수), 洵(참으로 순), 珣(옥이름 순), 荀(풀이름 순), 淳(순박할 순), 舜(순임금 순), 瑟(큰거문고 슬), 繩(줄/노끈 승), 柴(섶 시), 屍(주검 시), 軾(수레앞턱가로나무 식), 殖(불릴 식), 湜(물맑을 식), 紳(큰띠 신), 腎(콩팥 신), 瀋(즙/물이름 심)

ㅇ : 握(쥘 악), 閼(막을 알), 癌(암 암), 押(누를 압), 鴨(오리 압), 艾(쑥 애), 埃(티끌 애), 碍

(꺼리낄 애), 倻(가야 야), 惹(이끌 야), 躍(뛸 약), 襄(도울 양), 孃(아가씨 양), 彦(선비
언), 衍(넓을 연), 妍(고울 연), 淵(못 연), 閱(볼 열), 厭(싫어할 염), 閻(마을 염), 燁(빛
날 엽), 暎(비칠 영), 瑛(옥빛 영), 瑩(의혹할 형, 옥돌 옥, 밝을 영), 盈(찰 영), 芮(성씨
예), 預(맡길/미리 예), 睿(슬기 예), 濊(종족이름 예), 吳(나라 오), 墺(물가 오), 鈺(보배
옥), 沃 (기름질 옥), 穩(편안할 온), 邕(막힐/화할 옹), 雍(화할 옹), 擁(낄/안을 옹), 甕
(독 옹), 莞(왕골 완), 汪(넓을 왕), 旺(왕성할 왕), 歪(비뚤 왜, 기울 외)), 倭(왜나라 왜),
妖(요사할 요), 姚(예쁠 요), 堯(요임금 요), 燿(빛날 요), 傭(품팔 용), 鏞(쇠북 용), 溶
(녹을 용), 瑢(패옥소리 용), 熔(녹을 용), 鎔(쇠녹일 용), 佑(도울 우) 祐(복 우), 禹(성씨
우), 旭(아침해 욱), 郁(성할 욱), 昱(햇빛밝을 욱), 煜(빛날 욱), 頊(삼갈 욱), 芸(향풀
운), 蔚(우거질 울), 鬱(답답할 울), 熊(곰 웅), 苑(나라동산 원), 袁(성씨 원), 媛(계집/예
쁠 원), 瑗(구슬 원), 魏(위나라 위), 渭(물이름 위), 韋(다룸가죽 위), 尉(벼슬 위), 兪(성
씨/인월도/대답할 유), 楡(느릅나무 유), 踰(넘을 유), 庾(곳집/노적가리 유), 尹(성씨/다
스릴 윤), 允(맏/진실로 윤), 鈗(창/병기 윤), 胤(자손 윤), 融(녹을 융), 垠(지경/땅끝 은),
殷(은나라 은), 誾(향기 은), 凝(엉길 응), 鷹(매 응), 伊(저 이), 珥(귀걸이 이), 怡(기쁠
이), 翊(도울 익), 佾(춤 일), 鎰(무게이름 일), 妊(아이밸 임)

ㅈ : 諮(물을 자), 滋(불을 자), 磁(자석 자), 庄(전장/농막 장), 璋(반쪽/홀 장), 樟(녹나무 장),
蔣(성씨/줄 장), 宰(재상 재), 沮(막을 저), 甸(경기 전), 殿(전각/큰집 전), 竊(훔칠 절),
汀(물가 정), 呈(드릴 정), 珽(옥이름 정), 艇(거룻배 정), 偵(염탐할 정), 楨(광나무 정),
禎(상서로울 정), 旌(기/표할 정), 晶(밝을/수정 정), 鼎(솥 정), 鄭(나라 정), 劑(약제
제), 祚(복 조), 曺(성 조), 措(둘 조), 釣(낚시 조), 彫(새길 조), 趙(나라 조), 琮(옥홀/서
옥 종), 綜(모을 종), 珠(구슬 주), 駐(머무를 주), 奏(아뢸 주), 疇(밭이랑 주), 鑄(쇠불릴
주), 峻(높을 준), 浚(깊게할 준), 埈(가파를 준), 晙(밝을 준), 駿(준마 준), 濬(깊을 준),
准(비준/승인할 준), 芝(지초 지), 址(터 지), 旨(뜻 지), 脂(기름 지), 稙(올벼 직), 稷(피
직), 震(우레 진), 津(나루 진), 診(진찰할 진), 秦(성씨/나라 진), 晋(성/나라 진), 塵(티
끌 진), 窒(막힐 질), 輯(모을 집)

ㅊ : 遮(가릴 차), 餐(밥/먹을 찬), 燦(빛날 찬), 璨(옥빛 찬), 瓚(옥잔/제기 찬), 鑽(뚫을 찬),

278

札(편지 찰), 刹(절 찰), 斬(벨/매우 참), 敞(시원할/높을 창), 昶(해길 창), 彰(드러날/밝을 창), 采(풍채 채), 埰(사패지 채), 蔡(성씨/나라 채), 隻(외짝 척), 陟(오를 척), 釧(팔찌 천), 喆(밝을/쌍길 철), 撤(거둘 철), 澈(맑을 철), 瞻(볼 첨), 諜(염탐할 첩), 逮(잡을 체), 遞(갈릴 체), 滯(막힐 체), 締(맺을 체), 哨(망볼/작을 초), 秒(분초 초), 焦(탈/그을릴 초), 楚(초나라 초), 蜀(나라이름 촉), 崔(성씨/높을 최), 楸(가래 추), 鄒(추나라 추), 趨(달아날 추), 軸(굴대 축), 蹴(찰 축), 椿(참죽나무 춘), 冲(화할/빌 충), 衷(속마음 충), 炊(불땔 취), 聚(모을 취), 峙(언덕/우뚝솟을 치), 雉(꿩 치)

ㅌ : 託(부탁할 탁), 誕(낳을/거짓 탄), 灘(여울 탄), 耽(즐길 탐), 台(별 태), 胎(아이밸 태), 颱(태풍 태), 兌(바꿀 태, 기쁠 열)

ㅍ : 把(잡을 파), 坡(언덕 파), 阪(비탈 판), 覇(으뜸 패), 彭(성씨 팽), 扁(작을/넓적할 편), 偏(치우칠 편), 坪(넓이단위 평), 怖(두려워할 포), 鮑(절인물고기 포), 抛(던질 포), 葡(포도 포), 鋪(펼/가게 포), 杓(북두자루 표), 馮(성씨 풍, 탈 빙), 泌(스며흐를 필, 분비할 비), 弼(도울 필)

ㅎ : 虐(모질/사나울 학), 翰 (편지 한), 艦(큰싸움배 함), 陜(땅이름 합, 좁을 협), 亢(높을 항), 沆(넓을 항), 杏(살구 행), 赫(빛날/붉을 혁), 爀(불빛/붉을 혁), 炫(밝을/빛날 현), 鉉(솥귀 현), 峴(고개/재 현), 嫌(싫어할 혐), 峽(골짜기 협), 型(모형/거푸집 형), 邢(성씨/나라이름 형), 炯(빛날 형), 瀅(물맑을 형), 衡(저울대 형), 馨(꽃다울/향기 형), 扈(따를 호), 昊(하늘 호), 祜(복 호), 晧(밝을 호), 皓(흴 호), 澔(넓을 호), 濠(호주/해자 호), 壕(해자 호), 鎬(호경 호), 酷(심할 혹), 泓(물깊을 홍), 靴(신 화), 嬅(탐스러울 화), 樺(자작나무 화), 幻(헛보일 환), 桓(굳셀 환), 煥(빛날 환), 滑(미끄러울 활, 익살스러울 골), 晃(밝을 황), 滉(깊을 황), 廻(돌 회), 淮(강이름 회), 檜(전나무 회), 后(임금/왕후 후), 熏(불길 훈), 勳(공 훈), 壎(질나팔 훈), 薰(향풀 훈), 徽(아름다울 휘), 烋(아름다울 휴), 匈(오랑캐 흉), 欽(공경할 흠), 姬(계집 희), 嬉(아름다울 희), 憙(기뻐할 희), 禧(복 희), 熹(성할/빛날 희), 羲(황제이름 희)

1급 1150자

ㄱ : 嘉(아름다울 가), 嫁(시집 가), 呵(꾸짖을 가), 稼(심을 가), 苛(매울 가), 袈(가사 가), 駕(멍에 가), (삼갈 각), 殼(껍질 각), 墾(개간할 간), 奸(범할 간), 揀(가릴 간), 澗(산골물 간), 癎(간질 간), 竿(장대 간), 艱(어려울 간), 諫(간할 간), 竭(다할 갈), 喝(더위먹을 갈), 褐(털옷 갈), 勘(헤아릴 감), 堪(견딜 감), 柑(귤 감, 재갈물릴 겸), 疳(감질 감), 瞰(볼 감), 紺(감색 감), 匣(갑 갑), 閘(불문 갑), 慷(강개할 강), 糠(겨 강), 腔(빈속 강), 薑(생강 강), 箇(낱 개), 凱(즐길 개), 愾(성낼 개), 漑(물댈 개), 芥(겨자 개), 羹(국 갱), 渠(도랑 거), 醵(추렴할 거, 술잔치 갹), 巾(수건 건), 腱(힘줄밑둥 건), 虔(정성 건), 劫(위협할 겁), 怯(겁낼 겁), 偈(쉴 게), 覡(박수 격), 檄(격문 격), 膈(흉격 격), 繭(고칠 견), 譴(꾸짖을 견), 鵑(두견이 견), 訣(이별할 결), 憬(깨달을 경), 梗(대개 경), 磬(경쇠 경), 痙(심줄땅길 경), 莖(줄기 경), 頸(목 경), 脛(정강이 경), 勁(굳셀 경), 鯨(고래 경), 悸(두근거릴 계), 呱(울 고), 拷(칠 고), 敲(두드릴 고), 辜(허물 고), 叩(두드릴 고), 痼(고질 고), 股(넓적다리 고), 膏(살찔 고), 袴(바지 고), 錮(땜질할 고), 鵠(고니 곡), 梏(쇠고랑 곡), 昆(형 곤), 棍(몽두이 곤, 묶을 혼), 袞(곤룡포 곤), 汨(빠질 골), 鞏(묶을 공), 拱(두손맞잡을 공), 顆(낟알 과), 廓(둘레 곽), 槨(덧널 곽), 藿(콩잎 곽), 灌(물댈 관), 棺(널 관), 刮(깎을 괄), 括(묶을 괄), 匡(바룰 광), 壙(광 광), 曠(밝을 광), 胱(오줌통 광), 卦(걸 괘), 罫(줄괘), 乖(어그러질 괴), 拐(속일 괴), 魁(으뜸 괴), 宏(클 굉), 肱(팔뚝 굉), 轟(울릴 굉), 咬(새소리 교), 喬(높을 교), 皎(달빛 교), 嬌(아리따울 교), 攪(어지러울 교), 狡(교활할 교), 蛟(교룡 교), 轎(가마교), 驕(교만할 교), 仇(원수 구), 構(얽을 구), 垢(때 구), 駒(망아지 구), 嘔(노래할 구), 寇(도둑 구), 嶇(험할 구), 柩(널 구), 毆(때릴 구), 溝(봇도랑 구), 灸(뜸 구), 矩(곱자 구), 臼(절구 구), 舅(시아비 구), 衢(네거리 구), 謳(노래할 구), 軀(몸 구), 鉤(갈고랑이 구), 廐(마굿간 구), 鳩(비둘기 구), 窘(막힐 군), 穹(하늘 궁), 躬(몸 궁), 顴(광대뼈 관/권), 倦(게으를 권), 眷(돌아볼 권), 捲(말 권), 蹶(넘어질 궐), 几(안석 궤), 机(책상 궤), 櫃(함 궤), 潰(무너질 궤), 詭(속일 궤), 硅(규소 규), 逵(한길 규), 窺(엿볼 규), 葵(해바라기 규), 橘(귤나무 귤), 剋(이길 극), 戟(창 극), 棘

(멧대추나무 극), 隙(틈 극), 覲(뵐 근), 饉(흉년들 근), 衾(이불 금), 擒(사로잡을 금), 襟
(옷깃 금), 扱(미칠 급), 汲(길을 급), 矜(불쌍히여길 긍), 亙(걸칠 긍), 嗜(즐길 기), 伎
(재주 기), 妓(기생 기), 朞(돌 기), 杞(나무이름 기), 崎(험할 기), 綺(비단 기), 畸(뙈기
밭 기), 羈(굴레 기), 肌(살 기), 譏(나무랄 기)

ㄴ : 儺(역귀쫓을 나), 懦(나약할 나), 拏(붙잡을 나), 拿(붙잡을 나), 煖(따뜻할 난), 捏(이길
날), 捺(누를 날), 涅(개흙 열(널), 개흙 날), 衲(기울 납), 囊(주머니 낭), 弩(쇠뇌 노), 駑
(둔할 노), 膿(고름 농), 訥(말더듬을 눌), 紐(끈 뉴(유)), 匿(숨을 닉)

ㄷ : 簞(대광주리 단), 緞(비단 단), 蛋(새알 단), 撻(매질할 달), 疸(황달 달), 痰(가래 담), 憺
(편안할 담), 澹(담박할 담), 譚(이야기 담), 曇(흐릴 담), 遝(뒤섞일 답), 撞(칠 당), 棠(팥
배나무 당), 螳(사마귀 당), 擡(들 대), 袋(자루 대), 掉(흔들 도), 堵(담 도), 屠(잡을 도),
搗(찧을 도), 淘(일 도), 萄(포도 도), 滔(물넘칠 도), 濤(큰물결 도), 睹(볼 도), 禱(빌 도),
賭(걸 도), 蹈(밟을 도), 鍍(도금할 도), 瀆(도랑 독), 禿(대머리 독), 沌(어두울 돈), 憧(그
리워할 동), 疼(아플 동), 瞳(눈동자 동), 胴(큰창자 동), 兜(투구 두), 痘(천연두 두), 臀
(볼기 둔), 遁(달아날 둔), 橙(등자나무 등)

ㄹ : 懶(게으름 라(나)), 癩(문둥병 라(나)), 邏(순행할 라(나)), 螺(소라 라(나)), 烙(지질 락
(낙)), 酪(진한유즙 락(난)), 駱(낙타 락(난)), 鸞(난새 란(난)), 瀾(물결 란(난)), 剌(어그
러질 랄(날)), 辣(매울 랄(날)), 籃(바구니 람(남)), 臘(납향 랍(납)), 蠟(밀 랍(납)), 狼
(이리 랑(낭)), 倆(재주 량(양)), 粱(기장 량(양)), 侶(짝 려(여)), 戾(어그러질 려(여)),
濾(거를 려(여)), 閭(이문 려(여)), 黎(검을 려(여)), 瀝(거를 력(역)), 礫(조약돌 력(역)),
輦(손수레 련(연)), 斂(거둘 렴(염)), 殮(염할 렴(염)), 簾(발 렴(염)), 囹(옥 령(영)), 鈴
(방울 령(영)), 齡(나이 령(영)), 逞(굳셀 령(영)), 撈(잡을 로(노)), 擄(사로잡을 로(노)),
虜(포로 로(노)) 碌(돌모양 록(녹)), 麓(산기슭 록(녹)), 壟(언덕 롱(농)), 聾(귀머거리 롱
(농)), 瓏(옥소리 롱(농)), 磊(돌무더기 뢰(뇌)), 牢(우리 뢰(뇌)), 儡(영락할 뢰(뇌)), 賂
(뇌물줄 뢰(뇌)), 寮(벼슬아치 료(요)), 燎(화톳불 료(요)), 寥(쓸쓸할 료(요)), 瞭(밝을
료(요)), 聊(귀울 료(요)), 陋(좁을 루(누)), 壘(보루 루(누)), 溜(방울져떨어질 류(유)),
琉(유리 류(유)), 瘤(혹 류(유)), 戮(죽일 륙(육)), 綸(낚싯줄 륜(윤)), 淪(물놀이 륜(윤)),

慄(두려워할 률(율)), 肋(갈비 륵(늑)), 勒(굴레 륵(늑)), 凛(찰 름(늠)), 凌(능가할 릉(능)), 稜(모 릉(능)), 綾(비단릉 (능)) 菱(마름 릉(능)), 俚(속될 리(이)), 厘(釐와 塵의 俗字), 悧(영리할 리(이)), 痢(설사 리(이)), 籬(울타리 리(이)), 罹(근심 리(이)), 裡(속 리(이)), 吝(아낄 린(인)), 鱗(비늘 린(인)), 躪(짓밟을 린(인)), 燐(도깨비불 린(인)), 淋(물뿌릴 림(임)), 笠(우리 립(입)), 粒(알 립(입))

ㅁ : 寞(쓸쓸할 막), 卍(만자 만), 彎(굽을 만), 挽(당길 만), 瞞(속일 만), 饅(만두 만), 鰻(뱀장어 만), 蔓(덩굴 만), 輓(끌 만), 抹(바를 말), 沫(거품 말), 襪(버선 말), (멍할 망), 芒(까끄라기 망), 昧(새벽 매), 寐(잠잘 매), 煤(그을음 매), 罵(욕할 매), 邁(갈 매), 昧(어두울 매), 萌(싹 맹), 棉(목화 면), 緬(가는실 면), 眄(곁눈질 면), 麵(밀가루 면), 酩(술취할 명), 溟(어두울 명), 皿(그릇 명), 暝(어두울 명), 螟(마디충 명), 袂(소매 몌), 冒(무릅쓸 모), 摸(찾을 모), 牡(수컷 모), 耗(줄 모), 糢(본뜰 모), 歿(죽을 몰), 描(그릴 묘), 猫(고양이 묘), 杳(어두울 묘), 渺(아득할 묘), 畝(이랑 무(묘)), 毋(말 무), 巫(무당 무), 憮(어루만질 무), 拇(엄지손가락 무), 撫(어루만질 무), 蕪(거칠어질 무), 誣(무고할 무), 蚊(모기 문), 紋(무늬 문), 媚(아첨할 미), 薇(고비 미), 靡(쓰러질 미), 悶(번민할 민), 謐(고요할 밀)

ㅂ : 剝(벗길 박), 搏(잡을 박), 撲(칠 박), 樸(통나무 박), 珀(호박 박), 箔(발 박), 粕(지게미 박), 縛(묶을 박), 膊(포 박), 駁(얼룩말 박), 拌(버릴 반), 攀(더위잡을 반), 斑(얼룩 반), 蟠(서릴 반), 礬(명반 반), 畔(두둑 반), 絆(줄 반), 頒(나눌 반), 槃(쟁반 반), 勃(발끈할 발), 潑(뿌릴 발), 撥(다스릴 발), 跋(밟을 발), 醱(술괼 발), 魃(가뭄 발), 坊(동네 방), 尨(삽살개 방), 幇(도울 방), 彷(거닐 방), 枋(다목 방), 榜(매 방), 昉(마침 방), 肪(기름 방), 膀(쌍배 방), 謗(헐뜯을 방), 徘(노닐 배), 湃(물결이는모양 배), 胚(아이밸 배), 陪(쌓아올릴 배), 帛(비단 백), 魄(넋 백), 蕃(우거질 번), 藩(덮을 번), 帆(돛 범), 梵(범어 범), 氾(넘칠 범), 泛(뜰 범), 劈(쪼갤 벽), 擘(엄지손가락 벽), 璧(둥근옥 벽), 癖(적취 벽), 闢(열 벽), 瞥(언뜻볼 별), 鼈(금계 별), 甁(병 병), 餠(떡 병), 堡(작은성 보), 洑(스며흐를 복), 菩(보살 보), 僕(종 복), 匐(길복), 輻(바퀴살 복), 鰒(전복 복), 捧(받들 봉), 棒(몽둥이 봉), 烽(봉화 봉), 鋒(칼끝 봉), 俯(구푸릴 부), 剖(쪼갤 부), 咐(분부할 부), 埠(선창 부),

孵(알깔 부), 斧(도끼 부), 腑(장부 부), 芙(부용 부), 訃(부고 부), 賻(부의 부), 駙(곁마 부), 吩(뿜을 분), 噴(뿜을 분), 忿(성낼 분), 扮(꾸밀 분), 焚(불사를 분), 盆(동이 분), 糞(똥 분), 雰(안개 분), 彿(비슷할 불), 棚(시렁 붕), 硼(붕산 붕), 繃(묶을 붕), 憊(고달플 비), 扉(사립문 비), 妣(죽은어머니 비), 匕(비수 비), 庇(덮을 비), 沸(끓을 비), 琵(비파 비), 痺(암메추라기 비), 砒(비상 비), 秕(쭉정이 비), 緋(붉은빛 비), 脾(지라 비), 臂(팔 비), 蜚(바퀴 비), 裨(도울 비), 誹(헐뜯을 비), 翡(물총새 비), 譬(비유할 비), 鄙(더러울 비), 嚬(찡그릴 빈), 嬪(아내 빈), 殯(염할 빈), 濱(물가 빈), 瀕(물가 빈), 憑(기댈 빙)

ㅅ : 蓑(도롱이 사), 些(적을 사), 嗣(이을 사), 奢(사치할 사), 娑(춤출 사), 徙(옮길 사), 瀉(쏟을 사), 獅(사자 사), 祠(사당 사), 紗(비단 사, 작을 묘), 麝(사향노루 사), 刪(깎을 산), 珊(산호 산), 疝(산증 산), 撒(뿌릴 살), 煞(죽일 살), 薩(보살 살), 滲(스밀 삼), 澁(떫을 삽), 孀(과부 상), 爽(시원할 상), 翔(날 상), 觴(잔 상), 璽(도장 새), 嗇(아낄 색), 牲(희생 생), 甥(생질 생), 嶼(섬 서), 抒(풀 서), 曙(새벽 서), 棲(살 서), 犀(무소 서), 胥(서로 서), 壻(사위 서), 薯(참마 서), 逝(갈 서), 黍(기장 서), 鼠(쥐 서), 潟(개펄 석), 扇(사립문 선), 煽(부칠 선), 羨(부러워할 선), 腺(샘 선), 膳(반찬 선), 銑(끌 선), 屑(가루 설), 洩(샐 설), 泄(샐 설), 渫(칠 설), 殲(다죽일 섬), 閃(번쩍할 섬), 醒(깰 성), 塑(흙빛을 소), 宵(밤 소), 疏(트일 소), 搔(긁을 소), 梳(빗 소), 甦(깨어날 소), 瘙(종기 소), 簫(퉁소 소), 蕭(맑은대쑥 소), 逍(거닐 소), 遡(거슬러올라갈 소), 贖(속죄할 속), 遜(겸손할 손), 悚(두려워할 송), 灑(뿌릴 쇄), 碎(부술 쇄), 嫂(형수 수), 戍(지킬 수), 狩(사냥 수), 瘦(파리할 수), 穗(이삭 수), 竪(더벅머리 수), 粹(순수할 수), 繡(수 수), 羞(바칠 수), 蒐(모을 수), 讐(원수 수), 袖(소매 수), 酬(갚을 수), 髓(골수 수), 塾(글방 숙), 夙(일찍 숙), 菽(콩 숙), 筍(죽순 순), 醇(진한술 순), 馴(길들 순), 膝(무릎 슬), 丞(도울 승), 匙(숟가락 시), 媤(시집 시), 弑(죽일 시), 枾(감나무 시), 猜(새암할 시), 諡(시호 시), 豺(승냥이 시), 拭(닦을 식), 熄(꺼질 식), 蝕(좀먹을 식), 呻(끙끙거릴 신), 娠(애밸 신), 燼(깜부기불 신), 薪(섶나무 신), 蜃(무명조개 신), 宸(집 신), 訊(물을 신), 迅(빠를 신), 悉(다 실)

ㅇ : 俄(갑자기 아), 訝(맞을 아), 啞(벙어리 아), 衙(마을 아), 顎(얼굴높을 악), 堊(백토 악),

愕(놀랄 악), 按(누를 안), 晏(늦을 안), 鞍(안장 안), 軋(삐걱거릴 알), 斡(관리할 알), 庵(암자 암), 闇(닫힌문 암), 怏(원망할 앙), (오를 앙), 秧(모 앙), 鴦(원앙 앙), 曖(가릴 애), 崖(벼랑 애), 隘(좁을 애), 靄(아지랭이 애), 扼(누를 액), 縊(목맬 액), 腋(겨드랑이 액), 櫻(앵두나무 앵), 鶯(꾀꼬리 앵), 冶(불릴 야), 惹(이끌 야), 揶(희롱할 야), 爺(아비 야), 葯(구리때잎 약), 瘍(종기 양), 攘(물리칠 양), 釀(빚을 양), 恙(근심 양), 癢(가려울 양), 圄(옥 어), 瘀(병 어), 禦(막을 어), 臆(가슴 억), 堰(방죽 언), 諺(상말 언), 儼(의젓할 엄), 奄(가릴 엄), 俺(나 엄), 繹(풀어낼 역), 捐(버릴 연), 椽(서까래 연), 撚(비틀 연(년)), 鳶(소리개 연), 筵(대자리 연), 焰(불꽃 염), 艶(고울 염), 孀(갓난아이 영), 裔(후손 예), 曳(끌 예), 隸(종 예), 穢(더러울 예), 詣(이를 예), 奧(속 오), 寤(깰 오), 懊(한할 오), 伍(대오 오), 蘊(쌓을 온), 壅(막을 옹), 渦(소용돌이 와), 蝸(달팽이 와), 訛(그릇될 와), 婉(순할 완), 宛(굽을 완), 琬(옥이름 완), 腕(팔 완), 頑(완고할 완), 阮(관이름 완), 枉(굽을 왕), 矮(키작을 왜), 猥(함부로 외), 巍(높을 외), 僥(바랄 요), 凹(오목할 요), 拗(꺾을 요), 夭(어릴 요), 撓(어지러울 요(뇨)), 擾(어지러울 요), 窈(그윽할 요), 窯(기와굽는가마 요), 邀(맞을 요(료)), 饒(넉넉할 요), 涌(湧의本字), 聳(솟을 용), 茸(무성할 용), 蓉(연꽃 용), 踊(뛸 용), (산모롱이 우), 寓(머무를 우), 虞(헤아릴 우), 迂(멀 우), 隅(모퉁이 우), 殞(죽을 운), 耘(김맬 운), 隕(떨어질 운), 蔚(풀이름 울), 寃(원통할 원), 猿(원숭이 원), 鴛(원앙 원), 尉(벼슬 위), 萎(마를 위), 喩(깨우칠 유), 宥(용서할 유), 愉(즐거울 유), 揄(끌 유), 柚(유자나무 유), 癒(병나을 유), 諛(아첨할 유), 諭(깨우칠 유), 蹂(밟을 유), 鍮(놋쇠 유), 游(헤엄칠 유), 戎(되 융), 絨(융 융), 蔭(그늘 음), 揖(읍 읍), 膺(가슴 응), 擬(헤아릴 의), 椅(의나무 의), 毅(굳셀 의), 誼(옳의 의), 痍(상처 이), 姨(이모 이), 弛(늦출 이), 爾(너 이), 餌(먹이 이), 翌(다음날 익), 咽(목구멍 인), 湮(잠길 인), 蚓(지렁 인), 靭(질길 인), 佚(편안할 일), 溢(넘칠 일), 剩(남을 잉), 孕(아이밸 잉)

ㅈ : 仔(자세할 자), 炙(구울 자, 구울 적), 煮(삶을 자), 瓷(오지그릇 자), 疵(흠 자), 蔗(사탕수수 자), 藉(깔개 자), 綽(너그로울 작), 勺(구기 작), 灼(사를 작), 炸(터질 작), 芍(함박꽃 작), 嚼(씹을 작), 鵲(까치 작), 雀(참새 작), 棧(잔도 잔), 盞(잔 잔), 箴(바늘 잠), 簪

(비녀 잠), 仗(무기 장), 匠(장인 장), 杖(지팡이 장), 檣(돛대 장), 漿(미음 장), 獐(노루 장), 樟(녹나무 장), 薔(장미 장, 여뀌 색), 醬(젓갈 장), 滓(찌끼 재), 齋(재계할 재), 錚(쇳소리 쟁), 咀(씹을 저), 狙(원숭이 저), 箸(젓가락 저), 猪(돼지 저), 詛(저주할 저), 躇(머뭇거릴 저), 邸(집 저), 觝(닥뜨릴 저), 嫡(정실 적), 狄(오랑캐 적), 謫(귀양갈 적), 迹(자취 적), 剪(자를 전), 塡(메울 전), 奠(제사지낼 전), 廛(가게 전), 悛(고칠 전), 栓(나무못 전), 氈(모전 전), 澱(앙금 전), 煎(달일 전), 癲(미칠 전), 箋(찌지 전), 箭(화살 전), 篆(전자 전), 纏(얽힐 전), 輾(구를 전), 銓(저울질할 전), 顚(꼭대기 전), 顫(떨릴 전), 餞(전별할 전), 截(끊을 절), 粘(끈끈할 점), 霑(젖을 점), 幀(그림족자 정), 挺(뺄 정), 町(밭두둑 정), 睛(눈동자 정), 碇(닻 정), 穽(허방다리 정), 酊(술취할 정), 釘(못 정), 錠(제기이름 정), 靖(편안할 정), 啼(울 제), 悌(공경할 제), 梯(사다리 제), 蹄(굽 제), 凋(시들 조), 嘲(비웃을 조), 曹(마을 조), 棗(대추나무 조), 槽(구유 조), 漕(배로실어나를 조), 爪(손톱 조), 眺(바라볼 조), 稠(빽빽할 조), 粗(거칠 조), 糟(전국 조), 繰(야청통견 조, 고치켤 소), 藻(말 조), 詔(고할 조), 躁(성급할 조), 肇(칠 조), 遭(만날 조), 阻(험할 조), 簇(조릿대 족), 猝(갑자기 졸), 慫(권할 종), 腫(부스럼 종), 踵(발꿈치 종), 踪(자취 종), 挫(꺾을 좌), 做(지을 주), 呪(빌 주), 嗾(부추길 주), 廚(부엌 주), 紬(명주 주), 註(주낼 주), 誅(벨 주), 躊(머뭇거릴 주), 輳(모일 주), 紂(껑거리끈 주), 胄(맏아들 주), 樽(술통 준), 埈(높을 준), 蠢(꿈틀거릴 준), 櫛(빗 즐), 汁(즙 즙), 葺(기울 즙, 지붕일 집), 咫(길이 지), 摯(잡을 지), 祉(복 지), 肢(사지 지), 枳(탱자나무 지), 嗔(성낼 진), 疹(홍역 진), 叱(꾸짖을 질), 帙(책갑 질), 桎(차꼬 질), 膣(새살돋을 질), 跌(넘어질 질), 迭(갈마들 질), 嫉(시기할 질), 斟(헤아릴 짐), 朕(나 짐), 什(열사람 십), 澄(맑을 징)

ㅊ : 叉(깍지낄 차), 嗟(탄식할 차), 蹉(넘어질 차), 搾(짤 착), 窄(좁을 착), 鑿(뚫을 착), 撰(지을 찬), 簒(빼앗을 찬), 纂(모을 찬), 饌(반찬 찬), 擦(비빌 찰), 僭(참람할 참), 塹(구덩이 참), 懺(뉘우칠 참), 站(우두커니설 참), 讒(참소할 참), 讖(참서 참), 倡(여광대 창), 娼(몸파는여자 창), 廠(헛간 창), 愴(슬퍼할 창), 槍(창 창), 漲(불을 창), 猖(미쳐날뛸 창), 瘡(부스럼 창), 脹(배부를 창), 艙(선창 창), 菖(창포 창), 寨(울짱 채), 柵(울짱 책),

凄(쓸쓸할 처), 擲(던질 척), 滌(씻을 척), 瘠(파리할 척), 脊(등성마루 척), 喘(헐떡거릴 천), 擅(멋대로 천), 穿(뚫을 천), 闡(열 천), 凸(볼록할 철), 綴(꿰맬 철), 轍(바퀴자국 철), 僉(다 첨), 籤(제비 첨), 諂(아첨할 첨), 帖(표제 첩), 捷(이길 첩), 牒(글씨판 첩), 疊(겹쳐질 첩), 貼(붙을 첩), 涕(눈물 체), 諦(살필 체), 憔(수척할 초), 梢(나무끝 초), 樵(땔나무 초), 炒(볶을 초), 硝(초석 초), 礁(물에잠긴바위 초), 稍(벼줄기끝 초), 蕉(파초 초), 貂(담비 초), 醋(식초 초, 잔돌릴 작), 囑(부탁할 촉), 忖(헤아릴 촌), 叢(모일 총), 塚(무덤 총), 寵(괼 총), 撮(취할 촬), 墜(떨어질 추), 樞(지도리 추), 芻(꼴추), 酋(두목 추), 鰍(미꾸라지 추), 椎(몽치 추), 錐(송곳 추), 錘(저울 추), 鎚(쇠망치 추), 黜(물리칠 출), 沖(빌 충), 悴(파리할 췌), 萃(모일 췌), 贅(혹 췌), 膵(췌장 췌), 娶(장가들 취), 翠(물총새 취), 脆(무를 취), 惻(슬퍼할 측), 侈(사치할 치), 幟(기 치), 熾(성할 치), 痔(치질 치), 嗤(웃을 치), 痴(어리석을 치), 雉(꿩 치), 緻(밸 치), 馳(달릴 치), 勅(조서 칙), 砧(다듬잇돌 침), 鍼(침 침), 蟄(숨을 칩), 秤(저울 칭)

ㅋ : 없음

ㅌ : 唾(침 타), 惰(게으를 타), 楕(길쭉할 타), 舵(키 타), 陀(비탈질 타), 駝(낙타 타), 擢(뽑을 탁), 鐸(방울 탁), 呑(삼킬 탄), 坦(평평할 탄), 憚(꺼릴 탄), 綻(옷터질 탄), 眈(노려볼 탐), 搭(탈 탑), 宕(방탕할 탕), 蕩(쓸어버릴 탕), 汰(사치할 태), 笞(볼기칠 태), 苔(이끼 태), 跆(밟을 태), 撑(버팀목 탱), 攄(펼 터), 慟(서럽게울 통), 桶(통 통), 筒(대롱 통), 堆(언덕 퇴), 槌(망치 퇴(추)), 褪(바랠 퇴), 腿(넓적다리 퇴), 頹 (무너질 퇴), 套(덮개 투), 妬(강새암할 투), 慝(사특할 특)

ㅍ : 婆(할미 파), 巴(땅이름 파), 爬(긁을 파), 琶(비파 파), 芭(파초 파), 跛(절뚝발이 파), 愎(괴팍할 퍅), 辦(힘쓸 판), 佩(찰 패), 唄(찬불 패), 悖(어그러질 패), 沛(늪 패), 牌(패 패), 稗(피 패), 澎(물결부딪는기세 팽), 膨(부풀 팽), 鞭(채찍 편), 騙(속일 편), 貶(떨어뜨릴 폄), 萍(부평초 평), 斃(넘어질 폐), 陛(섬돌 폐), 匍(길 포), 咆(으르렁거릴 포), 哺(먹을 포), 圃(밭 포), 庖(부엌 포), 泡(거품 포), 疱(천연두 포), 脯(포 포), 蒲(부들 포), 袍(핫옷 포), 褒(기릴 포), 逋(달아날 포), 曝(쬘 폭), 瀑(폭포 폭), 剽(빠를 표), 慓(날랠

286

표), 豹(표범 표), 飄(회오리바람 표), 稟(줄 품), 諷(욀 풍), 披(나눌 피), 疋(필 필, 발소), 乏(가난할 핍), 逼(닥칠 핍)

ㅎ : 瑕(티 하), 蝦(새우 하), 遐(멀 하), 霞(놀 하), 栖(학질 학), 謔(희롱거릴 학), 壑(골 학), 澣(빨 한), 悍(사나울 한), 罕(그물 한), 轄(비녀장 할), 函(함 함), 喊(소리 함), 檻(우리 함), 涵(젖을 함), 緘(봉할 함), 銜(재갈 함), 鹹(짤 함), 盒(합 합), 蛤(대합조개 합), 缸(항아리 항), 肛(똥구멍 항), 偕(함께 해), 咳(어린아이웃을 해), 懈(게으를 해), 楷(나무이름 해), 諧(화할 해), 邂(만날 해), 駭(놀랄 해), 骸(뼈 해), 劾(캐물을 핵), 嚮(향할 향), 饗(잔치할 향), 噓(불 허), 墟(터 허), 歇(쉴 헐), 眩(아찔할 현), 絢(무늬 현), 衒(팔 현), 俠(호협할 협), 挾(낄 협), 狹(좁을 협), 頰(뺨 협), 荊(모형나무 형), 彗(비 혜), 醯(초 혜), 弧(활 호), 狐(여우 호), 琥(호박 호), 瑚(산호 호), 糊(풀 호), 渾(흐릴 혼), 笏(홀 홀), 惚(황홀할 홀), 虹(무지개 홍), 哄(떠들썩할 홍), 訌(무너질 홍), 喚(부를 환), 宦(벼슬 환), 鯇(환어 환), 驩(기뻐할 환), 猾(교활할 활), 闊(트일 활), 凰(봉황새 황), 煌(빛날 황), 遑(허둥거릴 황), 徨(노닐 황), 恍(황홀할 황), 惶(두려워할 황), 慌(어렴풋할 황), 恢(넓을 회), 晦(그믐 회), 繪(그림 회), 膾(회 회), 徊(노닐 회), 蛔(거위 회), 誨(가르칠 회), 賄(뇌물 회), 哮(으르렁거릴 효), 嚆(울릴 효), 爻(효 효), 酵(술밑 효), 吼(울 후), 嗅(맡을 후), 朽(썩을 후), 逅(만날 후), 暈(무리 훈), 喧(의젓할 훤), 卉(풀 훼), 喙(부리 훼), 彙(무리 휘), 諱(꺼릴 휘), 麾(대장기 휘), 恤(구휼할 휼), 兇(흉악할 흉), 洶(물살세찰 흉), 欣(기뻐할 흔), 痕(흉터 흔), 欠(하품 흠), 歆(받을 흠), 恰(마치 흡), 洽(윤택하게할 흡), 犧(희생 희), 詰(물을 힐)